MOCRO MAFFIA

Wouter Laumans & Marijn Schrijver

Mocro Maffia

Lebowski Publishers, Amsterdam 2015

Eerste tot en met twaalfde druk, oktober 2014 tot en met september 2015
Dertiende druk, november 2015

Omslagontwerp: Vruchtvlees
Typografie: Perfect Service, Schoonhoven

ISBN 978 90 488 2803 6
ISBN 978 90 488 1935 5 (e-book)
NUR 305

www.lebowskipublishers.nl
www.overamstel.com

OVERAMSTEL
uitgevers

Lebowski is een imprint van Overamstel uitgevers bv

‘Fedeli sono i cani’

‘Trouw zijn (alleen) honden’

Salvatore ‘Totò’ Riina
in *Il Capo dei Capi* (*Corleone*)

Wie is wie in *Mocro Maffia?*

De Marokkaanse onderwereld bestaat uit kleine groepen en gelegenheidscoalities. In het conflict dat in dit boek wordt beschreven, wordt onderscheid gemaakt tussen twee groepen. Die rond Gwenette Martha en die rond Houssine Ait S./Benaouf A.

VERMEENDE GROEP HOUSSINE AIT S./BENAOUF A.

Houssine Ait S.

HARDE KERN:
Benaouf A.
Abdelhamid (Hamid) 'Kikker' Ait B.
Souhail 'de Lange' Laachir

LOOPJONGENS:
Rida Bennajem
Said el Yazidi
Youssef Lkhorf
Marchano Pocorni

GELIEERD:
Chris 'de Kamper' Bouman
Solaïman L.
Mohammed 'MacGyver' El Mayouri

VERMEENDE GROEP GWENETTE MARTHA

Gwenette Martha

COMPAGNONS:
Najeb 'Bo' Bouhbouh
Najib 'Ziggy' Himmich

GELIEERD:
Hakim 'Turtle' el Y.

VERDACHTEN LIQUIDATIE STAATSLIEDENBUURT:

Audi Quattro RS4:
Hamza 'Chiep Chiep' B. (bestuurder)
Adil 'Kinker' A. (rechts achterin)
Anouar 'Popeye' B. (rechts voorin)

Volkswagen Golf GTI 5:
Derkaoui 'Pirki' van der Meijden
Naoufal F.

Proloog

De Staatsliedenbuurt maakt zich op voor een druilerige jaarwisseling. Het is 29 december 2012 en de vuurwerkverkoop is losgebarsten. In de volksbuurt in Amsterdam-West klinkt al af en toe een knal, maar op straat is vrijwel niemand te zien. Het enige wat opvalt is een zwarte Range Rover die rond kwart over tien door de wijk rijdt.

Naast de bestuurder van de terreinwagen zit de eenentwintigjarige Said el Yazidi. Hij is de jongste aan boord. Een vrolijk joch met veel vrienden. Jongens van wie de familie uit het Rifgebergte komt, pesten Said weleens met zijn vermeende gierigheid. Hij is een 'soesi' – een Zuid-Marokkaan. Zijn familie komt uit de omgeving van de stad Ouarzazate.

Op de achterbank zit zijn vriend, de achtentwintigjarige Youssef Lkhorf. Een joviale Ajax-fan die altijd in is voor een geintje. Zo stelt hij zichzelf vaak grappend voor als 'Peter'. Hij woont in het oostelijke deel van het centrum, vlak bij het Scheepvaartmuseum. Hij is vaak op straat te vinden. Als hij zijn gezicht 's zomers op de pleintjes in zijn buurt laat zien, drommen kinderen om hem heen omdat ze weten dat er misschien wel een ijsje te halen valt. Hij komt uit een groot gezin met twaalf kinderen en trekt veel op met zijn broertje Omar, die zes jaar jonger is. In de overwegend blanke buurt staan de onafscheidelijke broers bekend als Nick en Simon.

Hij studeert voor boekhouder, maar wil liever docent maatschappijleer worden. Daarom begint hij over twee maanden aan een nieuwe studie. Ondertussen klust hij bij op de taxi van een van zijn broers, en als koerier. En hij werkt sinds kort in een restaurant in de binnenstad. Hij is weleens een keer met de politie in aanraking gekomen, maar wie in zijn omgeving niet? Er was een conflict tussen agenten en wat jongens uit de buurt. Youssef probeerde de boel te sussen en werd meegenomen naar het bureau. Twee uur later stond hij alweer buiten.

Achter het stuur van de Range Rover zit de achtentwintigjarige Benaouf A. De bolide staat op naam van zijn halfzus. Hoewel Benaouf in Leeuwarden is geboren, woont zijn familie in Eindhoven. Nog niet zo heel lang geleden is hij na een huwelijk van twee jaar gescheiden, maar de knappe Benaouf heeft aan vrouwelijke aandacht nooit gebrek.

Wanneer de auto vanaf de Van Hallstraat de woonwijk in draait, trekt die geen aandacht. Inwoners van de Staatsliedenbuurt kijken al lang niet meer op van een paar jonge Marokkanen die rondrijden in een dikke terreinauto met een cataloguswaarde van bijna een ton.

De Range Rover rijdt door de smalle straatjes. In het donker is het een soort doolhof. Uiteindelijk parkeert de auto bijna aan het einde van de Schaepmanstraat. De inzittenden stappen uit. Telefoons blijven in de auto, net als het pistool, dat in een verborgen ruimte ligt in het dak van de auto.

Benaouf heeft hier in de Staatsliedenbuurt met iemand afgesproken. Said en Youssef blijven bij de Range Rover, terwijl Benaouf en zijn afspraak een rondje lopen. In eerste instantie lijkt er niets aan de hand. Totdat ze op de hoek van de Van Rappardstraat en het Van Bossepad aankomen. Benaouf ziet twee mannen met versnelde pas in zijn richting lopen. Hij weet meteen dat hij een probleem heeft. Tegelijkertijd is er uit het niets opeens het geluid van motoren en gierende banden. Een auto scheurt op hem af. Een milliseconde staat de tijd stil. Een hartslag later giert de adrenaline door het lichaam en neemt zijn overlevingsinstinct het over.

De Audi RS4 van het doodseskader stopt op een paar meter van Benaouf. Een gemaskerde schutter met een kalasjnikov in de aanslag wil uit de auto springen. Maar dat lukt niet, hij krijgt zijn portier niet open. Dat weerhoudt hem er niet van om het vuur te openen. Dwars door de zij- en voorruit van de Audi schiet hij op zijn doelwit. Benaouf rent al voor zijn leven. Hij sprint naar het Van Bossepad, een smal weggetje langs de kade met woonboten, terug naar de Range Rover. Hij ziet de kogelinslagen om zich heen. Het is een klein wonder dat de projectielen hem missen. Als de deuren van de Audi dan toch openvliegen, rent de schutter samen met een handlanger een stukje achter hem aan. Tevergeefs. Snel rennen de hitmen weer terug naar hun auto. Ze krijgen gezelschap van een tweede groep schutters, in een zwarte Volkswagen Golf GTI 5. Bumperklevend rijden de auto's de Van Bossestraat in, de straat die parallel met het Van Bossepad loopt.

In de Van Bossestraat zien de daders een jongen hun kant op komen rennen. Het is Youssef, die ongewapend op het geknal afkomt. Drie mannen stappen uit de Volkswagen en nemen hem met een pistool onder vuur. 'Ophouden, klootzakken!' roept een buurtbewoonster nog. De kogels raken zijn benen en zijn hoofd. Voor een rij deuren zakt hij dodelijk getroffen in elkaar.

Said staat nog bij de terreinwagen aan de andere kant van een pleintje, waar geen auto's over kunnen rijden. De moordenaars van Youssef moeten afslaan. Said besluit dat het tijd is om te vluchten en springt achter het stuur, zet de auto razendsnel in zijn achteruit en botst ergens tegenaan waardoor de achterkant van de Range Rover in puin ligt. Hij schakelt, geeft gas, maar nog voor hij rijdt, doemt de Audi RS4 voor zijn neus op.

De bestuurder van de Audi is om het pleintje heen gereden. Hij is net op tijd om de vluchtende Said in de Range Rover tegen te houden. En dat doet hij niet subtiel. De auto's knallen tegen elkaar. Said kan niet meer verder. Een buurtbewoner die vanwege het lawaai uit zijn raam kijkt, ziet twee mannen uit de Audi stappen met hun wapens in de aanslag. Hij duikt weg als ze het vuur op de Range Rover openen. De voorruit van de terreinauto is binnen enkele seconden doorzeefd.

Said ontspringt op miraculeuze wijze de dans. Hij opent de deur van de Range Rover en rent voor zijn leven. Nu duikt hij een ander deel van de Van Bossestraat in.

De twee schutters blijven nog even staan. Ze kijken naar het Van Bossepad. Via dat weggetje dook Benaouf even eerder weg. De schutters lijken nog af te wachten of ook hij op de Range Rover af komt rennen. Als dat niet zo blijkt te zijn, stapt het moordcommando weer in de auto en gaat achter Said aan.

Ze hebben hem snel ingehaald. Een van de schutters hangt uit het raam en vuurt een salvo af. Said kan niet meer verder. Op een straathoek, honderd meter van de Range Rover, zakt hij in elkaar. Hij is geraakt door meer dan tien kogels. Getuigen zien hoe zijn gemaskerde beul uitstapt en met een Glock-pistool van dichtbij nog een paar schoten op het lichaam van Said lost. De jongen blijft levenloos liggen, zijn lichaam in een vreemde hoek gedraaid. Daarna racen de daders, met het bloed van Said op hun kenteken, vol gas weg.

'Bizar. Kijk uit mijn raam, zie een schietende machinegun uit auto hangen en een jongen heel hard rennen,' twittert een buurtbewoonster.

Wanneer de kruitdampen optrekken, staat de Range Rover nog met knipperende lichten op de plek waar Said zijn laatste sprint begon. In de voorruit zitten negen kogelgaten. De buurt ligt bezaaid met kogelhulzen. De kapotgeschoten auto zal later het iconische beeld van deze brute moordpartij en het hele conflict eromheen worden.

De ratelende machinegeweren en de slippende auto's leiden tot grote paniek in de buurt. De meldkamer van de Amsterdamse politie is vanaf half elf overspoeld met telefoontjes over een schietpartij met automatische wapens. Rondvliegende kogels hebben auto's geraakt en zijn ingeslagen in woningen. Ook in de muur van een kinderkamer in een van de omliggende woonboten. Het projectiel is dwars door het hout heengegaan. Al snel is duidelijk dat het een wonder is dat er niet meer slachtoffers zijn gevallen.

Tientallen buurtbewoners zijn naar buiten gekomen. Aanvankelijk dachten de meesten dat er vuurwerk werd afgestoken. Maar toen ze hoorden dat de knallen zich door de buurt leken te bewegen, keken ze toch uit het raam. Sommigen hebben gezien hoe de jongens werden afgeslacht.

Een agente die als eerste ter plekke is, ziet de omvang van het geweld en het lichaam van Said. Ze raakt volledig in paniek. Over haar toeren schreeuwt ze orders naar de buurtbewoners. Maar die vinden het onbegrijpelijk dat Said geen eerste hulp krijgt. Misschien is hij nog te redden.

Een motoragent, wiens dienst er die avond eigenlijk al op zit, snelt samen met zijn collega richting Amsterdam-West. Onderweg horen ze over de portofoon dat er mogelijk automatische wapens zijn gebruikt. Ze weten dat er al veel politie in de Staatsliedenbuurt zal zijn, dus besluiten ze om zichzelf twee kilometer verderop langs de lange Haarlemmerweg te posteren om uit te kijken naar de vluchtauto. En jawel, daar zien ze een Audi rijden. Instinctief weten ze dat dat hem is.

De auto rijdt hard. Een van de motoragenten moet optrekken naar 150 kilometer per uur om het doelwit bij te houden. Hij zet zijn zwaailicht en zijn sirene aan. De remlichten van de Audi lichten op als hij de stoplichten van een volgende kruising nadert. Langzaam rijdt de bestuurder om de andere auto's heen die voor het rode licht staan te wachten.

Wanneer de tweede agent aan komt rijden, ziet zijn collega hoe een loop uit het raam van de Audi steekt. Het is geen waarschuwing, meteen klinken schoten. De agent gaat neer, waarop de loop naar zijn collega draait. Opnieuw een salvo. De tweede agent voelt de kogels langs zijn gezicht suizen. In *a split second* laat ook hij zich op het asfalt vallen. Hij trekt zijn motor over zich heen. Nu ben ik aan de beurt, denkt hij, in de veronderstelling dat zijn collega al vermoord is. Hij ziet hoe de Audi optrekt en opnieuw remt. Weer wordt er een salvo afgevuurd. Ditmaal ketsen de kogels af op zijn motor en het wegdek. Terugschieten is geen optie. Hij weet dat hij geen partij is.

Over de portofoon gaat inmiddels het bericht dat bij elke agent de rillingen over de rug doet lopen: 'Collega neer! Collega neer!'

De moordenaars zijn al een flink stuk verwijderd van de plaats delict. De zilvergrijze Audi RS4 van het doodseskader rijdt nu met een bloedgang richting Haarlem. De twee politiemannen kunnen nauwelijks geloven dat ze ongedeerd zijn achtergebleven. Ze trekken hun motorpak uit en controleren elkaar op eventuele schotwonden. Ondertussen komt een zee van zwaailichten over de Haarlemmerweg aangesneld. Een van de agenten op wie geschoten is, wil opnieuw de achtervolging inzetten, maar zijn collega's trekken de sleutel uit het slot van zijn motor en zetten hem in een busje.

De inzittenden van de Audi lijken in paniek. De door vluchtende criminelen gevreesde politiehelikopter hangt al in de lucht. Ze moeten de auto dumpen, maar de schutters hebben mazzel. De helikopter vliegt door alle chaos eerst achter een andere Audi aan. De moordenaars scheuren naar het randje van de wijk Geuzenveld. De wijk in rijden kan niet, op iedere straathoek staat al een agent en hele straten zijn afgezet. Alsof er een oorlog is uitgebroken.

In de achteruitkijkspiegel nadert een politieauto. Al rijdend gooien de schutters hun wapens in een sloot. Twee AK-47's, een Glock-pistool en een colt. Een getuige ziet dat ze hun auto achterlaten bij een sportpark. Normaal gesproken steken daders van liquidaties hun vluchtauto in brand, om zo min mogelijk sporen achter te laten. Dat doen deze moordenaars niet, de politieauto achter hen is er al bijna. Ze sprinten weg. Net op tijd, de politie arriveert maar een paar seconden te laat. De motor van de Audi draait nog, maar de daders ontkomen.

De Golf wordt die avond niet meer gezien. Twee dagen later staat de auto uitgebrand om de hoek bij de plek waar ook de Audi is gedumpt.

De Marokkaanse onderwereld heeft haar visitekaartje afgegeven. De schietpartij in de Staatsliedenbuurt veroorzaakt een schokgolf door heel Nederland. De Amsterdamse burgemeester Eberhard van der Laan, die echt niet meer opkijkt van een afrekening meer of minder, is duidelijk geschokt. 'Dit was wild west,' zegt hij de volgende dag.

Hoofdstuk 1

De Amsterdamse binnenstad krioelt van de excentrieke types. Het is de nacht voor de Canal Parade, het hoogtepunt van de Gay Pride. Deze keer vindt de uitbundige botenparade op 7 augustus 2010 plaats. Om half drie 's nachts is het feestverkeer in het centrum nog volop in beweging.

Rappers Mr. Probz en Flex lopen samen met een vriend over de Herengracht. Ze komen van een feestje in club Rain aan het Rembrandtplein en willen nu naar het Leidseplein. De sfeer is *smooth.* De populaire artiesten zijn nog echte jongens van de straat. Flex heeft al eens twee jaar in de cel gezeten. Hij ziet er, met tattoos tot in zijn nek, niet uit als iemand met wie je ruzie wilt krijgen. Ook Mr. Probz zat al eens vast. In zijn tienerjaren hing hij met de Haagse Crips, de straatbende die gemodelleerd is naar de beruchte Amerikaanse gang die in de getto's van Los Angeles dood en verderf zaait. Inmiddels is de tijd dat hij met een wapen in zijn schoen liep voorbij. Hij had een rolletje in de film *Bolletjes Blues* en heeft zich helemaal op zijn muziekcarrière gestort. Hij neemt platen op met bekende Amerikaanse hiphopartiesten en zijn internationale doorbraak is dichterbij dan ooit. Op zijn handen herinnert de tatoeage *Tomorrow is never promised* hem er dagelijks aan dat alles in één klap voorbij kan zijn.

Mr. Probz en Flex zijn nog altijd geen lieverdjes. Ze zijn zelf de eersten die dat toe zullen geven. Een ruzie gaan ze niet uit de weg, ook niet als die fysiek wordt. Ooit loop je een keer de verkeerde tegen het lijf, waarschuwen vrienden hen regelmatig.

Bij het statige kantoor van advocaat Bram Moszkowicz aan de Herengracht slaan ze linksaf de Nieuwe Spiegelstraat in. Alleen Flex blijft even achter, hij staat te plassen. In de Nieuwe Spiegelstraat lopen Mr. Probz en de andere feestganger vijf Marokkaanse jongens tegemoet. Een uitgelaten lachend groepje buurtvrienden uit Amsterdam-West. Ook zij zijn uit geweest. Mooie gympen, dure jackies en dwars over het bovenlijf het mateloos populaire accessoire onder Marokkaanse jongens: het Gucci-schoudertasje. De vriend van Mr. Probz en Flex herkent de tasjes meteen uit zijn tijd in de horeca. Dealertjes, denkt hij. De Marokkanen lopen elkaar een beetje uit te dagen en duwen en trekken wat. Het lijkt allemaal heel gezellig en het ziet er niet naar uit dat ze van plan zijn om naar huis te gaan. De volgende stop is het Rembrandtplein.

Als de jongens de hoek naar de Herengracht om slaan, botst een van hen tegen Flex aan, die net klaar is met plassen. 'Wat doe je?' snauwt de jongen. Ze hebben allebei het een en ander op en er is meteen ruzie.

'*What the fuck!*'

'Wat wil je?'

Flex staat op het punt om gewoon door te lopen, als de Marokkaanse jongen de verkeerde snaar weet te raken. 'Je kankermoeder,' sist hij.

Flex flipt en haalt uit.

Mr. Probz, die al doorgelopen is, draait zich om als hij de ruzie hoort. Hij ziet hoe Flex de Marokkaanse jongen helemaal in elkaar ramt. De andere Marokkanen zetten grote ogen op. Ze willen tussenbeide springen, de een om zijn vriend te helpen, de ander om de boel te sussen. Maar de 1 meter 92 lange Mr. Probz en zijn andere vriend houden het groepje met wat duw- en trekwerk tegen. Dit hoor je met z'n tweeën uit te vechten, vindt Mr. Probz. Als je tof gaat lopen doen, moet je ook kunnen incasseren als het verkeerd uitpakt, ja toch?

Nee. Zo werkt dat dus niet. Niet bij deze jongens uit Amsterdam-West. Ineens galmt er een keiharde knal door de smalle straat. Een van de Marokkanen, een tengere jongen in een blauwe trui, heeft een klein pistool uit zijn schoudertasje gepakt en Flex neergeschoten. Flex is nog niet eens naar de grond gezakt, of de loop van het omgebouwde alarmpistool is al op Mr. Probz gericht. Die begint in een overlevingsreflex tegen de tiener te schreeuwen. Maar de jongen blijft hem aankijken met donkere ogen die vuur lijken te spuwen. Hij is niet onder de indruk.

Weer klinkt een knal. Ook Mr. Probz zakt ineen. Terwijl het groepje Marokkanen via de Herengracht wegsprint, wordt zijn ademhaling steeds moeizamer. Zijn buik staat in de fik en hij ziet dansende pixels voor zijn ogen.

Beide rappers worden overgebracht naar het Academisch Medisch Centrum in Amsterdam-Zuidoost. Daar blijkt de toestand van Mr. Probz kritiek. Hij is in zijn lever en nier geraakt. Beide artiesten overleven de schietpartij. Mr. Probz houdt blijvende schade aan zijn nier over, zo vertelt hij later in een reconstructie van de schietpartij in *Nieuwe Revu.*

Diezelfde nacht houdt de politie drie Marokkaanse jongens aan van wie al snel blijkt dat ze er niks mee te maken hebben. De daadwerkelijke schutter ontkomt. Het is de negentienjarige Rida Bennajem. Terwijl de verdachte Marokkanen hun veters uit hun schoenen halen op het politiebureau, kruipt hij thuis onder zijn deken. De kleren die hij vanavond droeg, zal hij zo snel mogelijk links en rechts weggeven. Vannacht heeft hij voor het eerst iemand neergeschoten.

Hoofdstuk 2

Rida Bennajem woont al sinds zijn geboorte op 27 maart 1991 in het Slotervaartziekenhuis op drie hoog in de Gulden Winckelstraat. Het is een grauw straatje, om de hoek van het Bos en Lommerplein. De buurt is een aaneenschakeling van kleine flats: simpele blokken steen en beton, uit de grond gestampt om de naoorlogse woningnood snel op te lossen. Het is een halve eeuw later drukker dan ooit in de sobere sociale woningbouwappartementen. Net zoals zoveel jongens in de buurt, deelt Rida zijn slaapkamer met zijn twee broertjes. Meisjes hebben een aparte slaapkamer of delen die met hun ingetrokken grootmoeder. Aan de balkonnetjes van de portiekwoningen hangen schotelantennes. Op straat lopen mannen met baarden en vrouwen met hoofddoekjes. 's Avonds zwerven er ratten rond in de tuinen, aangetrokken door het afval in de buurt.

Iedereen in Nederland kent de slechtste wijk van Amsterdam-West van televisie en uit de krant: Bos en Lommer, een vaak aangehaald voorbeeld van de mislukte multiculturele samenleving. In 2007 zijn de buurten uitgeroepen tot 'Vogelaarwijken'. Wat er hoog moet zijn, is er laag. De Cito-scores, het welvaartsniveau, de tolerantie tegen homo's. En wat de overheid liever laag ziet, is er juist hoog. Schooluitval, bijstandsuitkeringen, werkloosheid, schulden, verloedering...

Van de 127 nationaliteiten in de wijk, zijn er een paar het nadrukkelijkst aanwezig. In de jaren zeventig verdeelden de arbeidsmigranten uit Turkije en Marokko de straten van Amsterdam-West. Wie had gedacht dat de gastarbeiders, net als hun collega's uit

Spanje en Italië, na verloop van tijd weer huiswaarts zouden keren, had het mis. Sindsdien is er veel veranderd. De meeste 'echte' Amsterdammers vertrokken door de jaren heen naar plaatsen als Almere, Purmerend en Haarlem. Voor de vertrokken autochtonen kwamen meer Marokkanen in de plaats. De moskeeën, Arabische kruideniers en theehuizen kwamen op. De inwoners, het straatbeeld en de scholen werden gekleurder.

Toch, in tegenstelling tot de banlieues in Frankrijk, is Bos en Lommer geen no-goarea, ver uit het zicht van iedereen. Blanke Hollanders kunnen er prima hun studentenbestaan vieren. Het centrum van Amsterdam is amper tien minuten fietsen. En je kunt in Bos en Lommer ook gewoon een gezin beginnen of bejaard en wel achter een rollator langs groepjes hangjongeren naar de Albert Heijn hobbelen. Tussen de avondwinkels, belzaken en dönerkebabtentjes vind je genoeg hippe koffietenten, broodjeszaken en restaurants met uitstekende beoordelingen om het leven van een ware hoofdstedeling te kunnen leiden. Langzaam maar zeker openen meer yupperige horecabedrijven hun deuren langs de Admiraal de Ruijterweg. Hollanders proberen de wijk aantrekkelijk te maken door de naam af te korten naar 'Bolo'.

De twee werelden leven langs elkaar heen, het zijn parallelle samenlevingen. Zelfs voor de nieuwsgierige ambtenaren, rechercheurs en andere wetsdienaren die heel graag een kijkje willen komen nemen, blijft de Marokkaanse gemeenschap grotendeels ontoegankelijk. Natuurlijk praat je als autochtoon weleens met de kebabboer en geef je fooi aan de pizzakoerier, maar weinigen hebben een Marokkaan in hun vriendenkring. Je zou de critici hier zo gelijk geven die beweren dat onze befaamde Hollandse tolerantie eigenlijk een mooi woord voor totale onverschilligheid is. Het blijft een mysterie waarom sommige Turkse eettentjes meerdere keren per jaar van eigenaar wisselen of waarom die ene Marokkaanse bakker nooit open is terwijl er wel regelmatig een busje voor de deur staat. Je kunt er tien jaar wonen zonder ooit het bestaan te vermoeden van dat zinderende, illegale gokhalletje achter in de zaak van de islamitische slager. Andersom is het net zo. Veel jonge Marokkanen kennen Hollanders alleen uit de media. Het zijn allemaal PVV-stemmers, allemaal racisten.

Rida's moeder is 'Jeblia'. Ze groeide op in de streek Ketama in het Rifgebergte en in de stad Tétouan, op het meest noordelijke puntje van het berglandschap, bijna aan zee. Haar vader die uit de buurt van Casablanca komt, nam haar mee naar Nederland toen hij van Rida's oma scheidde. Rida's moeder ontmoette hem tijdens een vakantie in Marokko. Het stel trouwde en vertrok naar Nederland, waar vader aan de slag ging als schoonmaker. In Bos en Lommer kregen ze vier kinderen. Rida heeft nog een oudere zus – hij is de oudste zoon van het gezin.

Elke zomervakantie gaat het gezin naar Marokko. In Tétouan heeft de familie een appartement. Elk jaar leert Rida vier weken lang het land van zijn ouders een beetje beter kennen. Soms gaan ze ook nog even naar de stad van zijn vader, in het westen van Marokko. Enerzijds is het een traditioneel migrantengezin. Zijn moeder draagt een hoofddoek en spreekt maar een heel klein beetje Nederlands. Dat betekent niet dat Rida tolkt op ouderavonden. Om te voorkomen dat de kinderen onvoldoendes vertalen naar uitmuntende prestaties, neemt ze voor die klus een kennis of familielid mee. En wie denkt dat er alleen maar couscous en tajine op het menu staat, komt bedrogen uit. In huize Bennajem serveert moeder regelmatig Hollandse aardappelen, groenten en vlees.

Als kind leeft Rida in een overzichtelijke wereld. Als hij de deur uit loopt dan ziet hij verderop al zijn basisschool, en net daar achter de Badr-moskee. Buiten die straal van 250 meter rond zijn huis, heeft hij niet veel te zoeken. Op zaterdag moet hij naar de moskeeschool, waar jonge moslims onder andere Arabische taalles krijgen. Het is niet per se de leukste zaterdagbesteding die Rida kan bedenken. Liever voetbalt hij op straat.

Rida gaat naar de Multatuli. Het is een matige school, blijkt uit rapporten van de Onderwijsinspectie. Veel is er voldoende, maar weinig is er goed. Omdat vrijwel elke kleuter op deze basisschool met een achterstand begint is er simpelweg te weinig tijd en capaciteit om ook nog eens iedereen individueel zorg te geven. Zorg die juist hard nodig is voor jongens zoals de kleine Rida. Het is een druk kind.

School is lastig. Hij is dyslectisch en heeft daarom problemen met leren en hij kan niet altijd even goed overweg met de andere kinderen. Hij heeft last van ongecontroleerde woedeaanvallen. Om niks springt hij helemaal uit zijn vel. En dan zijn er de momenten waarop hij uit het niets opeens enorme hoofdpijn krijgt. Rida kijkt dan moeilijk en legt zijn hand op zijn voorhoofd, maar niemand kan precies uitleggen wat er met hem aan de hand is.

Het huwelijk van zijn ouders houdt geen stand. Als Rida acht jaar oud is, gaan ze uit elkaar en staat zijn moeder er alleen voor. Ze krijgt geen alimentatie en moet rondkomen van een uitkering. Vanaf dat moment zien Rida en zijn zus en broertjes hun vader nog maar een keer per week. Dan gaan ze met zijn allen iets doen. Ergens wat eten. Ondanks het feit dat hun vader gewoon in dezelfde wijk woont, komen ze nooit bij hem thuis. Na de scheiding hoeft Rida niet meer naar de moskeeschool.

Na de basisschool gaat hij in 2005 eerst naar een normale vmbo. Twee jaar later moet hij naar het Altra College, een vmbo waar onderwijs en jeugdzorg hand in hand gaan. Het is bedoeld voor leerlingen die problemen hebben in de omgang met medeleerlingen, leraren en ouders of kampen met psychiatrische problemen. Of alles tegelijk. Daar zitten de jongeren met een kort lontje die dreigen vast te lopen in hun ontwikkeling. Maar ook hier weten ze Rida niet te bewegen om iets van zijn schoolcarrière te maken. Even volgt hij nog een koksopleiding. Zijn moeder koopt een echt kokspak voor hem, met muts en al. Maar Rida wordt ook geen kok.

Het drukke kind verandert steeds meer in een stille jongeman. Alleen wanneer hij voetbalt, bloeit hij op. Eindeloos houdt hij de bal hoog, tot vermaak van de jongere jongens uit de buurt. School heeft hij opgegeven en een baantje vinden gaat ook al niet zo lekker. Vorig jaar werkte hij nog even op de markt op het Bos en Lommerplein, maar hij lijkt steeds meer zijn eigen plan te trekken. Rida hangt liever op straat. Net als zijn leeftijdgenoten uit de buurt. Het zijn pubers, jongens die mannetjes worden. Een periode waarin je niet graag thuis bent, waar je moeder, oma en grote zus je nauwlettend in de gaten houden, of je broertjes je lastigvallen. Bij een vriend afspreken kan niet, want die zit met hetzelfde probleem. Op straat heb je tenminste wat privacy. De jongens uit de buurt hangen hele middagen op pleintjes rond. En avonden, want negen van de tien keer mogen ze toch niet de clubs in het centrum binnen, als ze er überhaupt al geld voor zouden hebben.

Ze komen samen op het Lidewijdepad en hangen op het Gulden Winckelplantsoen, pal naast het drukke Bos en Lommerplein met alle winkels en de markt. Het plantsoen is van alle kanten afgeschermd door rijen boompjes en je kunt er zitten op de grote ronde plantenbakken. Marokkanen zijn geboren verhalenvertellers, dus vermaken ze elkaar met sterk aangezette anekdotes en grappen. Ze hebben het over voetballers, kickboksers en criminelen. Over de nieuwste BlackBerry, Vespa en die Italiaanse designgympen van honderden euro's per paar. Ze luisteren naar hiphop, schoppen tegen een bal, 'pingen' (chatten via BlackBerry Messenger) met vrienden of rijden stukjes op de scooter. Uit pure verveling laten ze af en toe het alarm van de Vespa afgaan. Ook 's avonds. En de verhalenvertellers willen ook nog weleens schreeuwen. Dat alles doen ze onder het genot van energydrink en een jointje. De blikjes en plastic drugszakjes blijven liggen. En het blijven pubers. Baldadige gastjes. Dus er gaat weleens een stukje openbare ruimte kapot, meisjes wordt iets nageroepen of voorbijgangers lastiggevallen.

Al snel zorgen de jongens op het Gulden Winckelplantsoen voor overlast. Niet alleen voor de direct omwonenden. Alle buurtbewoners moeten de jongens passeren als ze naar de Albert Heijn of de Vomar gaan. Dat doen ze het liefst met een grote boog, blijkt uit een buurtoverleg waar vooral de autochtone bewoners zich laten horen. Een derde van hen voelt zich onveilig. Het gebrek aan fietsenrekken in de wijk, de ratten en die uiterst vervelende wortelopdruk van bomen in veel straten zijn enkele andere punten die de buurt aankaart.

Er zijn nog veel meer groepen hangjongeren in Amsterdam-West. De Bestevaergroep bijvoorbeeld, rond de Admiraal de Ruijterweg en Jan van Galenstraat, even verderop. Die jongens kwamen veel samen op het Karel Doormanplein, maar hebben sinds kort een nieuwe plek. Het politiebureau aan de Admiraal de Ruijterweg is wegbezuinigd, dus nu hangen ze nacht na nacht op de straathoek naast het voormalige bureau. De groepjes hangjongeren zijn geen rivaliserende gangs, ze zijn door de autoriteiten gewoon vernoemd naar hun favoriete hangplek.

De hanggroepen hebben een enorme aantrekkingskracht op elke puberende jongen. Sommige zitten gewoon op school, andere hebben een baantje. Meestal staan ze alleen op straat te ouwehoeren over voetbal met een blikje Red Bull, pakje Capri-Sonne en een zakje zonnebloempitten. Maar er zitten ook jongens tussen die al hun eerste stappen op het pad van de criminaliteit hebben gezet. Harde jongens. Dat ontdekt ook de vader van een jongen die rondhangt met de Bestevaergroep. Wanneer hij zich verzet tegen de groep, die van zijn zoon eist dat hij meedoet aan hun criminele activiteiten, krijgt hij een bloedstollend berichtje. In de bijlage ziet hij een foto van zijn zoon die een wapen tegen zijn slaap gedrukt krijgt. De boodschap is duidelijk: bemoei je niet met ons.

De hanggroepjes zijn niet ontstaan vanwege de misdaad, maar ze lijken die wel te faciliteren. Regelmatig worden door leden van de groepen plannen voor overvallen in elkaar gezet. Er gaat geen week voorbij of er is er wel eentje in Amsterdam-West. De politie is in 2010 met een rapport op de proppen gekomen waarin werd geconcludeerd dat Marokkanen steeds meer in bendes actief zijn. Die opereren vaak regionaal, maar soms ook internationaal. Uit hetzelfde onderzoek blijkt dat in de stad 16,8 procent van de aangehouden misdadigers van Marokkaanse afkomst is.

Maar lang niet iedereen in de Lidewijdepadgroep is het archetype probleemjongere. Neem de negentienjarige Said el Yazidi. Said komt uit de Kolenkitbuurt, aan de andere kant van de ringweg A10. De buurt staat op de eerste plek van de ranglijst met Vogelaarwijken. Het is de slechtste buurt van heel Nederland. Ook Said prijkt op de lijst van jongeren die de politie extra in de gaten houdt vanwege hun gedrag. Hij is een keer opgepakt omdat hij een klap uitdeelde aan een stadstoezichthouder, maar die aanklacht werd later ingetrokken.

Hoewel hij zonder papiertje van het Marcanti College is gegaan, heeft hij nog wel een diploma gehaald in de installatietechniek. En hij heeft een beetje geacteerd. Althans, hij was – als je heel goed oplet – in 2004 als figurerend voetballertje te zien in de jeugdfilm *In Oranje* met Wendy van Dijk en Thomas Acda. 'Het komt allemaal goed, wacht nou maar af wat de tijd met je doet,' zingt Marco Borsato terwijl Said zijn keeperstenue aantrekt. Ook in het echt is hij keeper, bij voetbalclub Rksv DCG in Osdorp. Vaak loopt hij met een grote sporttas over straat. Hij jogt regelmatig door de buurt, en drinkt in zijn eentje een muntthee bij de bakker.

Hij is populair in de buurt, jong en oud lopen met hem weg. Hij is de beste vriend van Rida Bennajem. Ze zitten samen op Saids witte Vespa. Dat lijkt misschien niet veelzeggend, maar in deze kringen is dat de bevestiging van een warme vriendschap. Said lijkt zijn leven op de rit te hebben. Hij werkt hard. Dat doet hij al jaren bij het 'etnomarketingbedrijf' van zijn neef. Marketing gericht op het bereiken van allochtonen.

Rida, Said en de overige jongens van de groep hebben nog een andere plek waar ze vaak te vinden zijn: jongerencentrum Connect, een stuk verderop in de Kolenkitbuurt, naast een paar voetbalvelden. In het buurtcentrum proberen hulpverleners de jongens op het rechte pad te houden met allerlei activiteiten zoals een film kijken of een kookles. Connect bestaat uit een reeks jongerencentra en is opgericht door Saïd Bensellam, 'Amsterdammer van het jaar 2006'. Hij ziet Rida als een van de vele snotneuzen die hij af en toe moet corrigeren als hij de kwajongen uithangt.

De openingstijden van Connect zijn alleen niet heel duidelijk en de huisregels, zoals het blowverbod, worden er nauwelijks gehandhaafd. Een buitenstaander voelt zich binnen al snel geïntimideerd. De jonge pubers gedragen zich als stoere kerels. Zelfs het populaire, bijna verslavende bordspel Parchi, een Marokkaanse variant op Mens-erger-je-niet, kan al leiden tot een flinke ruzie.

Toch zijn de stoere gasten af en toe nog echt jongetjes. Zoals die keer toen er iemand langskwam met een hond. Een jongen buiten wilde na enig protest het dier wel even aan de lijn houden, terwijl de eigenaar naar binnen ging om iemand te spreken. De hond blafte één keer en de oppasser liet direct doodsbenauwd de lijn los. Het dier stormde de trap op en rende blaffend het buurthuis binnen. De jongens schreeuwden van schrik en verscholen zich achter elkaar. Sommige, die even eerder nog grote verhalen hadden opgehangen, stonden opeens op de tafel of op een bank. Het cliché klopt: Marokkanen hebben het niet zo op honden.

Op dinsdagavond half tien staat de televisie van Connect standaard afgestemd op Nederland 1. Dan is het tijd voor *Opsporing Verzocht*. De Amsterdamse politie is hofleverancier van het programma en de kans is groot dat de jongens een bekende voorbij zien komen. Iedereen kent iedereen. Is het niet van de straat, dan wel uit de gevangenis. De jongens zijn goed geïnformeerd. Ze hebben de dossiers, ze lezen de crimeblogs en horen veel via de tamtam. Nieuwe inzichten delen ze onderling. De straten van Bos en Lommer zijn een collectief geheugen waar feiten en geruchten als een soort Wikipediapagina aangevuld, verbeterd en herzien worden.

Drie dagen nadat Rida de twee rappers heeft neergeschoten, is er een nieuwe aflevering van *Opsporing Verzocht*. Eentje die een duidelijke link heeft met de buurt. In de Bestevaerstraat, midden in Bos en Lommer, is amper een week geleden de zevenendertigjarige crimineel Clyde de Jezus geliquideerd. Hij gold als vriend van de bekende Amsterdamse topcrimineel Gwenette Martha. Het programma besteedt aandacht aan de moord. De schietpartij van Rida wordt niet behandeld. Die volgt een dag later op AT5.

De stadsomroep laat beelden zien van de schutters, even voor de schietpartij. Dat levert weinig op. Mogelijk ook omdat alle vijf verdachten precies hetzelfde signalement toegeschreven krijgen: lichtgetint, 20 tot 25 jaar, 1 meter 70 tot 75 en kort haar dat aan de zijkanten is opgeschoren. Een signalement waar alleen al in Amsterdam-West vele duizenden Marokkanen aan voldoen. De jongen in de blauwe trui was bovendien zo slim om bij het passeren van toezichtcamera's star naar beneden te kijken. Niet de camera's van Moszkowicz trouwens, want de advocaat wil of kan zijn beelden niet afstaan.

Het is zeker niet de laatste keer dat Rida Bennajem voorbijkomt in een opsporingsprogramma.

Hoofdstuk 3

Kort na de schietpartij met de rappers legt Rida Bennajem de hand op iets dat veel invloed zal hebben in de buurt. Van een vriend krijgt hij een stapel illegale dvd'tjes met *Corleone* (2007). De zesdelige miniserie komt uit Italië en heet daar *Il Capo dei Capi*. Vanaf de eerste aflevering is Rida gegrepen door het waargebeurde levensverhaal van Salvatore 'Totò' Riina. Net als Rida is hij niet de langste, maar hij groeit wel uit tot de grootste maffiabaas van heel Sicilië. Iedereen is doodsbang voor hem.

Corleone is genoemd naar het dorpje waar Totò als tiener een misdaadbende vormt met zijn vrienden. Ze zijn ontzettend ambitieus. Onder leiding van Totò hebben de 'boertjes' in aflevering vier voet aan de grond gekregen in het grote Palermo. Het is 1979. Voor het eerst in hun leven kunnen ze zich niet alleen vergapen aan bolides van miljoenen lires, maar de auto's ook daadwerkelijk kopen. Ze doen mee in de lucratieve heroïnehandel, maar zijn tegelijkertijd nog een kleine clan binnen de Cosa Nostra. De andere maffiabazen kijken op hen neer. Aan tafel in het landhuis van Totò bespreken de jongens uit Corleone de toekomst. Wat nu? Gewoon doorgaan met waar ze mee bezig zijn?

Totò zinspeelt op een machtsovername. Hij wil zelf aan het hoofd staan van de hele Cosa Nostra. 'Als we ze voor het hoofd stoten, moeten we ze wel aankunnen. Hoe kunnen we daar zeker van zijn?' vraagt een twijfelend lid van de *familia*. Totò staat op en slaat met zijn vuist op tafel. De wijnglazen rinkelen. 'De honger!' roept hij. 'Onze *forza* is de honger. In Palermo weten ze niet wat dat is. Maar ik wel. Dat vergeet je je leven niet meer.'

Nog steeds is niet iedereen overtuigd. 'Ik hou niet van oorlog,' zegt zijn beste vriend. Oorlog? Wie had het over oorlog? Totò ziet het zo: 'Voor een oorlog zijn twee partijen nodig. Zodra zij merken dat het oorlog is, is die al *finita*.'

De serie is als een jongensboek. Natuurlijk, Totò en zijn vrienden liquideren de ene na de andere concurrent, politieman en justitiefiguur, maar het gaat ook over kameraadschap en respect. Met een beetje durf kun je als groepje vrienden de onderwereld veroveren.

Rida raakt niet uitgepraat over de serie. Said moet hem kijken, de jongens op het Gulden Winckelplantsoen moeten hem kijken, de jongens bij Connect moeten hem kijken. Iedereen moet kijken. En Rida kijkt mee. Keer op keer. Overigens niet tot ieders genoegen. Zodra de serie aan staat kan hij het niet laten om geestdriftig het belang van elke scène uit te leggen aan diegene die naast hem zit. Daardoor gebeurt het nogal eens dat hij per ongeluk verklapt wat er nog te gebeuren staat.

Toch mist Rida's tomeloze enthousiasme zijn uitwerking niet. *Corleone* wordt een enorme hype in Bos en Lommer. De dvd's zijn nauwelijks aan te slepen in de wijk. Films en series downloaden doen Marokkanen namelijk niet, dat is te veel gedoe. De dvd-brander van de man die sjokkend door de wijk voor een paar euro illegale dvd'tjes verkoopt draait overuren. Alle jongens kijken het tien uur durende epos zo vaak, dat ze de scènes bijna in het Italiaans kunnen naspelen.

Eén jongen heeft ook echt het boek gelezen waarop de serie is gebaseerd en waarschuwt nog dat er in werkelijkheid hele legers voetsoldaten betrokken waren in de machtsstrijd die in de verfilming simpel gewonnen lijkt te worden door een handvol jonge maffiosi. Maar op deze nuancering zit niemand te wachten. Het verhaal van een clubje jeugdvrienden dat op gewelddadige wijze de macht grijpt binnen de Cosa Nostra – door gewoon iedereen uit de weg te ruimen – spreekt hen zo aan dat ze er, onder het genot van een *shisha*, vaak over filosoferen hoe zijzelf pijlsnel carrière kunnen maken in het milieu.

Zo vormt de serie niet alleen voor Rida een bron van inspiratie. In Bos en Lommer zijn ze het er wel over eens dat *Corleone* een heleboel jonge criminelen heeft beïnvloed. De wijk wordt geplaagd door overvallen. Bijna elke week is het raak. Inmiddels zijn de bewoners van Amsterdam-West er wel aan gewend dat eens in de zoveel tijd een belwinkel, supermarkt of juwelier in de wijk het slachtoffer is van hondsbrutale overvallers die 'effe komen pinnen' met een wapen in hun hand. Meestal loopt het allemaal goed af en komt de ondernemer, weliswaar een paar honderd euro lichter, met de schrik vrij.

Meestal...

Hoofdstuk 4

Eigenlijk vindt hij het wel mooi geweest. Juwelier Fred Hund is zesenzestig jaar en heeft geen zin meer om batterijen in horloges te zetten. Hij wil reizen. Vijftig jaar geleden begon zijn vader op een zolderkamertje in Amsterdam-West het familiebedrijf. Inmiddels staat hij al weer heel wat jaren samen met zijn zus Carla en zijn broer Gerard achter de toonbank van hun winkel in de Jan Evertsenstraat. Nog maar een half jaartje doorbikkelen en dan gooit hij de tent dicht. Dan kan hij samen met zijn vrouw genieten van zijn welverdiende pensioen.

Maar op 7 oktober 2010 wordt de droom van een leven vol reizen naar zonnige oorden kapotgeschoten. Om iets voor elven stappen twee jongens in regenpakken en met scooterhelmen op de winkel binnen en trekken een vuurwapen. Fred en Gerard zijn vaker overvallen en ze besluiten dit keer niet mee te werken. De broers willen de overvallers de winkel uit jagen. Dat lukt. De jongens zijn overdonderd door de weerstand. Buiten gaat de vechtpartij door. Eén van de scootercriminelen merkt dat hij de worsteling dreigt te verliezen, ondanks dat hij Hund een flinke kopstoot met zijn scooterhelm geeft. Hij begint naar zijn handlanger te roepen: 'Schiet hem, schiet hem!' De kogel raakt de buik van Hund. De juwelier zakt in elkaar. Even later overlijdt hij in het ziekenhuis.

Het land is in shock. Justitie looft een beloning van 20.000 euro uit voor de gouden tip, de Federatie Goud en Zilver doet daar nog eens 25.000 euro bij. 'Verlink deze killers!' kopt *De Telegraaf* in chocoladeletters. De krant doet een hartstochtelijke oproep om de daders van de roofoverval geen hand boven het hoofd te houden. 'Degene die hier achter zitten zijn tuig en moeten worden verraden,' zegt Hunds stiefzoon René. Ook Martien Kuitenbrouwer, de kersverse stadsdeelvoorzitter van Amsterdam-West roert zich: 'Dit overschrijdt alle grenzen. Dat moeten we een halt toeroepen met alle middelen die wij hebben. Dat lukt nu onvoldoende. Daarom heb ik het stadsdeel, politie en justitie bijeengeroepen om uit te zoeken hoe dit komt en wat beter moet.'

Volgens Kuitenbrouwer is Amsterdam-West 'in zijn ziel geraakt'. Samen met de burgemeester kondigt ze een heel pakket aan maatregelen aan. Betere verlichting, betere beveiliging, jeugdpreventieteams, straatcoaches, extra politietoezicht en DNA-douches die vluchtende overvallers brandmerken met een speciale spray, moeten de rovers er voortaan van weerhouden om het midden- en kleinbedrijf te pakken te nemen.

De politiek kan er nu niet meer omheen. Amsterdam-West is uitgegroeid tot de kweekvijver voor scooterovervallers, straatrovers en drugsdealers. Eberhard van der Laan is pas een paar maanden burgemeester van de hoofdstad en staat ieder weekend wel met een bosje bloemen voor de deur van iemand die is overvallen. Het lijkt erop dat zijn voorganger Job Cohen steken heeft laten vallen. Er is te weinig capaciteit, er is te lang niks gedaan, er is alleen maar thee gedronken. Van der Laan spreekt van 'verloren terrein'.

Samen met korpschef Bernard Welten, die veel moest slikken tijdens de ambtsperiode van Cohen, bedenkt hij na de moord op Fred Hund de Top 600-aanpak. Het wordt het voornaamste wapen van de gemeente Amsterdam in de strijd tegen jonge criminelen. Een paar honderd van de ergste veelplegers in de stad, worden intensief begeleid bij het beteren van hun leven. Ook komt er aandacht voor hun broertjes en zusjes, zodat die niet ook in de criminaliteit belanden.

Voor een hele generatie criminelen komen de maatregelen te

laat. In 2010 zullen in de regio Amsterdam-Amstelland in totaal 449 overvallen gepleegd worden. Dat zijn er 98 minder dan een jaar eerder. Terwijl de politie in de tegenaanval gaat, wijken de overvallers gewoon uit naar andere regio's. Onderzoeken naar overvallen op juweliers en geldtransporten in de rest van het land leveren met grote regelmaat opsporingsberichten en arrestaties in Amsterdam-West op.

Het uitwijken naar de provincie is slechts één trend. De criminelen zijn steeds jonger en gaan steeds gewelddadiger te werk. Ook bij simpele hit-and-runovervallen komen ze al aanzetten met semiautomatische wapens. Dat weet juweliersfederatie Goud en Zilver als geen ander. Die grijpt de dood van Fred Hund aan om een noodkreet te slaken. Ook de federatie maakt zich ernstige zorgen om de steeds jonger wordende overvallers. 'Hun onervarenheid vormt het grootste gevaar voor de ondernemers,' zegt een woordvoerder. 'Tot drie jaar geleden zagen we vooral professionals die de winkels overvielen. Zij hielden nog een bepaalde rust. Die jonge gastjes van nu kunnen vrij zenuwachtig worden en doen dan rare dingen.'

Hoewel de dood van juwelier Hund ook onder de straatjongens van Bos en Lommer het gesprek van de dag is, vinden zij het voornamelijk heel dom van de winkelier dat hij is gaan vechten. Hij was toch immers verzekerd? 'Als juweliers beter meewerken, wordt het niet zo gewelddadig.'

Waarom doen deze jongens wat ze doen? Ze geven de schuld aan de strenge politie, de enkele keer dat ze wel onterecht in de cel belandden, het niet kunnen vinden van een baan en de gebrekkige hulp van de Dienst Werk en Inkomen en andere organisaties. O ja, en luxe. Twee à drie minuten 'werk' en de buit kan oplopen tot tienduizenden euro's per persoon. Als iedereen de nieuwe BlackBerry heeft, hebben zij hem ook. Binnen een week. De buit gaat verder op aan een Canadian Goose-jas, peperdure schoenen van

Balenciaga, uitgaan, schulden, boetes, auto's, een snuifje en hoeren. En het zijn niet alleen de kansarme jongens die roven. Ook leerlingen van het hbo doen mee.

Deze generatie criminelen lijkt zich minder druk te maken over de gevolgen van hun daden dan hun voorgangers. Ze hebben geen geld, willen wel de nieuwste en mooiste spullen en denken niet na over de consequenties. Ze trekken er meteen met een vuurwapen op uit. Vroeger ging dat anders. Je doorliep toen eigenlijk een soort opleiding bij grote criminelen die al wat ouder waren en jaren ervaring hadden. Stap voor stap kwam je hoger in de criminele piramide. Deze veertigers en vijftigers in de wijk kijken naar de generatie van nu en verzuchten keer op keer dat er geen 'orde' meer is, geen 'code'. Het respect ontbreekt, er is geen hiërarchie meer. Dat geldt overigens niet alleen voor de Marokkaanse overvallers van nu, in de Bijlmer zien ze hetzelfde gebeuren. De OG's (*original gangsters*, de oude garde) wordt nauwelijks nog om advies gevraagd over hoe het nou precies moet, een overval plegen. Een traditie is daarmee verbroken. 'Criminelen zijn zzp'ers geworden', is een veelgehoorde analyse.

Wie zoekt naar een oorzaak, krijgt allerlei verschillende theorieën te horen, maar ordinaire hebberigheid en een zucht naar status zijn de belangrijkste. Niemand die nog het vuile werk van de Hollanders wil opknappen, net als zijn vader en opa vroeger.

Toch blijft het bij een ambitie. De schooluitval is hoog, de arbeidskansen laag. Zelfs een stageplek scoren blijkt vaak al een moeilijke opgave voor een puber uit Amsterdam-West. Om hen heen zien kansarme jongens hun oude vriendjes van het schoolplein wel lekker verdienen. Een enkeling als rapper, kickbokser of voetballer. Maar als je niet zo'n talent blijkt te hebben, dan is een loopbaan in de criminaliteit vaak de enige weg uit de armoede.

Hoofdstuk 5

Hoewel Rida nooit gepakt wordt voor het neerschieten van rappers Mr. Probz en Flex, weet iedereen op straat wel dat hij de dader is. Maar zelfs als de politie in november twee jongens aanhoudt die er die nacht bij waren, noemen ze zijn naam niet. Dat is deels loyaliteit, maar eigenlijk durven ze het ook gewoon niet. Ze weten dat hij nieuwe vrienden heeft gemaakt.

Sinds de schietpartij hebben de grote jongens Rida al op het oog. Als scouts van Ajax die de voetbalvelden van amateurverenigingen afstruinen, zoekt ook de onderwereld naar nieuw talent in wijken als Bos en Lommer. Hij heeft wel ballen, lijken ze te denken als ze horen over de schietpartij. Die hebben we nodig. Ook gaan over de negentienjarige jongen verhalen waaruit blijkt dat hij niet schroomt om een mes te trekken. Want met zijn vuisten redt de kleine Rida het niet.

Echte gangsters plegen geen straatroven of overvallen op juweliers, die zitten in de drugs. Het 'hosselen' is voor kleine jongens. De overstap van scootercrimineel naar de top van de onderwereld is echter niet zo simpel. Je kunt niet solliciteren.

Rida komt in contact met de dan eenentwintigjarige Abdelhamid Ait B., die iedereen in de buurt kortweg kent als Hamid 'Kikker'. Het kost hem niet veel moeite om Rida over te halen af en toe een klusje te doen. Hij is maar een paar jaar ouder dan Rida, maar in tegenstelling tot de andere jongens, hangt Hamid niet dag in dag uit op straat rond. Hij gaat om met grote jongens in shishalounges. Het is op straat geen mysterie hoe Hamid al op zijn jonge leeftijd zo'n status verwierf. Hij is familie van Houssine Ait S., een voormalige adjudant van topcrimineel Gwenette Martha. Houssine is voor zichzelf begonnen en in zijn groep zijn nog wel wat plekken vrij voor aanstormend talent. Althans, dat is het verhaal dat Rida meekrijgt van Hamid. 'Wij zijn de sterkste,' vertelt hij. 'En wij hebben geld.'

Rida gaat steeds meer om met zware criminelen. Ze zijn wel onder de indruk van hem. Waar sommigen zich in eerste instantie nog afvragen wat 'dat jongetje' hier doet, luistert iedereen binnen de kortste keren aandachtig naar wat hij te zeggen heeft over de uitvoering van klusjes. Hij is *street smart*, denkt altijd twee stappen vooruit.

Rida neemt hun brede loopje over: borst vooruit, kin omhoog. En hij heeft een blik in zijn ogen waaruit duidelijk blijkt dat niemand hem wat kan maken. Daardoor heeft hij een zeker aanzien in zijn wijk. 'Echt een soldaat. Iemand met ballen. Dat weet iedereen,' beschrijft een buurtgenoot hem. Maar niet in alles benijden zijn buurtgenoten Rida. Hij is gedurende zijn tienerjaren alleen maar meer wiet gaan roken. Verslaafd, noemen ze hem al.

Af en toe wordt Rida aangehouden. Dan zit hij een dagdeel in de cel, maar het komt nooit tot een veroordeling. Het contrast met zijn vriend Said is groot. Die is inmiddels bezig om zijn eigen bedrijf op te zetten: Koffie Service & Meer, een firma die onder meer de snoepautomaten op scholen onderhoudt.

Het is gissen waar Rida en zijn nieuwe vrienden allemaal mee bezig zijn, maar dat hij er lekker mee verdient is wel duidelijk. Hij is erg gul. Komt er geld binnen, dan deelt hij dat met zijn familie en de jongens uit de buurt. Iedereen krijgt wel wat toegestopt. Hij trakteert jongens uit de buurt op viptafeltjes in de clubs, waar alle drank dan voor zijn rekening is. Ze gaan nu zelfs naar de feesten waar petjes en schoudertasjes verboden zijn.

***

Er is één ding waar Rida absoluut niet tegen kan: mensen die hem achter zijn rug om proberen te naaien. En toch is iemand zo dom geweest om precies dat te doen. Het is 6 juni 2011 en de nu twintigjarige Rida is al een paar dagen op zoek naar een vriend van hem.

Hij is net de deur van zijn huis in de Gulden Winckelstraat uit gelopen als hij vijftig meter verderop, op de hoek met het Lidewijdepad, de negentienjarige jongen tegen het lijf loopt. Hij is samen met een ander. Even is er een felle woordenwisseling. Ondanks het feit dat de jongens met zijn tweeën zijn en beiden langer dan Rida, staan ze toch te trillen als ze zien hoe boos hij is. Praten helpt niet. Rida was van plan om boodschappen te doen, maar blijkt ook een pistool op zak te hebben. En hij deinst er niet voor terug om dat te gebruiken, ook al staat hij vijftig meter naast zijn eigen voordeur.

'Niet hier, niet op straat!' wordt er nog geroepen. Maar in Rida's hoofd raast een orkaan. Hij lost een schot. De kogel doorboort het onderbeen van zijn slachtoffer. 'De dader zou een bekende zijn uit de buurt. Hij ging er te voet vandoor en is nog voortvluchtig,' is het laatste wat er in de media over wordt bericht. Het slachtoffer weigert de politie de volgende dag te vertellen wie de schutter was.

Hoewel Rida ook niet voor deze schietpartij voor de rechter verschijnt, volgt elf dagen later alsnog een aanhouding. In eerste instantie denken de jongens uit de buurt dat de politie Rida pakt voor de geweldsuitbarsting in zijn eigen straat, maar er blijkt iets anders te zijn gebeurd. Het verhaal gaat dat hij voor zijn nieuwe vrienden een klusje moest doen dat niet helemaal goed ging. Hij wordt betrapt tijdens de uitvoering. En als een burger hem probeert aan te houden, steekt Rida op hem in. De politie weet hem alsnog in de boeien te slaan.

Op de politiefoto die dan wordt genomen, kijkt Rida ontspannen, maar met een lege blik in zijn ogen in de lens. Emotieloos. Op zijn voorhoofd en rond zijn linkeroog zijn een paar flinke schrammen te zien. Nu gaat hij wel de cel in. Vijf maanden achter slot en grendel in een van de zes torens van de Bijlmerbajes. Daarnaast krijgt hij een taakstraf van vijfentwintig dagen. Die ziet hij niet zo zitten en wisselt ze in voor vijfentwintig dagen extra cel.

Ook Totò Riina verdween op zijn twintigste de cel in, in aflevering één van *Corleone* al. Dat weerhield hem er niet van om uit te groeien tot de grootste maffiabaas van Sicilië.

Hoofdstuk 6

Wanneer Rida in december 2011 vrijkomt, zit hij vol goede voornemens. Hij overweegt om het straatleven gedag te zeggen. Zijn omgeving ziet een vrolijke, opgewekte Rida die in niks meer lijkt op de bozige, in zichzelf gekeerde jongen die een halfjaar eerder de poort van de Bijlmerbajes binnenging. Hij wil wel werken, maar waar? En wat verdient dat eigenlijk? Om nou voor vijftig euro per dag vakken te gaan vullen ziet hij ook niet zo zitten. 'Snoepgeld', zo noemen ze dat minachtend in de buurt. En hoe kun je in godsnaam een Moncler-jas en het nieuwste modelletje Lanvins betalen van zo'n hongerloontje? Of een Vespa? Om nog maar te zwijgen van een champagne-gouden Audermars Piquet Royal Oak.

Inmiddels heeft hij op straat een behoorlijke reputatie. Daar is hij echt een 'G'. De jongens uit de buurt hebben respect voor hem, maar zijn ook een beetje bang voor hun onberekenbare vriend. Hij heeft gezeten. Niet een nachtje of een weekje, maar een paar maanden. Hij heeft twee rappers 'geknald' en iedereen weet dat hij die jongen op straat in zijn been heeft geschoten. Hij heeft laten zien dat hij niet bang is. Het staat in schril contrast met zijn reputatie in de kaartenbakken van het DWI en het uitzendbureau. Daar is hij een van de vele nobody's. Geen diploma, en een Verklaring Omtrent Gedrag (VOG) kan hij ook wel vergeten. Bij de gemeente en allerlei hulpinstanties vinden ze zelfs dat Rida 'zwakbegaafd' is. Geschikt voor ongeschoold kutwerk. 's Nachts brood bakken in de bakkerij, vliegtuigen schoonmaken op Schiphol of kippen rapen in een loods met van dat blauwe licht dat die beesten niet kunnen zien.

Deze harde realiteit valt niet te rijmen met alle goede voornemens die hij had toen hij uit de P.I. Overamstel kwam. Hij houdt het nog geen maand vol. Samen met twee vrienden uit de buurt, Haci en Issam, staat hij op het punt in een nieuw verhaal te stappen. Een overval, even snel geld verdienen. Het doelwit op 11 januari 2012 is juwelier Has Gold aan de Haarlemmerstraat in Leiden.

Rond kwart voor twaalf 's middags lopen drie jongens de zaak binnen. Rida gaat voorop. Hij draagt een zwarte jas en heeft de capuchon over zijn hoofd getrokken. Zijn gezicht is afgeschermd door de dikke bontkraag. 'Handen omhoog!' roept hij. Met getrokken pistool loopt hij meteen naar achteren om de juwelier onder schot te houden. 'Handen omhoog! Overval, overval! Niet bewegen!' roept een ander. Meteen achter Rida verschijnt een handlanger met een klauwhamer. Al lopend tikt hij de ene na de andere vitrine van de glazen toonbank in. Het helse gerinkel is oorverdovend. Er zijn ook klanten in de smalle zaak. Ze pakken elkaar verschrikt vast en duiken angstig ineen. 'Zitten!' roept een overvaller naar hen en hij duwt een klant naar de grond. Ze durven nauwelijks adem te halen.

Zijn handlangers vullen drie grote tassen met sieraden en horloges, terwijl Rida de winkelier bedreigt en de klanten in de gaten houdt. Ook de oom van de eigenaar is in de winkel. 'Niets doen, niets doen,' roept hij naar zijn neef, 'hij gaat schieten, het is een echt wapen.' Het duurt een minuut en zeventien seconden. Dan rennen de overvallers de winkel uit. Rida draait zich nog één keer om en wijst nog even met zijn pistool naar de juwelier. De hamer blijft in een van de vitrines liggen, inclusief DNA-sporen. Terwijl de overvallers de deur uit lopen, gooit de eigenaar van een snackbar aan de overkant van de straat een terrasstoel in hun richting. Die komt net te laat om een overvaller te laten struikelen. Al vluchtend richt Rida zijn pistool op passanten.

De juwelier gaat meteen achter de overvallers aan, die door een steegje naar de Apothekersdijk langs het water rennen. De winkelier trekt zijn telefoon uit zijn zak en begint te filmen. De overvallers springen op een scooter die klaarstaat, maar de Honda zonder nummerbord wil niet starten.

Op de beelden die de juwelier maakt is te zien hoe hij steeds dichter bij de jongens komt, die verscholen zitten achter een auto. Dan richt een van Rida's handlangers een wapen op de camera. Er klinkt een knal. De negenmillimeterkogel mist de juwelier, vliegt door een raam een woning binnen en belandt in een zak metselcement.

De onverschrokken juwelier laat zich zelfs nu niet tegenhouden. Hij grijpt een van de criminelen bij zijn jas en smijt hem op een sloep in het water. Een tas met geroofde juwelen rolt over straat de gracht in. Een van de overvallers komt zijn kameraad redden en schiet nog een keer gericht op de juwelier. De kogel mist zijn doel. De winkelier grijpt wat van zijn spullen en staakt de achtervolging.

Dan komt een politieauto op het drietal af rijden. Rida pakt zijn revolver. De agenten zijn op vier meter afstand van de daders als ze een harde knal horen. Een kogel vliegt door de ruit van de bijrijder. Duizenden glasdeeltjes spatten door de auto. De agenten duiken voorover. 'Rijden!' roept een vrouwelijke wetsdienaar. Ze ligt over de schoot van haar mannelijke collega, die daarom denkt dat ze geraakt is. Dat is ze niet, maar hij geeft vol gas en ontvlucht de confrontatie. Dat geeft de overvallers een moment om zich te herpakken. De scooter doet het nog altijd niet, dus besluiten ze om op te gaan in de massa.

Een van de overvallers, Haci Y., vlucht over een brug naar de andere kant van het water en verdwijnt. De tas met juwelen die hij onder zijn hoede moest nemen laat hij bij de scooter achter. Een voorbijganger vindt later langs de vluchtroute van Haci een pet met daarin een opgerolde bivakmuts en handschoenen.

Rida rent samen met zijn andere handlanger, Issam, en de laatste overgebleven boodschappentas met juwelen de Sandwich in, een kledingzaak voor vrouwen. Er zijn pas tien minuten verstreken sinds ze de deur van de juwelier binnengingen. Terwijl Issam zich omkleedt in een pashokje, koopt Rida voor een paar tientjes een blauw sjaaltje om de tas mee af te dekken. Issam laat zijn kledingstukken in het pashokje achter, inclusief glasdeeltjes en bloedsporen. Hij is gewond geraakt aan zijn rechterhand, het inslaan van vitrines is niet zonder gevaar. De twee verlaten de winkel weer en gaan ieder hun eigen weg.

Issam duikt even verderop de SIX in, een winkel met goedkope sieraden voor tienermeiden. Misschien niet de beste keuze. Agenten weten hem daar te vinden en hij wordt aangehouden. De recherche vindt later in de SIX een pistool (Walther 380 auto) verstopt achter de haarbanden. Volgens het NFI is ermee geschoten. Op de kleding van Issam zitten kruitdeeltjes, wat betekent dat hij de juwelier onder vuur moet hebben genomen. Een klant die later die dag een portemonnee koopt, vindt thuis twee kogels in haar accessoire.

Rida heeft meer mazzel. Hij is de McDonald's in gevlucht en bestelt daar rustig een frietje. Terwijl delen van het Leidse centrum worden afgezet en een politiehelikopter rondcirkelt, houdt Rida zich gedeisd. Zijn bontkraag maakt hij los van zijn jas en laat hij in de McDonald's liggen. Dan verlaat hij het fastfoodrestaurant door de achteruitgang en neemt op het station de trein terug naar Amsterdam.

***

Wat snel geld had moeten zijn, is uitgelopen op een fiasco. De overval is zo rampzalig verlopen dat Rida heel goed beseft dat het niet lang zal duren voordat de politie weet dat hij een van de overvallers is. En dat betekent dat ze hem op zullen komen zoeken in zijn woning aan de Gulden Winckelstraat. Daarom vermijdt hij zijn ouderlijk huis in de dagen na de mislukte overval in Leiden. Hij slaapt ergens anders. Bij nacht en ontij komt hij af en toe stilletjes langs om wat kleren op te halen om vervolgens weer snel de deur uit te glippen.

Bij zijn voorlopig laatste nachtelijke bezoekje gaat het bijna mis. Rida haalt iets op en is weer weg, maar twee uur later krijgt de familie Bennajem opnieuw bezoek. Om vijf uur 's ochtends klinkt een harde knal. De voordeur is ingebeukt met een rammer. 'Politie! Politie! Politie!' schreeuwen mannenstemmen. De leden van het arrestatieteam zijn achter grote schilden verscholen en verspreiden zich met getrokken pistolen in de woning. De felle lichtkolommen van hun zaklampen speuren door alle kamers van het huis. Rida's moeder staat meteen naast haar bed als ze wakker schrikt van het lawaai. Twee in het zwart gehulde politiemensen dringen haar slaapkamer binnen en neutraliseren haar als potentiële dreiging. Aan beide armen wordt ze ruw vastgehouden door de mannen. Ze schreeuwt.

Het arrestatieteam stormt de jongensslaapkamer binnen. 'Waar is Rida? Waar is Rida?' schreeuwen ze. Wanneer blijkt dat Rida niet thuis is, verlaat de politie onverrichter zake de woning. De ingebeukte voordeur moet het gezin zelf vervangen.

Haci wordt diezelfde ochtend wel vroeg van zijn bed gelicht door een arrestatieteam. Hij en Issam beroepen zich op hun zwijgrecht. Op basis van telefoongegevens weet de recherche echter zeker dat de derde overvaller Rida Bennajem moet zijn geweest. Haci krijgt uiteindelijk een celstraf van vier jaar en negen maanden voor zijn aandeel in de rampzalige overval. Issam moet negen jaar en acht maanden zitten, omdat hij zou hebben geschoten op de juwelier.

En Rida? Die verschijnt al snel met zijn gezicht in *Opsporing Verzocht*. Omdat hij gericht op agenten schoot, zet de politie hem op 1 februari ook meteen op de Nationale Opsporingslijst, de lijst van meest gezochte criminelen in het land. Hij is de jongste misdadiger ooit op de lijst. Zes dagen later, op 7 februari schrijft de gemeente Rida op verzoek van zijn familie uit als inwoner van Nederland. 'Emigratie' is de reden. Zo hoopt het gezin toekomstige invallen van arrestatieteams te voorkomen.

Rida is *most wanted.* Op twintigjarige leeftijd leeft hij het leven van een desperado. Continu op de vlucht en voortdurend op zijn hoede.

Hoofdstuk 7

Jaren voordat de burgemeester van Amsterdam zich druk maakt om opgeschoten Marokkanen in West en Oost, is er in de Rivierenbuurt een jeugdbende actief. De leden hangen rond op een pleintje dat ze als hun territorium beschouwen. Agenten zijn verbaasd door de brutaliteit van deze figuren. Het is 1990 en de politiemannen zijn nog gewend dat snotapen bang zijn voor norse heren in uniform. Maar deze jongens zetten gewoon een grote bek op.

'Maar het kán toch?!' roept de jongen verontwaardigd. 'Wat kan ik daar aan doen?' De rechercheurs luisteren vol ongeloof naar de puber aan de andere kant van de verhoortafel. Bij hem thuis is een tas met een riant geldbedrag gevonden, maar de jeugdige verdachte blijft bij het verhaal dat de tas toevallig van een viaduct viel toen hij voorbijliep. 'Ik loop daar en er valt een tas naar beneden. Het kán toch?' De opgeschoten tiener is een van 'de jongens van Zuid'.

Onder dit groepje zestien- en zeventienjarigen bevindt zich ook een Antilliaanse jongen, Gwenette Martha, op 7 februari 1974 geboren op Curaçao. Samen met zijn moeder, oudere broer en zusje emigreert Gwenette Girigorie Martha op achtjarige leeftijd naar De Pijp in Amsterdam-Zuid. Zijn moeder ziet geen andere optie meer om te ontkomen aan Martha's alcoholistische vader. De verhuizing valt Gwenette zwaar. Het jongetje mist de vrijheid en het mooie weer van het eiland en weet niet zo goed wat hij moet in deze claustrofobische stad met zijn smalle straatjes en hoge huizenblokken. Het duurt niet lang voordat hij samen met zijn broer zijn dagen slijt op de pleintjes van Amsterdam-Zuid. De twee schelen amper een jaar. Vandaar dat mensen weleens denken dat de onafscheidelijke broertjes uit Curaçao een tweeling zijn. Toch zijn er verschillen. Waar Jovanny op straat te boek staat als een driftkop met losse handjes, is Gwenette bedachtzamer, diplomatieker. Maar ook iemand die een diepe woede kent als hem onrecht wordt aangedaan.

Samen met zijn broer is hij is een van de prominente figuren binnen het clubje in de Rivierenbuurt. De rest van de harde kern bestaat uit Vincent, Clyde Lewis, de Molukse broers Etous en Boneka Belserang, Clyde de Jezus en Youssef 'Ninja'. Samen met hen hangt hij rond bij snackbar Oasis in de Maasstraat en haalt hij zo nu en dan rottigheid uit.

Agenten en buurtwerkers zien de groep rap criminaliseren. Om aan geld te komen doen ze zo nu en dan een 'tori', een winkeldiefstal of een beroving. Of ze pakken de trein om buiten Amsterdam, waar de mensen iets minder goed opletten, even een juwelier te overvallen.

Maar hun specialiteit is de zogeheten *barkiebox*. De naam is afgeleid van de speciale doos waarin de kassières bij Albert Heijn briefjes van honderd gulden (een barkie) opbergen. De truc van het groepje is om snel in het kassahokje te kruipen en de doos los te trekken. Vervolgens sprinten ze naar de uitgang om hem door te geven aan een vriend die op zijn beurt ook weer de benen neemt. Je moet er razendsnel voor zijn. Dat ondervindt ook een fervent marathonloper bij de politie wanneer hij de achtervolging inzet. Uiteindelijk wordt hij zoek gelopen en moet hij de achtervolging staken. De overvaller blijkt later een jeugdspeler van Ajax te zijn.

Wanneer de kust veilig is, wordt een paar straten verderop snel de buit verdeeld en verdwijnt de lege box in de gracht. Omdat het van tevoren nooit duidelijk is hoeveel er in de doos zit, is de verdeling vaak aanleiding voor een boel geruzie. Schoffies zijn nou eenmaal schoffies en dus gebeurt het nogal eens dat de tweede die de box heeft aangepakt een paar duizend gulden in zijn zak steekt en zegt dat er maar tweehonderd in de barkiebox zat, om zijn partner in crime vervolgens met een schamele honderd gulden af te schepen.

De jongens van Zuid lijken ongestoord hun gang te kunnen gaan, maar de politie heeft hen wel degelijk in het vizier. Keer op keer komen de rovertjes op verhoor, of spreekt de recherche hen aan op straat, soms ook bij de jongens thuis. 'Ongelooflijk. Twee uit dit gezin zitten al vast en het huis zit nog steeds stampvol met neefjes en halfbroers,' verzucht een rechercheur tijdens een huisbezoek. Er is geen beginnen aan. Overigens zitten de jongens nooit lang vast. De tijdgeest van de linkse jaren zeventig werkt nog door, dus na hun aanhouding zijn de minderjarigen zo weer vrij. De politie zet ook niet hoog in op de jonge criminelen. Ze zijn veel drukker met de strijd tegen harddrugs, het controleren van coffeeshops, de gewelddadige Ajax-hooligans en er is een enorm probleem met rellerige krakers in de stad. 'Maar het kán toch?' blijft met een flink aangezet Antilliaans accent niettemin nog jarenlang een gevleugelde kreet binnen de recherche.

Hoofdstuk 8

De buit die de jongens van Zuid bij elkaar sprokkelen, wordt uitgegeven aan mooie kleding. Peperdure 'Marokkanentruien' van Carlo Colucci met hun duizelig makende motieven, dure trainingspakken, leren jassen van Avirex, nieuwe Nike Air Max-gympen en een gouden koningsketting van 400 gram. Ook wordt er feestgevierd. Vooral club Zorba the Buddha op de Oudezijds Voorburgwal is populair. Daar staat het groepje graag met champagne te spuiten. Ze laten daarnaast ook wel zien dat er niet met hen te sollen valt. Als iemand bijdehand komt doen krijgt hij een paar beuken of wordt neergestoken met een mes.

Woensdag 4 maart 1992 gaan ze ook stappen. Er is een groot scholierenfeest in de Amsterdamse discotheek Escape en dus gaat de dan net achttienjarige Gwenette samen met zijn broer Jovanny en een groep anderen die avond richting het Rembrandtplein. Op het feest maakt ook een straatbende uit Amsterdam-West zijn opwachting. Het duurt niet lang voordat de twee groepen elkaar in de haren zitten. Rond middernacht krijgt Jovanny ruzie met wat bendeleden uit West en al snel is er een opstootje. Iemand spuit met traangas en wanneer het personeel de penetrante lucht ruikt worden beide groepen naar buiten gewerkt. Daar staan plotseling veertig opgefokte jongeren en de ruzie escaleert. Jongens springen in de taxi om thuis wapens te gaan halen.

Een van de amokmakers uit West, de twintigjarige Mohammed 'Moummie' Chekhchar, krijgt een wapen in zijn handen gedrukt en hoort 'Schiet dan! schiet dan!' Hij haalt de trekker over en raakt zijn doelwit van dichtbij in zijn borst. Jovanny raakt ernstig gewond en sterft niet lang daarna voor de deur van de discotheek in Gwenettes armen. Ook Vincent, een andere jongen van Zuid, wordt neergeschoten. Hij wordt in zijn buik getroffen en raakt levensgevaarlijk gewond. Op de intensive care verklaart hij later aan de recherche dat Chekhchar diegene is die heeft geschoten.

De schutter is na de schietpartij zo bang geworden dat hij lang onvindbaar is. Hij wordt pas na anderhalve maand gepakt in een woning in Diemen. Wanneer hij later voor de rechter staat vertelt zijn advocaat over de reputatie van de jongens van Zuid. 'Het zijn jongens die meerdere malen met politie en justitie te maken hebben gehad.' Wanneer Chekhchar in het arrestantenverblijf van de rechtbank zit, wordt hem pijnlijk duidelijk dat de leden van de bende-Zuid, verdacht van roofovervallen, hem voorgingen. 'Op de muren van alle cellen is geschreven: Moummie gaat dood,' zo weet zijn advocaat. 'Ook de namen van andere leden van de bende-West staan vermeld.'

Uiteindelijk wordt Chekhchar veroordeeld tot acht jaar cel voor zijn aandeel in de schietpartij.

De grafsteen van Jovanny op begraafplaats Zorgvlied is het enige tastbare dat aan het grootste drama uit Gwenettes leven herinnert. '*Aki ta sosega mi jiu stima*' staat er op. De tekst betekent: 'Hier rust mijn geliefde kind' in het Papiamento.

Toch zorgt de traumatische gebeurtenis er niet voor dat Gwenette voortaan op het rechte pad blijft. Integendeel. Samen met de jongens van Zuid is hij volgens de recherche betrokken bij een reeks gewapende overvallen. Bij het groepje heeft zich intussen ook Najeb Bouhbouh uit Amsterdam-Oost gevoegd. Samen met Gwenette wordt ook hij vervolgd voor een reeks overvallen maar de lange celstraffen waar justitie op koerst worden niet uitgedeeld. Als het Openbaar Ministerie Gwenette eindelijk denkt te hebben voor het plegen van overvallen op banken en geldtransporteurs, eisen ze acht jaar. De rechter veroordeelt hem uiteindelijk maar tot een celstraf van achttien maanden. Zijn strafblad vermeldt nu alleen heling.

De sociaal sterke Gwenette legt in de gevangenis in Almere ondertussen nieuwe contacten.

Hoofdstuk 9

Een paar jaar na de eerste celstraffen zijn veel van de jongens van Zuid doorgestroomd naar nieuwe groepen die zich minder in het openbaar laten zien. De tijd van hangen op een straathoek is voorbij. Bij de groep rondom Gwenette heeft zich inmiddels ook Houssine Ait S. uit de Diamantbuurt gevoegd. In tegenstelling tot de meeste jongens van Zuid is deze zoon van een jongerenwerker van sporthal De Pijp allerminst een kansarm straatschoffie. Hij doet het goed op school en zal later enige tijd een kledingwinkel in de Jan Evertsenstraat hebben. Hij volgt een hbo-opleiding en helpt zijn vader zo nu en dan tijdens voetbaltoernooien in sporthal 't Knooppunt. Dat wil niet zeggen dat 'Hoes' een lieverdje is. Op negentienjarige leeftijd wordt hij aangehouden voor een zware mishandeling.

Hij zit dan al in een zaalvoetbalteam met Gwenette en de jongens uit diens groep. Houssine raakt goed bevriend met de donkere Antilliaan die op dat moment tree voor tree de criminele ladder beklimt en inmiddels de overstap maakt van overvaller naar drugsbaas.

De recherche vogelt uit dat Gwenette in de pillen zit. Ton van Dalen en Ronald van Essen verdienen in de jaren negentig honderden miljoenen met de XTC-handel. Wanneer deze oud-Hollandse criminelen niet lang daarna achter de tralies verdwijnen, springt Gwenette in het vacuüm en neemt een deel van de handel over.

Het is in die jaren dat hij zijn imago van 'ongrijpbare' krijgt. Journalist Paul Vugts van *Het Parool* schreef in 2010 een uitgebreid portret van Gwenette. Daarin omschrijft hij hem in die jaren als 'een man zonder schaduw'. De misdaadverslaggever tekent een aantal anekdotes op waaruit blijkt hoe scherp de Amsterdamse crimineel is. De verhalen ontlokken zelfs aan geharde rechercheurs van de unit ZwaCri nog altijd een schampere glimlach. Als Gwenette na een bezoekje aan de Blokker naar buiten komt lopen, knipoogt hij guitig naar de leden van het observatieteam dat hem onopvallend in de gaten moet houden. Daarop zet hij een blauw zwaailicht op het dak van zijn dure auto en scheurt vol gas weg, de agenten vol schaamte achterlatend. Bij een andere gelegenheid ontdekt de crimineel een peilzender van de recherche en plakt deze onder een politieauto. Wanneer de agenten doorhebben dat ze elkaar aan het volgen zijn, rest hun niks anders dan met de staart tussen de benen terug te keren naar het hoofdbureau.

Doordat hij zo scherp is en amper iets over de telefoon bespreekt, kan de politie hem weinig maken. Tegelijkertijd dragen de eerder genoemde 'fukkerijtjes' allemaal bij aan zijn *street credibility*. Daarnaast is hij gul. Hij laat zijn geld graag rollen en hij geeft ook blijk van ondernemerszin. Op papier is er niets terug te vinden van zijn bezittingen, maar iedereen weet eind jaren negentig dat coffeeshop Marimba aan het Van der Helstplein in De Pijp van de twintiger Gwenette is. In die jaren 'werkt' hij nog altijd samen met een paar van zijn jeugdvrienden. Ze zijn altijd bereid hem te helpen als het nodig is.

De politie heeft dan inmiddels aanwijzingen dat de groep rondom Gwenette niet alleen in de wiet en pillen zit. Samen met jeugdvrienden uit De Pijp zou hij partijen coke 'binnentrekken' vanuit Zuid-Amerika. Dat hij aan het begin van het millennium inmiddels over internationale contacten beschikt, ondervindt ook een Groningse middelbare schooldocent.

De tweeënvijftigjarige Gerard Meesters is eigenlijk gestopt als leraar. Zijn kinderen zijn het huis uit en de Groninger wil nu het liefst de ICT in. Iedereen die hem kent omschrijft de fervente wandelaar als een betrokken en een warm persoon. Op zondagavond 24 november 2002 bellen er vijf mannen aan bij zijn bescheiden woning in de Uranusstraat. Onder hen Gwenette en diens jeugdvriend Etous Belserang. Ze zijn op zoek naar de zus van Meesters, Jeanette. Meesters staat de delegatie uit Amsterdam te woord en legt uit dat hij hen niet van dienst kan zijn omdat hij al geruime tijd geen contact meer met haar heeft. Daarmee nemen de mannen geen genoegen. In de hal van zijn woning geven ze Meesters een papiertje met een Spaans telefoonnummer dat hij aan zijn zus moet geven. Doet hij dat niet, dan komen de mannen terug, zo beloven ze. 'En niet om te praten.' Hoewel de criminelen menen dat Meesters hen arrogant heeft behandeld, is de ex-leraar, die compleet onbekend is met de mores van de onderwereld, doodsbang na het bezoekje. Hij belt de politie en brengt de nacht door op een ander adres.

Wat is er aan de hand? Waarom brengt Gwenette met een ploegje diknekken een bezoekje aan een leraar in Groningen? Het antwoord ligt bij Jeanette, de vijf jaar jongere zuster van Meesters. Samen met haar vriendin Madeleine rijdt zij een paar maanden daarvoor in een gehuurd busje door Spanje. De twee vrouwen hebben gedronken als ze bij een alcoholcontrole worden aangehouden. De vrouwen mogen niet meer verder rijden en de bus gaat terug naar het verhuurbedrijf. Daar ontdekt de Spaanse politie dat er 350 kilo hasj in verstopt zit. De politie neemt de partij in beslag. De twee vrouwen duiken onder. Want, zo blijkt later, de Engelse organisatie voor wie de vrouwen aan het werk waren, beweert dat er niet 350, maar 1500 kilo drugs aan boord van het busje had moeten zijn en wil weten wat er met de resterende 1150 kilo gebeurd is. Het gaat om de organisatie van de beruchte Engelse drugstycoon Robert Dawes, het Britse contact van Gwenette. Iemand die hij niet zoveel kan weigeren. Een lid van de bende in

Amsterdam – ene Daniel Sawerby – benaderde Gwenette met de vraag of hij met hem mee naar Groningen wil om daar 'een probleempje op te lossen'.

Gwenette is er vier dagen na de bedreiging niet bij als Daniel Sawerby met een andere Engelsman opnieuw afreist naar Groningen. Gerard Meesters is die dag naar een computerbeurs in Utrecht geweest. Hij logt om vijf over zeven in op zijn computer. Niet lang daarna gaat de bel. Als hij de deur opendoet, schiet Daniel Sawerby hem van dichtbij dood in het halletje van zijn woning. Gwenette verklaart later 'erg geschrokken' te zijn toen hij hoorde dat het niet bij dreigementen was gebleven. Sawerby gaat levenslang de cel in voor de moord, Gwenette blijft buiten schot.

Toch is het voor de recherche inmiddels zo klaar als een klontje: het straatschoffie uit Amsterdam-Zuid is uitgegroeid tot een abc'er, een Amsterdamse beroepscrimineel, die zich pijlsnel en zonder al te veel scrupules omhoogwerkt in het criminele circuit. Een man met internationale contacten die er niet voor terugdeinst om geweld te gebruiken als dat moet. Maar terwijl Gwenette de straat steeds verder achter zich laat, blijft één ding nog *unfinished business*. De moord op zijn broer.

Mohammed Chekhchar, de moordenaar van Gwenettes broer Jovanny, lijkt in 2003 zijn leven gebeterd te hebben. Hij heeft zijn straf uitgezeten en werkt inmiddels al anderhalf jaar als barkeeper in poppodium de Melkweg. Volgens zijn baas is hij een 'keurige en rustige' medewerker. Hij hoeft op dinsdagavond 14 oktober niet te werken en daarom zit de eenendertigjarige met zijn opvallende afrokapsel aan de bar van coffeeshop Ruthless in Amsterdam-West. Om negen uur komt er een man met een motorhelm en zwarte kleding naar binnen gelopen. Hij trekt een wapen en vuurt genadeloos meerdere keren op Chekhchar die, ondanks verwoede reanimatiepogingen van het ambulancepersoneel, even later overlijdt.

Bij het team dat de moord onderzoekt, leeft direct de theorie dat Gwenette zijn broer gewroken heeft. Dat verhaal vindt ook weerklank op straat. Daar wordt zelfs een naam genoemd: Clyde Lewis, een van de jongens van Zuid zou de fatale schoten hebben gelost. Maar ondanks alle aanwijzingen krijgt de recherche de zaak niet rond. Om te kijken of hij misschien iets loslaat wordt Gwenette een jaar na de moord wel even aangehouden. Maar zonder resultaat.

Hij zet zijn criminele activiteiten kennelijk onverstoorbaar voort. Hij lijkt niet te kiezen voor een low profile. Hij slaat duizenden euro's stuk in populaire nachtclubs en zit graag aan de viptafels van grote vechtgala's. Tijdens het K-1 World Grand Prix-toernooi in Yokohama in 2006 maakt kickbokser Badr Hari zijn entree in een T-shirt met de opdruk 'Gwenette forever'. Hij maakt er geen geheim van dat hij goed bevriend is met de beruchte gangster.

Hoofdstuk 10

Gwenette geldt op straat steeds meer als een 'grote jongen'. En dat laat hij ook zien. In een café waar Gwenette toevallig zit, beklaagt een gedetineerde zich er tijdens zijn weekendverlof over dat hij helemaal geen geld meer heeft. Hoewel hij de man niet kent, stopt Gwenette hem zonder blikken of blozen 5000 euro toe. Wanneer hij een oude bekende tegenkomt in een schoenenwinkel, zegt Gwenette dat hij mag uitzoeken wat hij wil. Daarnaast gaat het verhaal dat hij ooit twintig Vespa-scooters bestelde voor de jonge jongens uit zijn buurt. En ook in het nachtleven van Amsterdam gedraagt Gwenette zich als een Italiaanse 'Don'.

Toch is hij voorzichtig. Wanneer een meisje hem bij het verlaten van een discotheek vraagt waarom hij een kogelvrij vest aantrekt, zegt hij grappend: 'Op een dag ben ik er niet meer, maar ik wil die dag zo lang mogelijk uitstellen.' Als hij in oktober 2006 samen met zijn entourage bij nachtclub Sinners arriveert, hoeft hij niet achter aan te sluiten in de rij wachtenden. De portiers, die ook wel weten met wie ze te maken hebben, laten het groepje soepel naar binnen. Eenmaal binnen krijgt Gwenette het bij de garderobe aan de stok met een dame. De ruzie loopt volledig uit de hand. Er vallen klappen. De vrouw vlucht naar buiten, maar daar gaat het gevecht verder. De dame wordt door Gwenette en een vriend van hem volledig in elkaar geslagen. Terwijl ze op de grond ligt blijven de mannen op haar intrappen. De vrouw breekt haar kaak en een oogkas, en ze loopt een hersenschudding op. Als haar neef haar te hulp schiet, wordt ook hij aangepakt. Hij scheurt een schouderspier.

In 2007 neemt justitie Gwenette vol op de korrel. Drie maanden lang wordt er een witwasonderzoek gedaan. Daarbij worden allerlei oude dossiers nog eens grondig doorgelicht. Het feit dat hij zonder enig legaal inkomen rondrijdt in dure auto's en prijzige horloges om zijn pols heeft hangen, versterkt bij het onderzoeksteam het idee dat Martha een geslaagde beroepscrimineel is. Daarnaast wordt hij vervolgd voor de smokkel van bijna 18 kilo heroïne naar Engeland en het mishandelen van een vrouw.

Uiteindelijk wordt hij tot zeven jaar gevangenisstraf veroordeeld. Maar nog geen maand nadat de rechter het vonnis heeft uitgesproken, neemt hij in mei 2008 de benen. Onder luid gejuich van medegevangenen klimt hij met behulp van een touwladder uit de gevangenis Zuyder Bos in Heerhugowaard. Er staat een auto te wachten en weg is Gwenette. Hij duikt onder in Marokko. De politie vermoedt later dat hij enkele maanden bij zijn vriend Houssine Ait S. in huis zit. Als hij daar genoeg van heeft, reist hij naar Antwerpen.

Daar is hij onafscheidelijk van zijn vriend Najeb 'Bo' Bouhbouh, die hij kent uit Amsterdam. Wekelijks feesten de mannen in clubs als NOXX, Club 4 of Carré. De rekeningen lopen niet zelden op tot in de duizenden euro's. Aan de meisjes in de clubs stelt hij zich voor als 'Dennis', alleen vertrouwelingen weten wie hij echt is. Tijdens een stapavond op 28 oktober 2009, gaat het gezelschap richting de NOXX. Gwenette zit samen met een Marokkaan bijgenaamd 'Zonnepit' in de auto als ze een verkeersfuik in Deurne inrijden. De agenten herkennen Martha en houden hem aan.

Vanaf dat moment zit Gwenette weer in de bajes. Het lijkt er op dat hij voorlopig niet op vrije voeten komt. In hoger beroep krijgt hij later nog een jaar extra voor zijn betrokkenheid bij de heroïnesmokkel.

Houssine, die de zaken in Amsterdam heeft waargenomen terwijl Gwennete voortvluchtig was, neemt nu wederom de honneurs waar. Op 10 november 2010 bespiedt een observatieteam van de Nationale Recherche een ontmoeting tussen allerlei kopstukken uit de onderwereld in een café in Amsterdam-Zuid. Ook Houssine wandelt langs de telelens die de recherche in de aanslag heeft om de vergadering vast te leggen. 'Groep Gwenette Martha', noteren de speurders.

In werkelijkheid is de vriendschap tussen de twee voormalige bloedgabbers dan al danig aan het bekoelen. Over de precieze toedracht lopen de meningen uiteen, maar wie zijn oor te luisteren legt op straat hoort ongeveer het volgende verhaal: 'De burgemeester', zoals de bijnaam van Houssine luidt, is voor zichzelf begonnen. Tijdens de afwezigheid van Gwenette moet hij samen met Najeb diens zaken regelen. Langzaam maar zeker heeft hij het beheer van de drugslijnen van Gwenette naar zich toe getrokken. Daarbij is Houssine 'vergeten' om het deel van de winst af te dragen waar Gwenette recht op meent te hebben.

Verder is er, terwijl Gwenette in de gevangenis zit, een soort rivaliteit ontstaan tussen de diplomatiek aangelegde Najeb en Houssine, die een stuk onbedachtzamer opereert. Vanaf nu is Najeb de enige die hij vertrouwt. Najeb staat bekend als een eerlijke zakenman. Zeker geen watje, maar in ieder geval betrouwbaar.

De samenwerking van weleer is stukgelopen. Gwenette is woedend. Hij ziet het als hoogverraad dat Houssine nu werkt met lijnen die hij heeft opgezet. Houssine lijkt te beseffen dat hij een probleem heeft. Op 7 november 2011 schrijft hij zich uit bij de burgerlijke stand. Reden: 'emigratie'.

Hoofdstuk 11

Eind 2011 zijn de kaarten binnen de Amsterdamse onderwereld opnieuw geschud. Gwenette Martha zit in de cel en zijn boezemvriend Najeb Bouhbouh heeft de dagelijkse leiding van de groep in handen. Die andere 'adjudant', Houssine Ait S., lijkt uit de gratie te zijn geraakt en is voor zichzelf begonnen.

Vanaf dat moment schittert hij eigenlijk door afwezigheid. Houssine is het land uit, daar zijn de meesten het wel over eens. Maar waar hij naartoe is? Gewoon, Marokko, zeggen sommigen. Anderen denken dat het Thailand is, het zonnige vechtsportwalhalla is een populaire bestemming onder Marokkanen. Of is hij in Zuid-Amerika om contacten te leggen voor zijn eigen cocaïnetransporten?

Ook de recherche is inmiddels op de hoogte van de getroebleerde relatie tussen de voormalige compagnons. 'Houssine en Gwenette Martha hebben al langere tijd ruzie met elkaar,' zo vangt de Criminele Inlichtingen Eenheid (CIE) op. 'Reden hiervoor is dat Houssine geld van Martha achterover heeft gedrukt toen Martha vastzat. Houssine staat op de dodenlijst van Martha. Houssine heeft alles in Nederland verkocht en woont nu in Marrakech, Marokko.'

Het gerucht gaat zelfs dat Houssine een paar cosmetische ingrepen heeft laten doen. Als je de verhalen van ingewijden hoort, lijkt hij een soort mastermind die in de coulissen de touwtjes in handen heeft. Schone handen, want ook Houssine heeft mannetjes om het een en ander aan uit te besteden. Het is een ambitieuze club, eropuit om een flink aandeel in de drugshandel te veroveren.

***

De politie houdt het huis van zijn moeder goed in de gaten, maar de voortvluchtige Rida Bennajem kunnen ze niet vinden. Waar is hij? Is hij echt geëmigreerd? Nee. Het is niet zo dat Rida na de mislukte overval in Leiden met de gordijnen dicht wegkwijnt in een safehouse. Hij wordt regelmatig gespot. Gewoon op straat of in de shishalounges. Zoals zoveel gezochte Marokkanen loopt hij na de overval nog gewoon rond in de hoofdstad. De politie kan de ene Marokkaan toch niet van de andere onderscheiden. Zelfs als agenten je staande houden, kun je gewoon het identiteitsbewijs van een vriend laten zien en weten de wetsdienaren niet dat ze een van de meest gezochte criminelen van Nederland voor hun neus hadden staan.

Rida is slim genoeg om zich gedeisd te houden nu zijn mededaders gevangenisstraffen van acht en twaalf jaar boven het hoofd hangen. Hij schoot immers op de politie, iets wat de officier van justitie minstens zo erg zal vinden als het onder vuur nemen van een juwelier. Het is moeilijk om op legale manier geld te verdienen als je uitgeschreven bent bij de gemeente en gezocht wordt door de politie. Daarom hangt Rida nu fulltime met de grote jongens. Hij staat toch al op de Nationale Opsporingslijst. Waar hij eerder nog 'nee' kon zeggen tegen klusjes, is hij nu helemaal afhankelijk van de jongens uit de groep van Houssine.

Naar Marokko vertrekken is ook geen optie. Dat wil hij zijn moeder niet aandoen. Bekenden spotten hem regelmatig in waterpijpcafé Fayrouz, halverwege het stukje Amstelveenseweg tussen het Vondelpark en het Olympisch Stadion in Amsterdam-Zuid. Daar zit de harde kern van de groep.

Het zijn niet allemaal straatschoffies. Sommigen van hen zijn jongens met een afgeronde hbo-opleiding. Slim dus. Waar oudere Marokkaanse mannen samenkomen in koffiehuizen om backgammon te spelen, zitten deze jongens met dezelfde uiterst serieuze blikken rond tafeltjes te 'schaken'. Niet het bordspel. Ze peinzen dag na dag samen over hun volgende zet.

Ze bedenken de meest ingenieuze opzetjes om hun rivalen op het verkeerde been te zetten en de recherche te misleiden in het tijdperk van internet, DNA, toezichtcamera's en telecomgegevens. Ze zijn vindingrijk. Alle digitale mogelijkheden gebruiken ze in hun voordeel. Het idee is dat wanneer zij toeslaan, achteraf niets is wat het lijkt. De jongens van de groep zijn er overigens niet blij mee dat Rida zich zo in de kijker heeft gespeeld. Een onbenullige overval en het dan ook nog verkloten. Hoe dom kun je zijn?

De rolverdeling binnen de groep staat beschreven in de dossiers van justitie. Een van de vertrouwelingen van Houssine is zijn drieëntwintigjarige 'neefje' Hamid 'Kikker'. Het is de jongen uit Amsterdam-West via wie Rida bij de groep kwam. Hoewel hij nu nog geldt als grote onbekende zal hij later veelvuldig opduiken in onderzoeken van de recherche.

Rida ontmoet ook de vijfentwintigjarige Souhail Laachir uit hartje Osdorp, de financiële man van de groep. Hij beheert het contante geld en regelt de drugstransporten. Dat blijkt uit een tip die de CIE als betrouwbaar bestempelt. Souhail zit al een paar jaar op het verkeerde pad, zo valt te lezen in zijn criminele cv. Zes jaar geleden was hij nog een simpel inbrekertje dat ooit gepakt werd voor het doen van een valse aangifte en domme Mickey Mouse-vergrijpen als heling. En moet je hem nu eens zien. Mooie kleren, lekker feesten. Wie zei nog dat misdaad niet loont? Deze mannen lopen met pakken geld op zak, geven dure horloges weg alsof het kauwgumpjes zijn en leven erop los.

En dan is daar ook nog Benaouf A. Vrienden noemen hem gewoon 'Ben'. Voor velen een nieuw gezicht. Hij komt niet uit Amsterdam-Oost en ook niet uit Amsterdam-West. De sympathieke zevenentwintigjarige is een Eindhovenaar. Benaouf pakt Rida helemaal in. Volgens tips die de CIE binnenkrijgt is Benaouf erg zorgzaam. 'Rida (...) wordt onderhouden door een kale man,' zegt een informant die een foto van Benaouf te zien krijgt. 'De persoon op de door u getoonde foto herken ik als de kale man die ik bedoel.'

Ook is er een tip binnengekomen bij de kliklijn van de politie. Via Meld Misdaad Anoniem hoort de recherche het volgende: 'Rida is altijd in gezelschap van ene Benaouf en het tweetal komt heel vaak in café Fayrouz.'

Ook de goedaardige Said el Yazidi blijkt uiteindelijk niet bestand tegen de verlokkingen van het snelle geld. Hij sluit zich na een tijdje aan bij de groep – net als zijn beste vriend. Said is een ideale chauffeur. Wanneer de politie zijn identificatie vraagt en hem door het systeem haalt, zullen ze niks raars tegenkomen en kan de auto gewoon doorrijden. En hij kan auto's huren. Misschien kan Said met zijn smetvrije blazoen zelfs wat wapens en andere dingen thuis bewaren.

Houssine, Benaouf, Hamid en Souhail zijn wat justitie betreft de harde kern van deze groep. Daaromheen worden nog een boel namen genoemd. Het is een van de vele groepen die je hebt in Amsterdam. Maar deze groep staat begin 2012 aan de vooravond van een conflict dat niemand zal ontgaan. Een conflict waarin Benaouf zal uitgroeien tot een van de hoofdrolspelers.

***

De flamboyante Benaouf is een hippe jongen en hij ziet er stoer uit. Veel mensen mogen hem. De lange Marokkaan komt uit Eindhoven, maar woont alweer een paar jaar in de hoofdstad. Na de mavo deed hij de mbo-opleiding Handel en Verkoop, maar maakt die niet af. In Amsterdam heeft hij eerst als glazenhaler in de populaire discotheek Escape aan het Rembrandtplein gewerkt. Hij was toen nog niet zo breed als nu en scheerde ook zijn hoofd nog niet kaal. Op een gegeven moment houdt Benaouf het werken in het nachtleven voor gezien. Hij krijgt een baantje in fitnesscentrum Fit for Life van Mohammed Z. in de Van Hallstraat in de Staatsliedenbuurt en staat er samen met zijn nichtje achter de balie. Hij heeft dit baantje gekregen via de vriend van zijn zus.

Benaouf is in die dagen zelf verloofd met een negentienjarig meisje. De knappe jongen valt haar meteen op wanneer ze hem in 2009 voor het eerst ontmoet in zijn huis in een van de hoge flats langs de ringweg A10 in Amsterdam-West. Niet lang na deze eerste ontmoeting ontwikkelen Benaouf en het meisje een knipperlichtrelatie. Vanaf het begin zijn er problemen. Zo kunnen hun families elkaar niet luchten of zien. Dat is onhandig omdat Benaouf erg close is met zijn familie. Vaak komen ze vanuit Eindhoven bij hem en zijn zus over de vloer.

Volgens zijn verloofde is Benaouf 'een standaard Marokkaan'. Ze vraagt zich nooit af waar hij alle dure kleding van betaalt. 'Iedereen draagt bij ons dure kleding. Ook al heb je weinig geld.' Volgens haar heeft Benaouf in die periode helemaal niet zoveel geld. Hij rijdt in een simpele Polo en geeft nooit dure cadeaus aan zijn vriendin. Zelfs op haar verjaardag krijgt ze niets. Eén keer gaan ze op vakantie. In 2010 gaan ze met de hele familie een paar dagen naar Disneyland Parijs. Dat is meteen de enige uitspatting die ze zich kan herinneren. Bij hun huwelijk in mei 2011 is er zelfs geen bruidsschat, wat zeer ongebruikelijk is. Uiteindelijk redt de relatie het niet. Amper vijf weken na het huwelijk gaat het pasgetrouwde stel alweer uit elkaar.

Of Benaouf in het fitnesscentrum van zijn zwager meer doet dan baliewerkzaamheden en eiwitshakes mixen weet zijn ex niet. 'Mannen praten namelijk niet met vrouwen over wat ze doen.' Toch gebeuren er vreemde dingen in het sportcentrum. Terwijl er amper klanten zijn, heeft Mohammed de sportschool voor zes ton ingericht met state of the art-spullen. Zo zijn alle fitnessapparaten van Panatta en Stex, de duurste merken die er zijn. Ook zitten er vaak jongens bij Benaouf aan de bar die niet komen om te trainen. In plaats van een sporttas hebben ze alleen maar een klein schoudertasje bij zich.

Ondanks dat Benaouf in het buitenland 'eerlijke ondernemingen', waaronder enkele bouwbedrijven, schijnt te hebben, lijkt het er niet op dat hij kiest voor de eerlijke weg in het leven. Dat blijkt overigens niet uit zijn strafblad. De laatste aantekening dateert alweer uit 2006. Toen werd hij verdacht van poging tot afpersing. Hij zou toen weten dat iemand in Den Bosch veel hasj thuis had liggen en klopte aan om het op te eisen. Maar zijn levenswijze is veelzeggend.

Het is een leven dat zich voornamelijk 's nachts afspeelt. Overdag slaapt hij. En dan nog kun je niet voorzichtig genoeg zijn. Een huis heeft hij niet. Officieel dan tenminste. Hij slaapt dan weer in een woning in het Belgische Turnhout, dan weer in Eindhoven en dan weer in Amsterdam. Hij rijdt dagelijks alle kanten op. Naar Parijs, Spanje en Amsterdam. Altijd onderweg naar weer een nieuwe afspraak. Daarbij weet hij precies welke grensovergangen hij moet mijden om niet aan de kant gezet te worden door de FIOD en de Douane. En als hij onverhoopt toch aangehouden wordt, heeft hij altijd nog valse papieren bij zich om de instanties op het verkeerde been te kunnen zetten.

Om herkenning te voorkomen, wisselt hij ook geregeld van auto. Dat is niet gek. Niemand in zijn kringen koopt nog een auto. Als je aangehouden wordt en je niet kunt aantonen dat die auto van jou is en op een eerlijke manier verkregen is, wordt die in beslag genomen. Dus worden de auto's van Benaouf gehuurd, en niet door hemzelf. Zijn vriend Said regelt om de twee weken een nieuwe. Het liefst een onopvallend model, want in het oog springende auto's leveren altijd gedoe op met de politie. Elke telefoon die hij heeft is voor een ander contact. En om de maand gooit hij de vijf telefoons die hij bij zich heeft weg en koopt hij nieuwe. Op die manier wordt het voor de recherche een stuk moeilijker om hem af te luisteren.

Mohammed houdt zich al ruim een jaar druk bezig met het financieren en regelen van een gigantisch coketransport. Hij wil ongeveer 1200 kilo met een motorjacht vanuit de Antillen naar Nederland smokkelen. Het luxe schip is ingenieus geprepareerd. De smokkelaars weten dat de douane meestal zoekt naar een geheime ruimte in de brandstoftank. Vandaar dat er een dergelijk compartiment is ingebouwd, als een afleidingsmanoeuvre. Ze verwachten dat de douane niet verder zal zoeken als ze het lege compartiment ziet. De drugs zitten echter verstopt in een speciale ruimte onder het duikplatform achter op de boot. Op straat is de coke een slordige 43 miljoen euro waard.

Maar wat een grote klapper voor de organisatie van Mohammed had moeten worden, gaat de boeken in als de grootste cocaïnevangst ooit in het Verenigd Koninkrijk. Na een tip doorzoeken Engelse douanebeambten het jacht dagenlang. Op 22 mei 2011 is het bingo. Pakket na pakket wordt uit het schip naar boven gehaald. Uiteindelijk ligt er meer dan een ton cocaïne in dichtgetapete kleurige pakketten in de douaneloods.

Ruim twee maanden observeert de Nationale Recherche de smokkelaars en snorren de taps in de afluistercentrale. Dan is het 'klapdag'. Ook in de sportschool in de Van Hallstraat valt de politie binnen. De recherche ziet Mohammed als het brein en de belangrijkste financier van de hele operatie. Hij wordt uiteindelijk veroordeeld tot acht jaar cel voor het transport. Hoewel de recherche vermoedt dat Benaouf hand- en spandiensten voor zijn zwager heeft uitgevoerd, wordt hij nooit veroordeeld.

Het lijkt erop dat de ambitieuze Benaouf geroken heeft aan het snelle geld. En de geur bevalt hem. Dat hij met de schrik vrijgekomen is rondom de vangst van de megapartij cocaïne in Engeland, heeft er allerminst voor gezorgd dat hij voortaan op het rechte pad wil blijven. Inmiddels doen zich nieuwe kansen voor. Zijn zusje heeft Mohammed laten zitten en gaat nu met Houssine Ait S. En dus duurt het niet al te lang voordat er weer een nieuw verhaal in elkaar gedraaid wordt om een grote slag te slaan.

Hoofdstuk 12

Het blijft een vertrouwd beeld: Marokkaanse tienerjochies die in een bovenwoning in Bos en Lommer rondom een weegschaal zitten, met daarop een grote plak hasj. Met een verwarmd mes worden de kilo's secuur versneden tot pondjes en onsjes, al naar gelang de vraag.

Toch is de tijd voorbij dat Hollandse Marokkanen een paar kilo Zero Zero in de reserveband van hun oude Mercedes mee naar Nederland smokkelen om zo hun zomervakantie terug te verdienen. De drugshandel werd steeds professioneler. In de jaren tachtig werden er goede contacten gelegd tussen de Hollandse penoze en de Marokkaanse hasjbaronnen hoog in de bergen van Ketama. Nog altijd tiert de hasjhandel welig en nog altijd spelen Marokkanen een sleutelrol in die handel. Zij bestieren de drugslijnen waarmee de handel, soms al decennialang, naar het Europese vasteland wordt gebracht.

De in Europa woonachtige neefjes van deze drugsbazen kwamen in het nachtleven van de steden waar ze woonden in aanraking met een nieuwe drug. Een drug die het tegenovergestelde effect heeft dan dat van de rustig makende hasj. Een die de gebruiker het gevoel geeft alsof hij een fles Dom Perignon leeggiet in zijn hersenpan. Een drug die geassocieerd word met succes, geld en seks. Cocaïne.

In de jaren tachtig was cocaïne de drug van de zakenjongens, beurshandelaren zoals Charlie Sheen er een neerzette in *Wall Street.* En het was de drug van excentriekelingen, artiesten als Herman Brood. Nu lijkt het alsof iedereen weleens een snuifje doet. Acteurs, talkshowhosts, wethouders, voetballers, een enkele turnkampioen... Zelfs in de Tweede Kamer ontkom je niet aan de sporen van cocaïne. Laat staan in het uitgaansleven, waar het niet aan te slepen is. Nog geen 30 000 Nederlanders zijn verslaafd, maar veel en veel meer mensen gebruiken het puur recreatief. Toch is het witte poeder nog hartstikke illegaal. En dankzij de onverzadigbare vraag ernaar is het de favoriete bedrijfstak van ondernemingsgezinde criminelen.

De sterren stonden gunstig voor de Marokkanen. Altijd op zoek naar nieuwe routes stuurden Zuid-Amerikaanse cocaïnekartels steeds vaker hun waar richting Afrikaanse landen zoals Ghana en Senegal, omdat de douane daar niet zoveel voorstelt. Vanaf daar vonden de drugs hun weg naar Noord-Afrika en daarmee werden de Marokkanen een onmisbare schakel in de transportketen naar het Europese vasteland.

Met de smokkel van een kilo hasj kun je duizenden euro's verdienen. Bij coke gaat het om het tienvoudige van dat bedrag. En dat wisten de Europese *inner city kids* als geen ander. Ze hadden de contacten met klanten in Engeland en gebruikten de oude, betrouwbare smokkelroutes van hun ooms om het witte poeder naar Spanje te krijgen. Sommigen werden er ontzettend rijk mee. Ze kochten huizen in Marokko, Marbella en Dubai en leefden als prinsen. Bij het ontwikkelen van nieuwe lijnen was het handig dat iedereen wel een vriend of familielid had die in de havens of op Schiphol werkte.

Inmiddels heeft de drugsimport zich verplaatst naar Antwerpen. In de Scheldestad zijn voldoende 'deuren', zoals de smokkelaars een route noemen. Voor 25 tot 30 procent van de opbrengst, is er altijd wel iemand bereid om de spullen naar binnen te trekken.

***

Jarenlang lag de focus in de Antwerpse haven op het zo snel mogelijk overslaan van lading. Beveiliging stond nooit hoog op de agenda van de havenautoriteiten, het Gemeentelijk Havenbedrijf en de opeenvolgende havenbestuurders. En daar ligt meteen het antwoord op de vraag waarom Antwerpen zo populair is bij drugssmokkelaars. De haven is namelijk zo lek als een vergiet.

Wie dat met eigen ogen wil zien, hoeft alleen maar in de auto te stappen en het enorme havencomplex binnen te rijden. 130 vierkante kilometer vol containerterminals die met elkaar verbonden zijn door een wirwar van grote en kleine weggetjes. In Antwerpen is zelfs de verste uithoek snel en eenvoudig te bereiken via een van de grote openbare wegen die het gebied doorkruisen. De toegangspoorten van de Belgian New Fruit Wharf zien er nog wel imposant uit met camera's en hoge hekken. Maar aan de achterkant wordt meteen duidelijk waarom de terminal, waar jaarlijks ruim 2 miljoen ton fruit uit Zuid-Amerika wordt overgeslagen, favoriet is bij de smokkelaars. Er zijn geen camera's en het hek zit vol gaten. Even verderop is er zelfs helemaal geen omheining. Daar wordt de afscheiding gevormd door een slootje van een halve meter. De situatie bij de terminals van MSC is niet veel anders.

De douane in het gebied kampt met een schreeuwend personeelstekort. In de hele haven van Antwerpen zijn er acht douaniers die zich, naast enkele andere taken, bezighouden met de bestrijding van drugssmokkel. En zo gebeurt het regelmatig dat er geen personeel is om de scanner te bedienen waarmee containers kunnen worden doorgelicht. Slechts 0,75 procent van de vele duizenden grote stalen dozen die ingevoerd worden, gaat door de scanner.

Hoe schril is het contrast met de haven van Rotterdam. Daar is het nagenoeg onmogelijk om als leek bij een van de zwaarbewaakte haventerreinen te komen. Het havengebied is als een soort trechter om de douane gebouwd. De door drugssmokkelaars gevreesde HARC-teams (Hit And Run Cargo) houden zich dag in dag uit bezig met het opsporen van drugs. Op basis van tips van de recherche en verdachte kenmerken worden per dag circa honderd containers gescand en geanalyseerd door speciaal opgeleide ambtenaren. Wanneer er iets gevonden wordt, laat het HARC-team een deel van de drugs door om te kijken wie het spul op komt halen. Waarop de val dicht klapt.

En dus is de keuze snel gemaakt. De snelle jongens uit Amsterdam, Rotterdam en Brabant zijn best bereid naar een haven verderop te rijden als de pakkans daar gering is. En zij zijn niet de enigen. Ook Engelse *wiseguys*, Colombiaanse *traficantes*, de Italiaanse 'Ndrangheta en het Sinaolacartel, het Golfcartel en Los Zetas uit Mexico maken graag gebruik van de haven van Antwerpen. Niet voor niets stelde het Amerikaanse ministerie van Buitenlandse Zaken dat Antwerpen de hoofdslagader is van de Europese cocaïnesmokkel. 'België blijft een belangrijk doorvoerland voor illegale drugs op weg naar Nederland, het Verenigd Koninkrijk en andere punten in West-Europa. De meeste grote cocaïnezendingen zijn bestemd voor Nederland.'

Wat ook niet erg meehelpt is dat de haven van Antwerpen een bestuurlijke chaos is. Feitelijk zijn het twee havens: een op de linker- en een op de rechteroever. Elke haven hoort bij een andere provincie. De rechteroever valt onder de provincie Antwerpen, de linkeroever ligt in Oost-Vlaanderen. De haven omvat drie gemeentes: Antwerpen, Zwijndrecht en Beveren. En om de zaken nog wat ingewikkelder te maken zijn er twee gerechtelijke parketten bevoegd in de regio. Te weten Antwerpen en Dendermonde.

En daar bovenop is er zo af en toe een douanebeambte te vinden zoals de eenendertigjarige Tim Deelen. Jarenlang ging hij gebukt onder schulden en werd er zelfs beslag gelegd op zijn bezittingen. Maar ineens leek het alsof hij de loterij gewonnen had. Hoewel hij officieel nog steeds rond moest zien te komen van een ambtenarensalaris van nauwelijks 1500 euro per maand, liet de Antwerpse douanier het ineens breed hangen. In de hippe tenten op Het Eilandje, zoals de gerenoveerde havenbuurt in Antwerpen wordt genoemd, bestelde hij zonder blikken of blozen acht flessen champagne van 1800 euro per fles. Iedereen in het nachtleven wist dat als Tim binnenkwam, het feest pas echt begon. In een paar maanden joeg hij er meer dan drie ton doorheen in het uitgaansleven.

En dat was niet de enige uitspatting. Met zijn nieuwe vriendin, een Hongaarse paaldanseres die hij in een striptent had opgepikt, wilde hij een luxueus appartement in het centrum betrekken. Ze hadden al voor 60 000 euro aan meubels aangeschaft. Cash. Het stel moest alleen nog even wachten totdat het de sleutels van hun liefdesnestje overhandigd zou krijgen. Daarom verbleven ze een aantal weken in de Presidential Suite van het Radisson Blu-hotel.

Het beste was niet goed genoeg. Tim Deelen reed rond in een Bentley, droeg peperdure horloges en bezocht de paddock van Formule 1-races in Duitsland, Engeland, Monaco en de Verenigde Arabische Emiraten. Wie dacht dat Tim met een prijsvechter naar de racewedstrijden vloog, had het mis. Hij liet zich rondvliegen in een privéjet. In *no time* groeide de jongen, die in een dorpje onder de rook van Antwerpen opgroeide als zoon van een lokale politicus, uit tot een fenomeen.

Het geheim van zijn succes? Coke.

Tim zat tot over zijn oren in de drugssmokkel. Hoewel hij een simpel baantje bij de douane had, kon hij er met een eenvoudige muisklik voor zorgen dat een container ongemoeid langs de douane kwam. Van zijn criminele contacten ontving Tim de serienummers van de zeecontainers met drugs. In het computersysteem vinkte hij vervolgens de optie 'container reeds gecontroleerd' aan. Daarop konden de drugsbendes uit Nederland de container zonder enige bemoeienis van de douane het haventerrein af rijden.

Tegen de tijd dat de Belgische recherche hem in het oog kreeg, was hij al behoorlijk ver heen. Hij gebruikte zelf steeds meer drugs waardoor hij zich onoverwinnelijk ging wanen. In zijn hang naar meer geld begon hij steeds openlijker grote jongens in de drugswereld te benaderen met het voorstel om gezamenlijk coke te importeren.

Uit afgeluisterd telefoonverkeer bleek dat Tim soms vreemde gesprekken voerde met Nederlanders uit Rotterdam. 'Mijn vriendin is op vakantie. Ze komt op 8 of 9 oktober terug naar België. Is dat oké voor jou?' Daarop antwoordde de douanier: 'Dat gaat voor mij. Later niet meer.' Dit versluierde praatje bleek te verwijzen naar een container uit Ecuador met daarin 20 ton bananen. Toen de federale politiemensen de container doorzochten, sloegen ze steil achterover. In totaal zaten er 6985 pakketten cocaïne met een gewicht van meer dan 8 ton tussen de lading verstopt. De grootste cocaïnevangst ooit op het Europese vasteland, met een straatwaarde van bijna 400 miljoen euro, bleek bestemd voor een bedrijf in de Spaanse Polder in Rotterdam.

In de Maasstad werden vier mannen aangehouden, maar zij waren waarschijnlijk niet de geldschieters. Er is nooit bekend geworden wie de investeerders waren achter dit megatransport. Net als nooit bekend is geworden hoeveel containers met coke Tim en zijn crew precies hebben doorgelaten. Maar insiders bij het Belgisch federaal parket schatten dat het vele tonnen geweest moeten zijn.

***

De verhalen van platte douaniers die met een muisklik tonnen coke doorlaten, spreken tot de verbeelding. Toch is dat niet de dagelijkse praktijk. Vaker, veel vaker komt het 'uithalen', zoals het stiekem lossen van de coke uit de containers genoemd wordt, aan op ouderwets handwerk, uitgevoerd door kleine krabbelaars. Wanneer de lading is gearriveerd, wordt 's nachts gewoon een gat in het hek van de omheining geknipt en zoeken de uithalers hun weg door het labyrint van de metershoog opgestapelde stalen containers die in de terminal staan. Zelfs als de container 'op rood' staat om dat hij nog gecontroleerd moet worden, zijn er wel uithalers gek genoeg om erop af te gaan. 'Kamikaze' noemen ze het in het wereldje.

Dat het 's nachts op de kaaien een komen en gaan is van drugssmokkelaars, is de federale politie in Antwerpen op 19 oktober 2011 pijnlijk duidelijk geworden. Die nacht houdt een speciale eenheid, in het kader van de opgeschaalde bestrijding van drugssmokkel, een actie op een klein stukje van de 157 kilometer kade. De agenten hebben Fruitkaai 188 uitgekozen, de eerste kade van de Belgian New Fruit Wharf. Als er vroeg op de avond al vier Polen worden opgepakt die kilo's cocaïne uit een van de containers proberen te halen, is de avond eigenlijk al een succes. Even later is het echter weer raak. Dan worden vijf Nederlanders opgepakt. Alsof dat niet genoeg is, worden er weer wat later op dezelfde kade nog eens drie uithalers opgepakt. Tot op de dag van vandaag staat deze nacht bij de agenten van de federale gerechtelijke politie van Antwerpen bekend als de 'nacht van de uithaal'.

Voor een leek is het niet te doen om in de wirwar van containers de juiste te vinden, vandaar dat de criminele bendes graag gebruikmaken van dokwerkers die de terminal goed kennen en in de avond wel even een paar duizend euro willen bijverdienen. En dus krioelt het in de Scheldestad van de zogeheten 'uithaalfirma's'. Die worden gevormd door ploegjes havenarbeiders en worden aangestuurd door mensen die contacten onderhouden met de drugssmokkelaars. Ze krijgen tussen de 25 en 30 procent van de totale waarde van de lading.

Een van de mannen die havenarbeiders overhaalt om drugs binnen te halen, is Hakim el Y. uit de Antwerpse migrantenwijk Borgerhout. Een van de vele kleine garnalen in het Antwerpse drugsmilieu. Vroeger was hij een straatdealertje dat voor overlast zorgde in de buurt. Omdat hij toen zo dik en langzaam was, noemen zijn jeugdvrienden hem nog altijd gekscherend 'schildpad' of '*Turtle*'. De bende die later rondom hem ontstaat heet dan ook de Turtles. Maar de dagen dat hij tussen de andere jochies kastanjes gooide naar het winkelend publiek en pakjes drugs stond te hosselen op het Koxplein, zijn voorbij. Hakim heeft promotie gemaakt. Dat komt deels omdat hij zich niet in geld maar in coke laat uitbetalen. In ruil voor een deel van de handel zorgt Hakim dat het binnengehaald wordt. Door zijn contacten in Borgerhout is het voor hem eenvoudig om de drugs weg te zetten. Daarnaast heeft hij nu contacten met grote drugsjongens in Colombia.

Het enige dat moet gebeuren, is dat de handel uit de containers wordt gehaald. En dat wordt de afdeling van Hakim. Hij zorgt ervoor dat omgekochte dokwerkers de juiste containers weten te vinden. Hij betaalt de havenarbeiders een paar duizend euro en krijgt zelf een percentage van de handel.

Hoofdstuk 13

Ook de groep van Houssine, Benaouf, Souhail en Hamid hoopt rijk te worden via de lekke haven. Samen met de Zuid-Amerikaanse contacten die Houssine heeft overgehouden aan zijn tijd bij Gwenette wordt een transport opgezet. Het gaat om ruim 200 kilo cocaïne, af te leveren in Antwerpen. De drugs hebben een straatwaarde van zo'n 10 miljoen euro. Daar staat natuurlijk een flinke investering tegenover.

Zelf hebben Benaouf en Houssine het geld niet. Daarom gaat Benaouf samen met een aantal 'neefjes' van Houssine op zoek naar mensen die geld willen inleggen. Er wordt contact gelegd met onderwereldfiguren uit Rotterdam. Zij leggen een deel in. Maar niet alleen de penoze investeert. Ook enkele middenstanders doen mee. Met uitzicht op torenhoge rendementen zijn sommige Marokkaanse slagers, horecabazen en groenteboeren best bereid om 10.000 of 20.000 euro van hun zuurverdiende spaarcenten in het drugstransport te stoppen. Je zou het kunnen zien als een aanlokkelijke loterij met een grote kans op een flinke prijs, maar er gaan verhalen dat de investeerders behoorlijk wat zekerheid wordt gegeven. Benaouf zou volgens sommigen een goede afloop garanderen. Mocht het toch misgaan, dan mag je hem er aansprakelijk voor stellen. En in de onderwereld weet je wat dat betekent. Als het waar is, is het een levensgevaarlijke gok van Benaouf.

Antwerpse uithalers zijn namelijk niet altijd even betrouwbaar. Berucht zijn de streken van de bejaarde Antwerpse godfather Eleftherios Papadatos alias 'de Griek'. Hij hield er in het verleden een schaduwploeg van uithalers op na. Dat was bijzonder lucratief. Wanneer De Griek het nummer doorkreeg van een container vol drugs, stuurde hij soms eerst zijn schaduwploeg op pad om de container snel leeg te halen. Vervolgens ging z'n reguliere crew op pad, niet wetend dat hun collega's hen reeds voor waren geweest. Wanneer zij onverrichter zake terugkwamen uit de haven ging De Griek samen met hen langs degene die op de drugs zaten te wachten. 'De aangegeven container was leeg,' bevestigden ook diegenen die normaal gesproken wel met de coke op de proppen kwamen. Terwijl de zendende en de ontvangende partij elkaar vervolgens in de haren vlogen met de vraag wie verantwoordelijk was voor het mislukken van het transport was de Griek de lachende derde.

Benaouf is nog niet echt gepokt en gemazeld in de Antwerpse drugswereld. Tamelijk onbezonnen gaat hij in zee met Nacerdine T., een goede bekende van Hakim el Y. Hij zal de vijf sporttassen met 200 kilo coke uit de container trekken, die liggen in de achterbak van een Honda Civic. Benaouf betaalt hem een voorschot. Daarop vertrekt de uithaler naar Marokko om eens lekker de bloemetjes buiten te zetten. Wanneer de container begin 2012 op de kade in Antwerpen staat, geeft Nacerdine ineens niet thuis. Benaouf raakt in paniek. Verbalisanten van de CIE zullen later optikken dat hij allerlei partijen benadert om de klus over te nemen. Hij moet in de korte tijd dat de lading nog in de haven staat een andere ploeg regelen. Daarom vraagt hij zijn zwager Houssine om hulp. Die kent wel iemand die misschien kan helpen. Hoewel de verhoudingen verstoord zijn, wordt Najeb Bouhbouh benaderd met de vraag of hij misschien kan bemiddelen om er zo voor te zorgen dat de lading toch nog binnenkomt.

Via Najeb worden dan alsnog de Turtles ingeschakeld, zo gaat althans de theorie. Maar zij komen met lege handen terug. De douane was ons voor, zeggen ze. De boel is in beslag genomen. Benaouf gelooft helemaal niks van het verhaal. Hij krijgt het gevoel dat hij in de maling is genomen en dat de groep rondom Hakim de coke wel degelijk heeft binnengehaald en vervolgens zelf verkocht heeft. In dat vermoeden wordt hij gesterkt wanneer blijkt dat pakketten coke met hetzelfde stempel als de verdwenen partij tegen dumpprijzen opduiken bij kampers in Brabant. Als er ook nog eens verhalen gaan dat de Turtles ineens in nieuwe, luxe auto's rondrijden, is een en een twee.

***

De chaos is compleet. 'Telg van criminele familie de Turtles ontvoerd en gemarteld,' kopt de Antwerpse misdaadjournalist Joris van der Aa vrijdag 16 maart 2012 op zijn website. 'Amsterdamse drugsmaffia stuurt strafexpeditie naar Antwerpen'. Volgens zijn bronnen is er een week eerder flink huisgehouden in zijn stad. Ook de CIE krijgt informatie binnen over een groep van ongeveer zes Antilliaanse en Marokkaanse *enforcers* die vanuit Nederland orde op zaken komen stellen in Antwerpen. Eerst probeerden ze een garage die de Turtles bezitten, aan te vallen. Dat mislukte. Daarna zouden ze Hakim el Y. hebben geprobeerd dood te schieten bij een tankstation.

Toen dat ook niet lukte, drongen ze vrijdag 9 maart in politiekleding een woning van de Turtles binnen en ontvoerden ze Haroun, een jong lid van de familie met de bijnaam 'Alpha Turtle'. Ze zouden hem pas vrijlaten als er flink wat losgeld op tafel zou komen. De jongeman werd door zijn ontvoerders gefolterd. Om de druk op de familie op te voeren, maakten ze een foto van hem naast een vleesmolen, en bezorgden die aan de familie. De boodschap was duidelijk: er moest betaald worden. Zo niet, dan zou ook de moeder van het gezin er aan gaan. Aanvankelijk deed ook het gerucht de ronde dat de Antilianen een vinger zouden hebben afgesneden van Haroun, maar dat verhaal wordt in politiekringen tegengesproken.

Alpha Turtle wordt een week lang gegijzeld op een geheime

plek. Hij heeft een blinddoek om, en hoort alleen zijn kidnappers elkaar aanspreken in het Frans en in het Nederlands. Opgeschrikt door alle heisa doet ook de Antwerpse politie volop onderzoek. De Turtles zijn alleen niet erg loslippig. Het lijkt erop dat ze liever zelf hun zaken regelen. Uiteindelijk zou er zeker 750 000 euro betaald zijn om de jongen vrij te krijgen. Volgens sommigen nog veel meer, hoewel anderen beweren dat er helemaal niets is betaald.

Het blijft nog altijd de vraag of de 200 kilo cocaïne überhaupt wel geript is. Volgens de Belgische autoriteiten is de lading gewoon onderschept, net als de Turtles al zeiden. 'De douane heeft twee grote partijen cocaïne onderschept in de haven van Antwerpen, meldt het Antwerpse parket. De drugs zaten respectievelijk in vijf sporttassen in een container met verhuisgoederen uit Chili (225 kilogram) en drie sporttassen in een container met vezelplaten uit Brazilië (70 kilogram). De drugsvangst had plaats op 23 februari. Er zijn voorlopig geen verdachten aangehouden', schrijft het Belgische persbureau *Belga* op 9 maart 2012.

Het bericht wordt onder andere overgenomen door de websites van de Vlaamse kranten *Het Laatste Nieuws* en *De Morgen*. 9 maart is echter ook de dag dat Alpha Turtle werd gekidnapt, nadat er naar verluidt al een liquidatiepoging op Hakim was ondernomen. Genoeg aanleiding voor aanhangers van de riptheorie om te geloven dat het bericht enkel naar buiten is gebracht om de boel te sussen. Niettemin blijven de Belgische autoriteiten erbij dat de cocaïne is onderschept, en zo communiceren zij het tot op de dag van vandaag ook naar hun collega's in Nederland.

Er is tweeënhalf jaar later nog altijd geen duidelijkheid over de lading. Is hij nou geript of onderschept? Er zijn wel nog meer theorieën. Een theorie is dat Benaouf, nadat Nacerdine het liet afweten, zelf de Turtles benaderde om de lading binnen te trekken. De Turtles zouden dat niet hebben zien zitten, want het risico was te groot. Ze beschikten niet over de benodigde details en goede papieren. Dat ze plotseling dure auto's hadden, zou logisch zijn, ze verdienden altijd al goed geld. Niettemin zouden de Turtles de schuld hebben gekregen van Benaouf, die een zondebok zocht om zich te verantwoorden bij de investeerders van de cocaïne. Willen jullie je geld terug? Dan moet je bij de Turtles zijn, of anders bij Najeb Bouhbouh, maar niet bij ons.

En zo zijn er nog veel en veel meer theorieën. Bijvoorbeeld dat Najeb de cocaïne zelf – of samen met de Turtles – heeft geript.

Hoe dan ook staan na de strafexpeditie in Antwerpen de verhoudingen in de Amsterdamse onderwereld op scherp. Iedereen wantrouwt elkaar. Niemand lijkt te weten wat er nou precies gebeurd is. En iedereen heeft reden om boos te zijn. Gwenette en Najeb zijn bozer dan ooit op de groep van Houssine en Benaouf. Welk scenario er zich ook heeft afgespeeld in de Scheldestad, de Turtles zijn hoe dan ook vrienden van de groep Gwenette. En stel dat de cocaïne niet is geript, maar gewoon is onderschept, hoe halen ze het dan in hun hoofd om een strafexpeditie naar de Turtles te sturen? En noemen ze nu ons ook als verantwoordelijken voor die eventuele rippartij? Wat willen ze, oorlog?

Ook de investeerders van de partij cocaïne zijn boos. Ze rekenden op flinke winsten, maar hebben nu tienduizenden euro's verloren. De meest voor de hand liggende persoon om verhaal bij te halen is Benaouf. Hij zou het toch allemaal regelen en stond toch garant?

De CIE wordt overspoeld met de meest uiteenlopende theorieën omtrent de gebeurtenissen in Antwerpen. Dat de onderwereld in rep en roer is, is wel duidelijk. Dat blijkt ook wel uit de volgende tip: 'Omdat bekend was geworden dat Bo ook in het bezit was gekomen van het containernummer, is er een conflict ontstaan tussen het kamp van Gwenette en het kamp van Houssine en Benaouf. In het conflict, dat ongeveer in maart 2012 is begonnen, hebben zich meerdere mensen gemengd waaronder Antillianen uit Den Haag, mensen uit Rotterdam en Colombianen uit Madrid. Door het conflict zijn een aantal kampen ontstaan, namelijk het kamp van Houssine samen met Benaouf en het kamp van Gwenette.'

Het is oorlog.

Hoofdstuk 14

Rida Bennajem lijkt geen rol te hebben gespeeld in de wraakexpeditie op de Turtles in Antwerpen. Een maand later ligt er wel een andere klus voor hem klaar. Het gaat om een afrekening, voor een zekere 'geïnteresseerde partij'. Een moord dus.

Rida mag dan wel al een paar keer geschoten hebben en het is een klein wonder dat daardoor nog niemand gesneuveld is, maar in koelen bloede iemand omleggen, dat is nieuw. En het is ook niet zomaar iemand. Het doelwit blijkt Redouan 'Takka' Boutaka. Dat is een grote.

De eenendertigjarige Boutaka emigreerde op jonge leeftijd vanuit Marokko naar Amsterdam. 'Takka was als kind al helemaal gek,' zeggen mensen die hem als kleine jongen op een opgevoerde scooter wheelies zagen doen in Amsterdam-Oost. Toen was eigenlijk al duidelijk dat hij in zijn latere leven nooit voor een negen-tot-vijfbaan zou gaan.

Hij maakte de overstap van overlastveroorzaker naar bankovervaller. Samen met andere leden van de zogenoemde Praxis-bende maakte hij tonnen buit tijdens gewelddadige overvallen door heel Nederland. Naast hun voorliefde voor het gebruik van Fiat Punto's viel de bende ook op door de voorhamers die ze na de overvallen achterlieten op de plaats delict. Zeker twaalf mokers bleken bij de Praxis in de Indische buurt in Amsterdam-Oost te zijn gekocht. Toen de wijkagent vervolgens de videobeelden van de bouwmarkt bekeek, herkende hij de leden van de bende meteen. Onder hen ook Redouan Boutaka. Uiteindelijk werden de leden van de bende slechts voor enkele overvallen veroordeeld. Boutaka kreeg vierenhalf jaar cel nadat hij tijdens een achtervolging in Rotterdam werd aangehouden voor een overval op een bank in Sliedrecht in juni 2006.

Nadat zijn straf erop zat, speelde hij in 2008 nog een rolletje in de videoclip van zijn oude buurtgenoot Ali B. Datzelfde jaar dook zijn naam alweer op in onderzoeken van de politie. Die vermoedde dat Boutaka nog dieper was weggezonken in het moeras van de misdaad en nu zijn geld verdiende met huurmoorden. Zijn naam werd in verband gebracht met maar liefst vijf afrekeningen.

Op straat gaat het verhaal dat hij in datzelfde jaar betrokken was bij de moord op Hassan Aït Khouda, een stagiair van het Technisch College Amsterdam. Tijdens de ramadan was deze vijfdejaars iPabo-student op bezoek bij zijn ouders voor de iftar, de maaltijd waarmee moslims na zonsondergang het vasten breken. Toen Aït Khouda om een uur of acht 's avonds de woning van zijn ouders verliet, liep hij naar een pleintje voor de deur om een sigaretje te roken. Drie studenten van een roeivereniging aan de Amstel die toevallig voorbijliepen hoorden opeens geschreeuw. Tot hun ontzetting zagen ze dat iemand aan de overkant bij de Febo aan de Amsteldijk *point blank* werd neergeschoten. Het was een aanslag in gangsterstijl: na de liquidatie vluchtte de schutter op een scooter samen met zijn handlanger die op hem stond te wachten.

Op het moment dat de broer van het slachtoffer naar buiten kwam lopen, zag hij de drie studenten gebogen over het lichaam van Hassan staan. Hij was niet meer te redden. Hassans broer smeekte hem het gebed te zeggen dat elke moslim moet uitspreken voor hij sterft. Toen Hassan nergens op reageerde, deed hij het zelf, voor zijn broertje.

Na de moord op Aït Khouda maakte de politie bekend dat de wiskundeleraar in opleiding weliswaar wegens enkele gewelds- en vermogensdelicten in de registratiesystemen voorkwam, maar dat het erop leek dat hij voor het rechte pad had gekozen. Hij werd niet in verband gebracht met zware criminaliteit. Hij was belijdend moslim, ging vaak naar de moskee. Vandaar dat de recherche er ernstig rekening mee hield dat de verkeerde was doodgeschoten. Niet Hassan, maar zijn oudere broer Mohammed, beter bekend als 'Bruce' was het werkelijke doelwit van de afrekening. Hij gold als een bekende van Gwenette Martha en Najeb Bouhbouh en zou een relatief klein conflict met hen hebben gehad. Later is in een artikel in *Nieuwe Revu* geopperd dat Houssine Ait S. de man was die de opdracht had gegeven voor de moord. Maar in een ander verhaal zou juist Najeb Bouhbouh de opdrachtgever zijn geweest. De moord zou de reden zijn dat hij de wijk had genomen naar Antwerpen.

Bij de politie is informatie bekend waaruit zou blijken dat Boutaka 'een mannetje' is van Gwenette Martha en Najeb Bouhbouh. Er is nooit iemand voor de moord op Aït Khouda veroordeeld. Dat wil niet zeggen dat de recherche geen idee heeft. Op straat gaat het verhaal dat Boutaka de vluchtscooter bestuurde en dat Said Amhaouch de schutter was. Maar aan hem kan de politie het niet meer vragen. Op 12 februari 2010 vinden wandelaars zijn lichaam in het Flevopark in Amsterdam.

Op straat zijn ze er zeker van: Boutaka heeft de losse eindjes van de aanslag weggewerkt. Hij lijkt daarnaast in een aantal grote conflicten in de onderwereld verzeild te zijn geraakt. Zo wordt hij door de politie onder meer in verband gebracht met de diefstal van tientallen kilo's cocaïne die lagen opgeslagen in een leegstaand stashhuis in de Amsterdamse wijk Geuzenveld. En hij zou volgens de geruchtenmachine op 23 december 2011 verantwoordelijk zijn geweest voor een dubbele liquidatie van smokkelaars Pieter Vos en Jaap Zillig bij het Van der Valk-hotel in Houten.

Misschien dat hij vanwege die klus even het land ontvluchtte. Hij heeft een aantal maanden ondergedoken gezeten in Jamaica, maar net nu de spanningen oplopen rondom de 200 kilo is hij ineens terug in Amsterdam. Sommigen denken wel te weten waarom. Boutaka heeft weer een klus. Hij moet Benaouf doodschieten. Ook de CIE krijgt deze informatie binnen. De tipgever noemt tegenover de CIE ook de opdrachtgever van de moord: Gwenette Martha.

***

Op zondagavond 22 april 2012 zit Boutaka al rond een uurtje of negen in The Shisha Lounge aan de Van Woustraat. Hij is er in zijn eentje naartoe gereden in een auto die hij die middag heeft gehuurd. Boutaka heeft een kogelwerend vest aan en is gewapend. Hij heeft een horloge met een nogal lange naam om zijn pols. Het is een Audemars Piguet Royal Oak Offshore Monte Napoleone. Daar zijn er maar honderd van op de hele wereld.

Rond kwart over tien steekt Rida samen met een andere jongen de Van Woustraat over. Ook hij gaat naar The Shisha Lounge. Hij komt er ook weleens voor *pleasure*, maar dit keer is het *business*. Rida draagt een zwarte jas en een Gucci-pet in dezelfde kleur. Zijn partner is een stuk langer, zeker 1 meter 80. Het is een brede, negroïde jongen met dikke wenkbrauwen. De rest van zijn gezicht zit verstopt achter een sjaal. Ook hij draagt een zwarte pet.

Rustig wandelen ze het café binnen. De donkere jongen blijft boven staan en trekt een pistool om iedereen op een afstandje van de vluchtroute te houden. Rida loopt tegelijkertijd de trap af naar beneden, het loungegedeelte in. Hij ziet Boutaka tussen diens vrienden zitten. Terwijl tientallen getuigen toekijken, haalt Rida zijn pistool met een opvallend lange loop tevoorschijn. Daarmee vuurt hij van dichtbij meerdere kogels op zijn slachtoffer af. Er is geschreeuw en gegil, blinde paniek. Rida rent naar boven en samen met zijn handlanger sprint hij de deur uit, de Van Woustraat over, de vluchtauto in, naar verluidt een Porsche. Binnen de kortste keren verdwijnen ze via de Stadhouderskade.

De politie verspreidt al snel een signalement van de schutter. Het is een lichtgetinte jongen, mogelijk Marokkaans. Hij is opvallend klein, 1 meter 65 tot 70. En hij is tenger. Al meteen gaat op straat het verhaal dat Rida Bennajem een van de schutters is. Ook de politie krijgt dezelfde maand al tips binnen dat de gezochte overvaller achter de liquidatie zou zitten. Hoe pak je een jongen die al op de Nationale Opsporingslijst staat? De politie looft een beloning uit.

Ze noemt Rida niet als verdachte van de liquidatie van Redouan Boutaka, maar in de uitzending van 29 mei laat *Opsporing Verzocht* weer de heftige beelden van de overval op Has Gold in Leiden zien. 'Bennajem staat bekend als gewelddadig, onberekenbaar en vuurwapengevaarlijk, alleen daarom al moet hij echt zo snel mogelijk aangehouden worden,' zegt Anniko van Santen tegen de kijkers. 'En om dat te bespoedigen heeft de hoofdofficier van justitie in Den Haag een beloning van 5000 euro uitgeloofd voor de tip die leidt tot zijn aanhouding. Ga alstublieft in geen geval zelf op hem af. Vermoedt u waar hij zich bevindt, waarschuw dan de politie.' De oproep blijft zonder resultaat.

Een maand later zet de politie Rida op een internationale opsporingslijst van Interpol. Hij staat nu in vierenvijftig landen gesignaleerd.

Hoofdstuk 15

In juli en augustus ligt de drugshandel plat. Dan is het namelijk vakantie. Bouwvak voor de penoze. Zo was het altijd al, en zo is het nog steeds. In de zomermaanden maken de vrije jongens de stranden en nachtclubs van Ibiza, Marbella en, steeds vaker, Marokko onveilig en wordt er dus niet gewerkt.

Omdat zijn naam op de Nationale Opsporingslijst staat, kan Rida die zomer niet naar Marokko. Benaouf gaat wel. Net als Souhail reist hij in de zomer van 2012 af naar Marokko en rijdt er rond in een witte Mercedes ML AMG-terreinauto met een prijskaartje van ruim anderhalve ton. Aan zijn pols bungelt een duur horloge en hij heeft designershirtjes aan. Op de vakantiefoto's is niet te zien of de auto van hem zelf is of gehuurd en de kleren en het horloge die hij draagt echt of nep. Evenmin is te zien dat hij grote problemen heeft rondom de partij coke die in Antwerpen verdween, maar zoals zoveel Nederlandse Marokkanen die afreizen naar het land van hun familie straalt hij louter succes uit.

Zijn ex-vrouw ziet hem nog lopen op een van de stranden bij Tétouan. Benaouf is met een grote groep jongens. Daar, op de beachclubs van Marina Smir, M'diq, Cabo Negro en Martil valt hij amper uit de toon tussen de vele Nederlandse Marokkanen die allemaal meedoen in de showcultuur en laten zien hoeveel geld ze hebben. Het zijn stranden waar veel Europese Marokkanen liggen te bakken, ver weg van de locals.

Terwijl je op de traditionele stranden vrouwen met hoofddoekjes en lange mouwen het water in ziet gaan, liggen de meiden hier gewoon in hun bikini's en genieten ze van thalassotherapie en massages in een van de vele spa's. Op deze plekken investeren de grote jongens hun drugseuro's in witgepleisterde appartementen en hotels. Het zwarte geld uit Nederland is meer dan welkom in Noord-Marokko. De overheid heeft niets geïnvesteerd hier, alles is door de mensen zelf opgebouwd. Vaak ook met geld uit de drugshandel. De instroom van crimineel geld is zo groot dat 80 procent van de rechtshulpverzoeken vanuit Nederland naar Marokko over witwasonderzoeken gaat.

Tanger, de poort van Afrika, is van oudsher een vrijhaven voor criminelen die hun buit willen uitgeven. 'De witte stad' is zeker niet de mooiste badplaats aan de Méditerranée. Meteen achter het strand staat een aaneenschakeling van fantasieloze appartementencomplexen waar nu al jaren meer en meer aan vast gebouwd wordt. De enige plek in Tanger die echt telt is de boulevard langs het strand. Avenue Mohamed VI heet de straat officieel. Je hebt er de bars, de restaurants, maar ook de bedelaars en natuurlijk de hasjdealers. Dikke auto's cruisen langs de drukke boulevard, waar na middernacht nog complete gezinnen flaneren.

Daar liggen ook de nachtclubs. Aan de viptafels zijn de gangsters in hun element. Het zijn tenten vol Tony Montana-achtige allure. Het staat er stampvol met de meest sexy dames, die vrijwel allemaal te huur zijn. Jonge jongens strooien met geld alsof ze profvoetballers zijn. In deze wereld gaat het erom wie de beste tafel heeft, de meeste flessen, het duurste horloge, de dikste auto en het lekkerste meisje. En voor de jongens met geld is de nachtclub bijna *Al Jannah* (het paradijs), alleen zijn hier aanzienlijk minder maagden te vinden. Op stiletto's, in korte jurkjes en met diepe decolletés bewegen de brunettes sensueel op de energieke beats. Ze lachen en genieten van de bijna obsessieve blik in de ogen van de starende mannen, die nauwelijks kunnen geloven dat de club gevuld is met misschien wel meer dan honderd bijzonder bevallige vrouwen.

Bloedmooie femme fatales. Maar ook snoezige hartendiefjes,

die hun mannen binnenhalen door heel schattig te kijken. En je hebt de regelrechte pornodiva's. Ordinair, in veel te krappe outfitjes, met nog een paar extra laagjes make-up. Deze donkerharige Arabische schoonheden zijn professionals die naar Tanger kwamen om te delen in de rijkdom die de jonge gasten van Marokkaanse afkomst meenemen uit Europa. Een nachtje kost je zo'n honderd euro, hoewel de meest onweerstaanbare courtisanes inmiddels wel weten dat hun marktwaarde hoger ligt en tot vijf keer meer vragen.

Ze bevolken de nachtclubs als Snob en Club 555. Laatstgenoemde is al jaren de bekendste club van de stad. De entree is voor buitenstaanders die niet op de lijst staan meteen 300 dirham (27 euro) per persoon en de security check is een stuk doortastender dan die op Marokkaanse vliegvelden. Een rondje Absolut Vodka, Coca-Cola en Casablanca-bier levert een rekening van 30 euro op. Dat is drie of vier dagen werken voor een arbeider in Marokko, maar dat bedrag komt nog niet eens in de buurt van de fooi die de jongens aan de viptafeltjes rond de dansvloer geven.

Het clubgedeelte is een vrolijke bende met veel lachende, dansende en drinkende Marokkanen. Door de jonge mensenmassa schieten kelners in witte overhemden met een rood lampje op hun voorhoofd gebonden. De mannen zijn rond de veertig en het is hun taak om de jongens en meisjes te voorzien van drank. Op de tientallen viptafeltjes staan grote schalen ijs met daarin allerlei flessen frisdrank en alcohol. Een fles wodka of whisky kost zo'n 120 euro en wordt afgeleverd door een kelner die fier een vuurwerkfontein in de lucht houdt zodat iedereen ziet wie de big spender en daarmee baas van het moment is.

Bij nog grotere bestellingen komen er drie of vier van de kelners met rode lampjes op hun hoofd naar je tafel gesneld en houden ze gezamenlijk zes of zeven vuurwerkfonteintjes omhoog. Niemand in de club die dat moment ontgaat, hoe hard de muziek ook staat. Aandacht en aanzien gegarandeerd. De rekening van de jongens aan de viptafeltjes loopt al snel op. Sommige houden het bij een paar honderd euro de man, andere bij duizend, maar er zijn er genoeg die aan het eind van de avond meer dan 10 000 euro kwijt zijn.

En wie er nog geen genoeg van heeft, kan altijd nog een afterparty houden in een van de vele 'cabarets' die de stad rijk is. De inrichting is weliswaar een stuk traditioneler dan in de hippe nachtclubs maar de moraal is hetzelfde. Ook hier veel welwillende dames. Het favoriete tijdverdrijf is 'plussen'. Met een stapel geld zitten de jongens voor het podium waar een traditioneel Marokkaans bandje populaire hitjes speelt. Als er een bankbiljet naar de zanger wordt gegooid, zingt hij je naam. En dan moet de jongen aan het tafeltje naast je er vervolgens overheen. Het doel van plussen is om de zanger zo vaak mogelijk dezelfde naam te laten zingen.

Het is nog gekker in Marrakech. Naast Tanger is deze koningsstad een populaire bestemming met een bruisend nachtleven. Daar heb je tegenwoordig ook een 555. De Nederlandse restaurantketen The Red Sun heeft er een vestiging. In clubs als Theatro komt Badr Hari graag. Ook BN'ers als Wesley Sneijder en Yolanthe, en ex-profvoetballer Winston Bogarde hebben zich er laten zien. Helemaal populair zijn de feesten rond de jaarwisseling. Nederlands-Marokkaanse penozejongens betalen dan grif 10 000 euro voor een tafeltje.

Niet alleen Marokkaanse Nederlanders hebben Marokko ontdekt als prima alternatief voor de Spaanse costa of de Franse *côte*. Zo af en toe reist er een *tata*, een Hollander, met zijn criminele Marokkaanse vrienden mee. Zo iemand is Chris Bouman uit Breda. Op het moment dat Benaouf en Souhail met vakantie gaan, zit 'de Kamper', zoals zijn vrienden hem noemen, al bijna een half jaar in Marokko.

***

Hij moest echt even weg uit Nederland. Afgelopen december waren de feestdagen nogal rumoerig verlopen. Met kerst voor de deur voelde zijn ex al aan haar water dat hij weer moeilijk zou komen doen. Haar voorgevoel was juist. Op donderdag 22 december 2011 belde ze de politie met de mededeling dat hij een baksteen door haar ruit had gegooid. Ook bij haar ouders is hij tekeergegaan, daar probeerde hij hetzelfde. Hij is woedend dat hij zijn dochtertje niet mag zien. De reden? Volgens zijn ex is de vijfendertigjarige Chris ontoerekeningsvatbaar.

Ondanks zijn bijnaam 'kampertje' komt hij niet van het woonwagenkamp. In niks is hij het archetype gangster uit een gebroken, kansarm gezin. Integendeel. Hij is de oudste zoon van een voormalig topsporter die later een zeer succesvolle carrière als kledingimporteur heeft. Chris groeit op in een hecht, warm en liefdevol gezin dat aan materiële zaken nooit gebrek had. De familie gaat jaarlijks twee keer met vakantie en neemt net zo gemakkelijk de vriendjes en vriendinnetjes van hun kroost mee.

Maar er lijkt met hun oudste zoon altijd iets aan de hand te zijn. Chrisje is een wispelturig kind dat snel afgeleid is. Hij is, net als zijn vader, goed in sport. Kan geweldig goed voetballen en wanneer hij op de chique club in Breda zijn eerste schreden op het hockeyveld zet, blijkt hij ook uit te blinken in deze kakkineuze sport. School is niks voor hem. Hij is slim genoeg, maar kan zich slecht concentreren en raakt aldoor in de problemen. Wanneer hij in zijn tienerjaren de housescene ontdekt, gaat er een wereld voor Chris open. In de vermaarde hardcore housetent Club X in Sint Willebrord komt hij ook in aanraking met partydrugs als XTC.

Vanaf dat moment glijdt hij steeds verder af in het criminele milieu. Met zijn jeugdvriend Khalid komt hij regelmatig in de problemen. En zo kan het gebeuren dat er een politie-inval plaatsvindt in zijn ouderlijk huis, in een keurig straatje in het Brabantse Zundert. Hoewel het niet de minste vergrijpen zijn waar hij van verdacht wordt, heeft een aantal agenten wel een soort klik met Chris. Hij is een jongen die je kunt vertrouwen op zijn woord. Dat wil overigens niet zeggen dat hij 'zingt' bij de politie. Zijn vrienden verraadt Chris nooit.

Maar er is ook een andere Chris. En ook die is bekend bij de politie. Het is de vuurwapengevaarlijke Chris. Want met name als hij onder invloed van drugs is, kan hij rare dingen doen. Dat weet ook zijn ex, die doodsbenauwd voor hem is. Dat ze zeker geen kletskoek verkoopt, blijkt daarnaast ook uit het strafblad van Chris. Dat beslaat maar liefst negentien pagina's met daarop meerdere meldingen van handel en bezit van verboden vuurwapens, ontvoering, bedreiging, mishandeling en brandstichting. Ook zat hij al eens vier jaar vast voor drugshandel. Daarnaast is hij twee keer in verband gebracht met levensdelicten. De eerste zaak werd geseponeerd, de tweede keer werd hij vrijgesproken.

Dat hij een imposante staat van dienst heeft in Brabant blijkt ook wel uit de getuigenissen in een XTC-zaak waarin hij volgens de politie een prominente rol speelt. Volgens de Criminele Inlichtingen Eenheid houdt hij zich samen met anderen bezig met de productie en handel in synthetische drugs. En hij staat niet bekend als een zachtzinnige manager. Wanneer een van zijn medeverdachten een schuld van 30 000 euro bij hem heeft, gaat Chris bij hem langs. Eenmaal bij de woning aangekomen, haalt hij een wapen uit zijn tas en richt dat op de man. Daarbij zegt hij dat zijn vrouw en kind niet veilig zijn als hij het geld niet snel terugbetaalt.

Drie maanden nadat hij bij zijn ex de ramen heeft ingegooid, reist hij af naar Marokko. Daar trekt hij de hele zomer op met zijn vriend Khalid en diens broer Mohamed die hij kent uit Breda. Khalid en Mohamed wonen bijna de helft van het jaar in Marokko en staan bekend als feestbeesten. Ze hebben een beetje rondgescheurd in een witte Lamborghini Gallardo. Marokkaanse jochies gingen te gek op het geluid van de bolide. Ze houden hun telefoon bij de vervaarlijk grommende uitlaat en maken filmpjes van de auto die ze later trots op YouTube zetten. God, wat hadden ze gefeest. Vooral in Tanger.

Bouman viel wel een beetje op met zijn blonde kop. Dat wil zeker niet zeggen dat hij de enige Nederlander was tussen de tienduizenden jonge Nederlandse Marokkanen die elke zomer afreizen naar de uit zijn voegen gebarsten havenstad. Khalid en Mohamed hebben Chris niet alleen geïntroduceerd in het nachtleven waar alles kan, ze hebben hem ook voorgesteld aan heel veel mensen. Want terwijl snelle Marokkaanse jongens in Nederland kilometers ver uit elkaar wonen, zitten ze in de zomermaanden zij aan zij in de nachtclubs en fraaie strandtenten. Khalid en Mohamed kennen werkelijk iedereen. Neem Souhail Laachir. Ook 'de Lange' uit Amsterdam houdt wel van een feestje. Chris trekt in de zomer veel op met de financiële man van Benaouf en Houssine.

Ook ontmoet hij een beruchte Haagse Marokkaan en zit met hem gezellig aan een tafel in het Mövenpick-hotel aan de boulevard in Tanger. Ook Antwerpenaar Nacerdine T., de rechterhand van Hakim Turtle, is aangeschoven bij het gezelschap. Vrolijk lachend kijken de jongens in de camera wanneer er foto's worden genomen.

Khalid en Chris spreken ook af met Najeb Bouhbouh. De Marokkaanse Amsterdammer die net als Chris veel tijd doorbrengt in Antwerpen. Chris en Najeb kennen elkaar uit de clubs. La Rocca, Carré, Roxy... Alle discotheken hebben ze samen wel gezien. Maar nu in Marokko ontstaat er een vriendschap. Bouman wordt die zomer in Marokko uitgenodigd voor het trouwfeest van de broer van Najeb.

Terwijl iedereen vrolijk feest viert in de Marokkaanse zon en het lijkt alsof er niks aan de hand is, is het conflict rondom de verdwenen 200 kilo nog niet opgelost. En in de al langer sluimerende vete tussen de groep van Gwenette en de groep van Houssine is het de perfecte aanleiding voor een onderwereldoorlog. Ook de Criminele Inlichtingen Eenheid is zich daarvan terdege bewust. Zij waarschuwen Benaouf. Hun jobstijding is kort en bondig, als altijd. 'Je staat op een dodenlijst.' Om meteen daarna de vraag te stellen: 'Heb je enig idee wie of wat daaraan ten grondslag ligt?' Verklaren doet Benaouf niet. Wel schrijft hij zich op donderdag 13 september 2012 uit als Nederlander. Reden: 'emigratie'.

Hoofdstuk 16

Na de zomervakantie van 2012 lijkt het aanvankelijk business as usual. Najeb Bouhbouh pendelt tussen Amsterdam en Antwerpen om leiding te geven aan het polderimperium dat hij samen met Gwenette Martha runt. Een druk bestaan.

Maar er is ook tijd genoeg voor ontspanning. Als Chris Bouman op 8 oktober na een halfjaar Marokko weer terug is in de Scheldestad, spreken de twee af bij een Italiaan in Antwerpen-Noord. Najeb eet er wel vaker. Hoewel tijdens de zomer in Marokko een vriendschap is ontstaan, kent Chris de echte naam van Najeb niet. Najeb is voor hem gewoon 'Bo'.

De status van Najeb is hem daarentegen niet ontgaan. Najeb heeft een bescheiden strafblad, maar een grote reputatie. Chris weet dat de wat stille Amsterdammer geldt als zeer goede vriend van topcrimineel Gwenette Martha. Hij is de status van Gwenettes rechterhand allang voorbij. Najeb en Gwenette zijn in de praktijk elkaars gelijken.

Om aan geld te komen rommelt Chris tegenwoordig een beetje met dure auto's. Via gewiekste btw-trucjes koopt hij goedkoop wagens in om ze vervolgens met winst door te verkopen. Hij weet dat Najeb interesse heeft in een Porsche Cayenne. En hij kan die voor een vriendenprijsje regelen. Als Najeb de auto wil hebben, kan Chris wel zorgen dat hij naar Marokko geëxporteerd wordt en daarmee wat centen verdienen. Daarom besluiten ze na het etentje bij de Italiaan om snel weer even te zitten. Donderdag 18 oktober zullen ze verder praten.

***

Chris voelt zich die donderdag beroerd. Hij is verkouden. Komt het door het druilerige najaarsweer of heeft hij een 'Colombiaans griepje' te pakken? Hij houdt namelijk wel van een snuifje op zijn tijd. Hij heeft barstende koppijn en last van zijn maag. Om half twee heeft hij met Najeb afgesproken in de bar van het Crowne Plaza-hotel in Antwerpen. Een vertrouwde ontmoetingsplek van Najeb. Het zakenhotel ligt dicht bij de uitvalswegen naar Nederland. Met wat goede wil doet de kleine bar een beetje denken aan de lounges in Marokko. De vloerbedekking heeft een duizelig makend motiefje en overal hangen zilveren glittergordijntjes. Op de bar staat een enorme champagnekoeler vol dure flessen. En als je een cola bestelt, krijg je het in een glas dat schuin lijkt te staan.

Chris is twintig minuten te vroeg. Hij komt van een eerdere afspraak. Met een kennis had hij een broodje gegeten bij de Porsche-garage op Het Eilandje. En gisteravond had hij ook nog een ontmoeting. Toen kreeg hij een simpele Nokia overhandigd. De telefoon activeerde hij dezelfde avond en hij heeft hem op zak terwijl hij wacht op Najeb. Chris snakt naar een Ibuprofen. Om kwart over één loopt hij even heen en weer naar zijn gehuurde Peugeot 308. Zoals altijd is hij onrustig. Beseft hij wel wat hij straks allemaal in beweging zal zetten? Hij bestelt een kop thee.

Najeb is tien minuten te laat bij het Crowne Plaza-hotel. Daarom parkeert hij zijn zwarte Volkswagen Passat op de parkeerstrook bij de ingang, die eigenlijk bedoeld is om even snel hotelgasten af te zetten of op te pikken. Hij wandelt de hotelbar binnen. Najeb heeft een Rolex om, loopt op mooie sneakers, draagt een Gucci-schoudertasje en heeft in zijn rechterbroekzak meer dan tien biljetten van 100 euro. Hij begroet Chris en bestelt ook een thee.

Kort nadat Najeb is gearriveerd, komt er nog een vierentwintigjarige man aangereden die zichzelf Dylan noemt, maar dat is niet zijn echte naam. De in Paramaribo geboren Nederlander is een stapmaatje van Najeb. Ze hebben de afgelopen tijd heel wat af gefeest. Dylan kent Chris alleen via Najeb en heeft niet zoveel met de kamper, die het ene moment heel rustig is, maar zich vervolgens als een Tasmaanse duivel kan gedragen. Volgens Dylan is Chris verslaafd aan cocaïne. Hij is dan ook alleen gekomen omdat Najeb hem uitgenodigd heeft.

Wanneer Dylan zijn Mercedes op het parkeerterrein parkeert, valt zijn oog op een witte Golf GTI met getinte ramen en Nederlandse kentekenplaten. Rustig zoeken de twee inzittenden van de witte auto naar een parkeerplek.

In de auto is de spanning voelbaar. Het is wachten op het signaal om in actie te komen. Een van de inzittenden, de kleinste, is Rida Bennajem. Hij heeft een Burberry-petje op. Naast hem zit een donkere jongen. De twee zitten standby. Ieder moment kan de telefoon overgaan.

In de hotelbar is het gezelliger. De drie stapmaatjes zitten aan de thee. Ze lachen, de sfeer is ontspannen, zoals altijd. Ze hebben het over uitgaan en feesten, over mooie schoenen en reisjes naar Spanje en Marokko. Daarnaast praten de mannen ook over een contact in Engeland, een freefighter aan wie wellicht geld te verdienen valt. Najeb geeft Chris een BlackBerry waarmee de twee kunnen pingen, de 'code' krijgt hij later.

Na een halfuurtje is het alweer tijd om door te gaan, beslist Najeb. Hij betaalt de rekening. Chris zegt dat hij nog even naar de wc moet, dertig meter verderop, om de hoek in de hotellobby. Daar, uit het zicht van de jongens met wie hij net nog zo gezellig heeft zitten kletsen, haalt hij de simpele, prepaid-Nokia uit zijn tas. Hij tikt snel een sms aan nummer 06 155 604 77. 'We komen nu', schrijft hij en drukt op versturen.

Najeb en Dylan staan in de grote marmeren lobby te wachten tot Chris terugkomt van het toilet. Ondertussen piept de telefoon in de auto van Rida. Hij en zijn handlanger krijgen op hun beurt een sms van het nummer waarnaar Chris sms'te. Dit is het moment waarop zij wachtten. Ze stappen uit.

Chris, Najeb en Dylan lopen rond tien over twee naar buiten. Ze stappen niet meteen in hun auto's maar slaan rechtsaf en wandelen richting een Esso-tankstation naast het hotel. Najeb wil er batterijtjes kopen. Ze lopen naast elkaar als opeens achter hen de donkere jongen uit de Volkswagen Golf op ze af komt snellen. Zijn pistool richt hij op het hoofd van Najeb. Nog voor het drietal vanuit hun ooghoeken kunnen zien wat er staat te gebeuren, klinkt er een pistoolschot. De gasten van de restaurantbar kijken verschrikt naar buiten. Ze zijn allemaal getuige.

Chris en Dylan maken zich uit de voeten, terwijl er nog een schot klinkt. En nog een. Dylan sprint voor zijn leven, terug langs de entree van het hotel. Chris rent rechtdoor, naar het tankstation. Dan komt Rida tussen de auto's vandaan gerend. Ook hij heeft een pistool in zijn hand. Van een afstandje begint hij al op Najeb te schieten. Er wordt niks gezegd, niks geroepen. Er klinkt alleen maar geknal. Vanuit twee hoeken wordt Najeb van dichtbij onder vuur genomen. De kogels raken zijn hoofd, zijn nek, zijn schouders en zijn borst. Ze doorboren zijn hart, luchtpijp en hersenen.

Terwijl Dylan over een schutting achter het hotel springt, rent Chris richting het tankstation. Hij lijkt een sigaret tussen zijn lippen te hebben. Ondertussen rommelt hij wat in zijn schoudertasje en haalt de Nokia uit elkaar. Eenmaal achter het pompstation verdwijnt hij zo'n veertig seconden uit beeld. Daar gooit hij de onderdelen van het toestel in de bosjes.

Als het schieten is gestopt en de schutters via de snelweg wegracen, rent Chris terug naar het lichaam van Najeb. Zijn vriend is dan al dood. Najeb ligt in een grote plas bloed, een stukje verder dan waar het eerste schot hem raakte. Het lijkt erop dat hij nog even kon rennen voor zijn leven, maar niet ver. Naast hem ligt zijn Gucci-tasje. Het bloed sijpelt over de stenen van de stoeprand de straat op. De Antwerpse politie vindt in totaal zestien kogelhulzen, afkomstig van twee verschillende 9 millimeterwapens. Slechts twee kogels hebben hun doel gemist.

***

Rond twee uur 's middags bedient de eigenaar van een frituur in Turnhout vier Marokkaanse Nederlanders in zijn zaak. De gasten bestellen vooral Belgische frieten. Ze zien er blits uit, met dure kleding en indrukwekkende horloges. Maar het clubje maakt een nerveuze indruk, merkt de snackbarhouder op.

Justitie beredeneert later dat Youssef Lkhorf een van de vier Marokkanen in de patatzaak is. Hij is op dat moment in ieder geval in het buitenland. Althans, zijn telefoon. Die maakt contact via een niet-geregistreerde zendmast. Zestien minuten na de moord op Najeb Bouhbouh wordt op de telefoon van Youssef het adres van de website van de *Gazet van Antwerpen* ingetikt. Er wordt een berichtje op gelezen over de liquidatie voor het Crowne Plaza-hotel. Wist Youssef dat dit zou gebeuren? Of zit hij heel ergens anders en kreeg hij gewoon een tip van iemand waarna hij de website bezocht? Justitie vermoedt het eerste.

Om twintig over twee ziet de frituurbaas zijn klanten opeens opstaan. Ze rennen naar fitnesscentrum HealthCity even verderop. Op de parkeerplaats ernaast arriveert even later de vluchtauto, met daarin Rida Bennajem. De Vlaamse politie heeft de witte Golf na twee uur al getraceerd. Er start meteen een onderzoek in Turnhout, de stad nabij de grens met Nederland.

Wanneer de politie in de omgeving van de achtergelaten auto onderzoek doet, ontdekken de speurders dat de inzittenden van een grijze BMW met Duitse kentekenplaten zich diezelfde dag verdacht gedroegen. Op beelden die een bewakingscamera van een Mercedes-dealer in de buurt vastlegt, is te zien hoe de verdachte BMW de witte Volkswagen van de schutters om half drie, nog net buiten Turnhout, tegemoet reed. Het raam van de bestuurder was helemaal open. Toen beide voertuigen elkaar naderden, keerde de BMW abrupt om. Vervolgens leek hij de Golf van de schutters te volgen naar HealthCity. Justitie vermoedt dat daar waarschijnlijk iemand uit de Golf in de BMW overstapte. Volgens de recherche is het zo klaar als een klontje: de twee *hitmen* in de Volkswagen Golf kregen hulp van de inzittenden van de BMW. Maar waar is die auto gebleven?

Vijf dagen na de moord in Antwerpen duikt hij al op. De BMW wordt brandend teruggevonden in de Zaanstraat in Amsterdam-West. Op foto's van een buurtbewoner is de auto niet te herkennen, er is alleen één grote vuurbol te zien. Onder de auto vindt de politie een smeulende jerrycan.

Er staan wel vaker auto's in de hens in Amsterdam. Pas als de Amsterdamse politie het kenteken van de Duitse BMW natrekt, blijkt dat ook de Belgische politie de gegevens van de auto heeft opgevraagd in het onderzoek naar de moord op Najeb Bouhbouh.

Het blijkt om een huurauto te gaan die zes dagen voor de liquidatie is opgehaald in het Duitse Düsseldorf. Dat deed ene Mohammed B., een sjacheraar die auto's op zijn naam huurt om ze vervolgens tegen een vergoeding uit te lenen. Dit keer kreeg hij naar eigen zeggen 500 euro. Hij betaalt ook de boetes voor de snelheidsovertredingen die met de auto gemaakt werden in Nederland, België en Frankrijk. Nadat de auto werd gehuurd, werd die vooral gespot in de omgeving van Eindhoven. Wanneer Mohammed B. verhoord wordt zegt hij dat hij de auto weer heeft doorverhuurd aan 'Ben', een lange Marokkaan die hij had leren kennen via Youssef Lkhorf, een kennis van hem uit Amsterdam.

Er wijzen meer vingers naar Youssef, maar ook naar Said. De CIE krijgt informatie in handen waaruit blijkt dat de twee betrokken zijn bij de liquidatie van Najeb. Deze tip krijgt – en dat is vrij uitzonderlijk – het vinkje 'betrouwbaar'.

Hoofdstuk 17

De liquidatie van Najeb Bouhbouh slaat binnen 'het milieu' in als een bom. Wie zijn deze gasten die zomaar een van de grote jongens van Amsterdam uit het leven schieten? Die vraag stelt ook Gwenette Martha zichzelf. Ten tijde van de moord op zijn beste vriend is hij net weer op vrije voeten. Begin augustus 2012 is hij wederom vroegtijdig de gevangenis uitgelopen. Deze keer met instemming van zijn bewaarders.

Gwenette moet wel zijn paspoort inleveren en zich wekelijks melden bij de politie. Doet hij dat niet, dan zetten ze hem weer vast. Met die voorwaarden kan hij prima leven. Er is genoeg te doen en buiten gaat dat toch allemaal net iets makkelijker dan binnen, hoewel het daar ook zeker niet onmogelijk is. Vrijheid, dat was alweer drie jaar geleden...

Er is veel gebeurd, dat hoef je hem niet te vertellen. Gwenette is kapot van de dood van zijn 'broertje' Najeb, zijn beste vriend en compagnon. Gwenette – die zichzelf omringt met Marokkaanse partners in business en in de liefde – was al geïnteresseerd in de islam, maar na de liquidatie in Antwerpen maakt hij definitief de keuze. Hij bekeert zich. Bekenden weten dat hij elke dag bidt. Opeens is hij fel tegen drugs en sigaretten. Althans, de consumptie ervan. Hij eet geen varkensvlees meer. Hij is een 'man van de groene thee en vis'. Is er geen groene thee, dan wil hij Ice Tea Green, maar niets anders. Hij lijkt zichzelf deels de schuld te geven van Najebs dood. Had hij zijn activiteiten nou maar tot Amsterdam beperkt, dan was dit niet gebeurd.

De mislukte cokedeal in Antwerpen houdt het hele wereldje nog altijd bezig. Wat is er nou precies aan de hand? In hoeverre Gwenette ervan op de hoogte is, weet alleen hij zelf. Maar of hij er nu een hand in had of niet, dat het conflict ook hem zal opslokken is onvermijdelijk. Hij is pas net op vrije voeten, maar Gwenette zit er hoe dan ook alweer middenin.

Dat iedereen heel geïnteresseerd is in zijn gaan en staan, merkt Gwenette al tijdens een van de eerste keren dat hij op het politiebureau langsgaat voor zijn wekelijkse bezoekje. Hij stapt het bureau aan de Ferdinand Bolstraat in De Pijp binnen en loopt naar de balie. 'Ik ben Gwenette Martha en ik moet me melden,' zegt hij. De agente achter de balie reageert verrast. 'O... o... ja, heeft u een momentje?' Ze haast zich naar achteren. Terwijl Gwenette wacht, komt er een motoragent binnenlopen. Hij heeft zijn portofoon nog aan. 'We hebben een paar mensen nodig,' kraakt het over het politienetwerk. 'Want die crimineel van een Martha staat hier en moet een staart krijgen als hij zo weggaat.' Gwenette haalt zijn schouders op.

Eind september mislukt een andere schaduwpoging. Gwenette rijdt rond één uur 's nachts zijn straat in Amsterdam-Noord in. Tijdens het parkeren ziet hij verderop een Volkswagen Polo staan. Op zich niets bijzonders, denkt hij. Toch rijdt hij er even langs. Zijn vermoeden klopt. In de auto zitten twee mannen achterover geleund. Gwenette pakt pen en papier en noteert het kenteken van de auto. Opeens trekt de auto op en scheurt ervandoor. Gwenette zet de achtervolging in. Die leidt al snel de ringweg A10 op, waar hij de auto niet weet in te halen.

Het zullen de vrienden van de recherche wel zijn, denkt Gwenette. Misschien dat iemand dat even voor hem moet uitzoeken. Het papiertje met het kenteken gaat in zijn verzameling aantekeningen die hij altijd bij zich heeft. Enige tijd later, als hij voor een stoplicht staat te wachten, ziet hij in zijn spiegel weer een Volkswagen Polo. De bestuurder doet wel heel erg zijn best om niet bij hem in de buurt te komen. Zouden het dezelfde figuren zijn? Hij maakt een extra rondje en jawel, de auto volgt braaf. Nu kan hij beter zien wie er in de wagen zitten. Het blijken twee lichtgetinte jongens. En het kenteken is precies hetzelfde als dat op het verfrommelde papiertje in zijn tas.

Zes dagen na de moord op Bouhbouh, op woensdag 24 oktober, ligt er thuis een afgescheurd A4'tje op de mat. 'Beste Gwenette', staat er in geprinte letters. 'Ik moet je dringend iets vertellen. Het gaat over je veiligheid! Kun je me zo snel mogelijk bellen op dit nummer,' leest hij, gevolgd door een 06-nummer. Het briefje is ondertekend door 'Hans'. 'PS: we hebben elkaar ook in Vught gesproken.'

Gwenette wil het verhaal van de rechercheur van de Criminele Inlichtingen Eenheid toch maar even aanhoren en neemt contact op. Met 'Hans' spreekt hij af bij de Praxis op de woonboulevard in Zaandam. 'We hebben informatie dat ook jij op de dodenlijst staat,' vertelt de rechercheur. Een groep vijanden van Gwenette zou concreet in de weer zijn met plannen voor een liquidatie. 'Kun jij vertellen waar dat vandaan komt?' wil Hans weten. Het is doorgaans het enige doel van zo'n mededeling, die er toch behoorlijk in hakt. Je hoort dat er een groep mensen uit is op je leven en krijgt meteen de vraag of je enig idee hebt wie het zouden kunnen zijn. Dat speculeren kan levensgevaarlijk zijn. Je zou maar de verkeerde noemen, en diegene zou dat maar eens horen. Gwenette wil daarom niet meewerken.

Na de dood van Najeb vermoedde hij al dat dezelfde daders ook op zijn leven uit waren, en nu lijkt het zeker. Daarom draagt hij twee weken later op woensdagavond 31 oktober een kogelvrij vest als hij naar een afspraak op het Rokin wandelt. Zijn BMW heeft hij in de parkeergarage van de Bijenkorf geparkeerd, hij laat er ook zijn BlackBerry in achter. Hij is samen met twee vrienden die allebei een vuurwapen op zak hebben.

Ze hebben afgesproken met ene Inchomar, een opmerkelijke jongen die nog weleens de verkeerde mensen tegen de schenen schopt. Hij kan gevaarlijk zijn. Daarom spreken ze rond zeven uur 's avonds in het centrum van Amsterdam af. Met zoveel getuigen en toezichtcamera's is de kans dat een ontmoeting escaleert minimaal.

Gwenette en Inchomar praten terwijl ze een stukje lopen richting de Dam. Eenmaal daar aangekomen gaan ze ieder weer hun eigen weg. Maar als Gwenette terug naar zijn auto in de parkeergarage van de Bijenkorf wandelt, loopt hij agenten tegen het lijf. Een observatieteam hield hem de gehele ontmoeting in de gaten, onder andere via toezichtcamera's. Hij wordt aangehouden op verdenking van het voorbereiden van een liquidatie op Benaouf. Gwenette zegt er niets van te begrijpen. De dreiging was toch andersom? Die hele Benaouf zegt hem niks! Wie is dat?

Justitie gelooft helemaal niks van wat Gwenette zegt. Waarom heb je dan een papiertje bij je met het kenteken van een van zijn auto's? vragen ze de topcrimineel. Gwenette zegt dat hij helemaal niet wist dat die auto iets te maken had met Benaouf. Maar in zijn hoofd vallen er nu wat puzzelstukjes op hun plaats. Het verklaart in Gwenettes ogen waarom de auto juist hem volgde. Benaouf wil ook hem dood.

Maar het Openbaar Ministerie ziet dit 'kofferbakgesprek' anders: Gwenette was deze dag van plan om Benaouf te laten vermoorden. Zijn metgezellen waren gewapend en Inchomar had een rastapruik en een kous voor over zijn hoofd bij zich. Bij Gwenette thuis wordt bovendien een vuurwapen gevonden dus moet hij de gevangenis weer in.

Hoofdstuk 18

Drie weken na de moord op Bouhbouh luistert de politie mee met Marchano Pocorni, die volgens hen weleens de dader van de liquidatie op Najeb Bouhbouh zou kunnen zijn. Hij vertelt over de telefoon dat hij 25 000 euro onder het matras van zijn zus vandaan haalt om een hagelnieuwe Volkswagen Golf aan te schaffen. Dat is gek volgens de rechercheurs, want Marchano heeft al sinds 2009 geen legaal inkomen. Hij krijgt ook geen studiefinanciering en geen uitkering. Toch horen de rechercheurs hem over de tap regelmatig praten over geld en laat hij tegenover zijn vriendin merken dat hij over centen beschikt. 'Heb je die 1000 meegenomen om te gaan shoppen?' tekenen de verbalisanten op. En: 'Ik ga een supervrouw van je maken. Een echte Estelle Cruijff. Echt de vrouw van een topcrimineel.'

Daarnaast stelt de politie vast dat hij voor meer dan 1500 euro aan beltegoed koopt en dat hij altijd wel een rolletje cash op zak heeft. En dat terwijl zijn moeder hem nog zo had gewaarschuwd dat zijn exorbitante uitgavenpatroon op zou vallen bij de politie. Wanneer hij gaat winkelen met zijn meisje heeft hij steevast een paar duizend euro op zak. Voor haar verjaardag krijgt ze een horloge van Cartier en aan haar arm bungelt een tas van Louis Vuitton. Zelf draagt hij nu ook designerkleding en om zijn arm draagt hij een imitatie-Rolex. 'Hij heeft nu een persoonlijkheid,' concludeert zijn vriendin tevreden. 'Eerst had hij niet veel geld en liep hij altijd in trainingspakken.' Ze weet wel dat Marchano niet helemaal eerlijk aan zijn geld komt. Hij is eerder met justitie in aanraking geweest, zijn strafblad beslaat elf kantjes. Ook zat hij al eens gevangenisstraffen uit variërend van een paar maanden tot iets meer dan een jaar. Maar wat hij precies doet, weet ze niet. Wel valt het haar op dat hij af en toe zegt dat hij bang is om doodgeschoten te worden.

Maakt hij, samen met Rida, deel uit van het hitteam dat in Antwerpen Bouhbouh uit de weg heeft geruimd? Marchano wordt genoemd in een van de vele tips die binnenkomen bij de Criminele Inlichtingen Eenheid. De recherche heeft meer bewijs nodig. Om Marchano uit de tent te lokken, stuurt de CIE hem daarom met een voor hem onbekend nummer een opmerkelijke sms: 'We weten dat jij het was, vuile hond!' De CIE hoopt Marchano met de sms dusdanig bang te maken dat hij in paniek rond gaat bellen en van alles verklapt. Dat doet hij niet.

***

De politie houdt nog altijd het ouderlijk huis van Rida Bennajem in de Gulden Winckelstraat goed in de gaten. Hij komt, als een van meest gezochte criminelen van het land, toch af en toe thuis. Daar heeft hij geen trucje voor nodig. Blijkbaar staat er niet altijd een observatieteam op de loer. Rida draagt geen vermomming als hij het trappenhuis van de portiekflat induikt, maar over zijn outfit is wel degelijk nagedacht. Hij heeft steeds de mooiste kleren aan. Een dure jas, een mooi petje, een luxe riem, broek, schoenen, T-shirt... Eenmaal binnen trekt hij het allemaal uit. 'Dit is voor jullie,' zegt hij dan. Hij trekt dan wat oude kleren uit de kast die hij aanheeft als hij weer vertrekt.

Zo staat Rida ook bekend in zijn wijk. Het is het andere gezicht van de gevreesde hitman. Altijd vrijgevig en familie komt op de eerste plaats. Hij zou zijn moeder, zus en broertjes nog veel meer willen geven, maar hij krijgt niet betaald voor het uitvoeren van de liquidaties op Redouan Boutaka en Najeb Bouhbouh. Het geld is er wel, krijgt hij te horen, maar zijn vrienden houden het nog even achter, aangezien zij in het levensonderhoud van Rida voorzien.

Rida blijft vragen wanneer hij betaald krijgt. Maar telkens krijgt hij slechts wat plukjes geld met daarbij de belofte dat de rest snel zal volgen. Rida baalt van de zoethoudertjes. Steeds meer bekruipt hem het angstige vermoeden dat ze hem misschien wel helemaal niet gaan betalen. En wat dan? Naar wie moet hij toe om zijn beklag te doen? Hij kan nergens heen. En dat weten zijn opdrachtgevers ook. Het lijkt erop dat ze weinig respect voor hem hebben. En dat maakt Rida razend. Steeds vaker overweegt hij om er gewoon maar mee te kappen. Om zichzelf aan te geven. Dan maar de cel in. Hij is nog jong en het is niet te laat om opnieuw te beginnen. Het enige wat hem tegenhoudt is dat hij toch eerst zijn geld wil. Voor zijn moeder.

Maar de veiligheid van zijn moeder is ook in het geding, hoort hij. De recherche is nog geen week na de liquidatie van Najeb Bouhbouh langs geweest in de Gulden Winckelstraat. Ze kunnen Rida niet vinden. Hij staat op de dodenlijst, vertelt de politie aan Rida's familie. Omdat Rida's vijanden hem ook niet kunnen vinden, zouden die weleens kunnen besluiten om dan maar een familielid te pakken, zo legt de recherche uit. Iedereen in zijn omgeving moet zich zorgen maken nu hij een van de sleutelspelers in een onderwereldoorlog is geworden.

Rida deelt zijn zorgen en overpeinzingen met zijn goede vriend Said. Die lijkt het niet zo'n goed idee als Rida zich aan gaat geven. Said is niet bezorgd over de donkere wolken die zich lijken samen te pakken boven de betrokkenen. Ook Rida's beste vriend is inmiddels tot over zijn oren in het conflict verwikkeld geraakt. Hij was in België toen Najeb Bouhbouh geliquideerd werd. En een paar dagen na de moordaanslag gaf hij opdracht om de witte BMW in brand te steken.

Over zijn familie hoeft Rida zich echt geen zorgen te maken, stelt Said hem gerust. Zodra er wat aan de hand is bij hen, staat er in *no time* een ploeg klaar om orde op zaken te stellen, zo beweert hij vol bravoure. Alles komt echt wel goed.

Maar hij heeft het helemaal mis...

Hoofdstuk 19

'Ewa,' stuurt Rida naar Said. 'Waar jij?' Omdat Rida op de vlucht is, is hij afhankelijk van zijn vriend voor allerlei dingen, soms de meest alledaagse. 'Jo, waar jij a mattie,' stuurde hij laatst nog. 'Breng me klere a zabi.' Op zijn beste vriend kan hij altijd rekenen. Said bewaart thuis spullen voor Rida en heeft vanavond zelfs een foto van Rida in zijn broekzak, bedoeld voor een vals identiteitsbewijs.

Het is de avond van 29 december 2012. Said zit samen met Youssef bij Benaouf in de auto. 'Zijn die tjap klaar,' pingt Rida naar Said. Blijkbaar hebben ze vanavond afgesproken, maar met Marokkaanse punctualiteit blijft het dan nog altijd de vraag hoe laat precies. Benaouf heeft bovendien meerdere afspraken vanavond en moet zelfs nog naar Rotterdam toe.

'Staan ze klaar of gaan we nog rondje rijden?' stuurt Rida rond half negen. Hij moet nog even wachten. De Range Rover arriveert net in de Henri Polaklaan, heel ergens anders in de stad, pal voor de ingang van dierentuin Artis. Daar heeft Benaouf een afspraak met een man die in een witte bestelbus is gekomen. Achraf heet hij, maar iedereen kent hem als 'Bigga'. Benaouf geeft 150 euro aan Bigga zodat hij kan feesten met oud en nieuw. Toevallig komt ook Omar, de broer van Youssef, langslopen.

Geen van allen schenkt aandacht aan de zilvergrijze Audi en de donkerkleurige Golf die in een soort konvooi achter elkaar aan lijken te rijden langs de entree van Artis. Zelfs niet wanneer de Golf plotseling een opvallende U-bocht maakt. Justitie vermoedt dat het de wagens van het moordcommando zijn, dat jacht maak op Benaouf. Hier zouden ze hun doelwit al in het vizier hebben.

'Ben ER ZO,' stuurt Rida naar Said. Het is inmiddels kwart over negen geweest. Pas als hij even voor kwart voor tien 'Ben er' pingt, staan Benaouf en zijn vrienden daadwerkelijk op het punt te vertrekken. 'Doe een beetje snel, het is heet hier,' schrijft Rida terwijl de Range Rover richting Amsterdam-West rijdt. Eerst moeten ze nog naar het huis van Said, om sleutels op te halen, of weg te brengen. Rida is ongeduldig. 'DOE EEN BEETJE SNEL,' stuurt hij om vijf voor tien.

Het is het begin van een raadselachtige avond. Waar is Rida? Wordt de Range Rover geschaduwd door de schutters? En waarom hebben Benaouf en Youssef net een GPS-tracker geactiveerd in hun eigen auto?

Hoofdstuk 20

'Ik weet niet of dit wel een goede plek is,' zegt Rida argwanend. De zwarte Range Rover arriveert in de verlaten Schaepmanstraat. Het is bijna half elf. Dit is het verhaal zoals Rida dat later aan zijn vertrouwelingen vertelt.

'Jawel joh, ik spreek hier vaker af,' stelt Benaouf de jongen gerust. Rida had hem laten weten dat hij wilde afspreken. Wellicht om nogmaals zijn ongenoegen te uiten over het feit dat ze hem maar niet willen betalen. Daarom hebben Benaouf, Said en Youssef zojuist Rida opgepikt en zijn ze op aangeven van Benaouf naar de Staatsliedenbuurt gereden.

Het viertal stapt uit. Benaouf en Rida lopen al pratend een stukje door de buurt. De twee anderen blijven bij de auto in de buurt. Ze lopen twee woonblokken zuidwaarts naar de Van Rappardstraat. Rida vindt het een beetje benauwd in de smalle straten, omgeven door panden van vier verdiepingen hoog. Hij heeft er geen goed gevoel bij.

Als Rida en Benaouf op de hoek van de Van Rappardstraat en het Van Bossepad arriveren, barst het geweld los. Opeens scheurt de Audi RS4 in de richting van Rida en Benaouf. De kalasjnikov van de bijrijder vuurt al zijn eerste kogels af.

De schutters zijn nu bijna zo dichtbij dat ze niet meer kunnen missen. Hij en Benaouf rennen net op tijd het Van Bossepad in, het smalle weggetje terug naar de Schaepmanstraat waar de Range Rover staat.

Het Van Bossepad is onbegaanbaar voor auto's. Rida rent zo hard als hij kan langs de woonboten, richting de auto. Hij hoort meer knallen. Het zijn de schoten die even verderop Youssef het leven kosten.

Benaouf rent een stuk met Rida mee, maar duikt al snel het ijskoude water in. Met een plons verdwijnt hij tussen twee woonboten. Rida rent wel door. Als hij terug in de Schaepmanstraat is, ziet hij van een afstandje Said bij de Range Rover. Hij roept iets. Dat hij weg moet. Als Said dat probeert, wordt hij klemgereden door de Audi. De schutters stappen uit en nemen de terreinwagen vol onder vuur.

Wonder boven wonder springt Said uit de Range Rover. Hij heeft het spervuur overleefd en vlucht in noordelijke richting de Van Bossestraat in. Het is de laatste keer dat Rida zijn vriend ziet. De schutters springen terug in hun Audi en zetten de achtervolging in.

Rida volgt zijn intuïtie en rent terug naar de plek waar de schietpartij begon. Hij hoort achter zich hoe de moordenaars blijven schieten op Said. Rida rent door. Hij moet overgeven. Het spuug op zijn gezicht en zijn kleren is geen reden om in te houden. Hij blijft rennen. In de verte klinken nog een paar schoten. Ze hebben Said van dichtbij afgemaakt.

De Audi en de Volkswagen lijken te zijn verdwenen, maar in het hoofd van de lijkbleke Rida is het nog totale chaos. Kotsmisselijk en vol angst, rent hij door naar het meest zuidelijke puntje van de Staatsliedenbuurt. Hij sprint over de Buysbrug, een rode, metalen brug voor voetgangers en fietsers, naar de Jan van Galenstraat. Pas daar, op de vertrouwde verbindingsweg tussen Bos en Lommer en de Amsterdamse binnenstad, waar hij en Said zo vaak op de scooter reden, durft hij achterom te kijken. Hij heeft het overleefd.

***

Terwijl sirenes steeds verder aanzwellen, staat Benaouf even later als een verzopen kat op het Van Bossepad. Hij is net op de kant gekropen met behulp van een woonbootbewoonster die haar hond uitlaat. Even eerder hoorde hij hoe de schoten zich door de buurt verplaatsten, terwijl hij zich half in het water vastklampte aan de woonboten. 'Mevrouw, wilt u alstublieft de politie bellen, ze hebben op me geschoten,' roept hij uit het water naar de buurtbewoonster. De adrenaline giert nog altijd door zijn lichaam. De vrouw zegt dat hij aan boord van haar boot moet klimmen. Binnen geeft ze hem een glas water dat hij in één teug leegdrinkt. Hij blijft zich verontschuldigen voor het feit dat hij de vloer nat maakt. De woonbootbewoonster vraagt of hij geraakt is. Benaouf kijkt onder zijn shirt. 'Nee,' zegt hij. 'Ik heb helemaal niks. Maar nu moet ik gaan, want ik moet mijn vrienden zoeken.'

Eenmaal buiten, heeft Benaouf het koud en staat te trillen op zijn benen. Hij realiseert zich dat hij zojuist de dood in de ogen gekeken heeft. Híj was het doelwit van dit ongekende geweld. Verdwaasd loopt hij naar de plek waar ze de Range Rover hadden geparkeerd. Hij staat er nog, maar wordt nu omringd door buurtbewoners. De alarmlichten staan aan. In zijn T-shirt loopt hij naar de auto. Dan ziet hij de kogelgaten in de voorruit, het open portier, de schade aan de voorkant.

Hij vraagt her en der naar de anderen. 'Niet schrikken,' waarschuwt een omstander. Benaouf weet dan al hoe laat het is. Dan doet Benaouf de deur bij de achterbank van de Range Rover open. Omstanders protesteren. Hij zegt dat het zijn auto is. De getuigen zien hoe hij in de auto rommelt en een Louis Vuitton-tasje en twee telefoons pakt. Daarna loopt hij weer weg.

Enkele momenten later staat hij wezenloos te kijken bij het lichaam van Said, een straat verderop. De jongen die minuten daarvoor nog springlevend en grappend naast hem in de Range Rover zat, ligt nu in een plas bloed naast het voorwiel van een geparkeerde auto. Plat op zijn buik, zijn benen zijn naar links gedraaid. Het is een luguber schouwspel.

Benaouf staat vlak bij een agente die ontredderd schreeuwt dat iedereen weg moet van de plaats delict. Dat er een drijfnatte man naast haar staat, valt haar in de hectiek niet op. Sterker nog, ze schreeuwt ook tegen Benaouf dat hij weg moet, ze wil het stuk afzetten met linten. Pas wanneer buurtbewoners haar wijzen op het feit dat een van de beschoten mannen nog altijd ter plekke is, spreekt een collega van de agente hem aan.

Benaouf zegt tegen hem dat hij een van de inzittenden van de aan flarden geschoten auto is. Ook zegt hij dat hij een van de schutters herkend heeft. Hij weet zeker dat hij 'Popeye' heeft gezien. Uit alle macht probeert de agent door te geven dat hij naast de belangrijkste getuige staat. Maar het portofoonsysteem ligt plat. Daarom vraagt de agent of hij de telefoon van Benaouf mag lenen om de meldkamer te bellen. Benaouf stemt in.

Nadat de agent verslag doet en zegt dat hij naast een van de doelwitten van de moordpartij staat, geeft hij het toestel weer terug aan de drijfnatte Benaouf. Ook hij praat even met de meldkamer. Ze vragen hem of hij weet wie de daders zijn. 'Popeye, de broer van degene die juwelier Hund heeft doodgeschoten,' zegt hij matjes. Benaouf lijkt niet in paniek en noemt nog een naam. Daarna hangt hij op.

'Blijf je wel in de buurt?' zegt de agent naast hem. Maar Benaouf heeft blijkbaar zo zijn redenen om geen verdere tekst en uitleg te willen geven over de toedracht van de schietpartij. Hij laat zijn omgebrachte vrienden achter en vertrekt geruisloos van de chaotische onheilsplek. Hij pakt een taxi naar het Stadionplein in Amsterdam-Zuid, waar een vriend hem even later oppikt.

Ze gaan naar de Kenza Lounge aan de Utrechtsestraat, in het centrum. Het is de shishalounge van zijn broer. Daar vertelt Benaouf ook aan een andere vriend dat hij zeker weet dat Popeye betrokken was bij de schietpartij. Als de politie deze man later ondervraagt, verklaart hij dat Benaouf hem vervolgens nog vroeg om een foto van Popeye voor hem te regelen.

Hoofdstuk 21

'Politie zoekt getuigen van schietincident op 29-12 in de Staatliedebuurt'. Compleet met spelfouten vraagt de politie automobilisten de weken na de schietpartij via matrixborden langs de weg of ze iets gezien hebben op de avond waarop Said en Youssef zo bruut werden afgeslacht.

Inmiddels houden maar liefst tachtig rechercheurs zich bezig met een grootschalig onderzoek naar de dubbele liquidatie. In de Staatsliedenbuurt gaan ze de deuren langs en worden getuigen gehoord. Sommigen geven een duidelijk signalement van de schutters, zoals de man die de moordenaars weer de Audi in zag stappen. 'Ik dacht op dat moment dat het Turken waren. Het zal wel een ripdeal geweest zijn,' meent hij stellig. De man wordt meerdere keren gehoord. Andere getuigen kunnen zich helemaal geen gezichten herinneren. Zij hebben alleen een paar gemaskerde mannen uit de auto zien stappen.

Er wordt een speciale bijeenkomst georganiseerd voor buurtbewoners die de moordpartij zagen gebeuren. Wat hen vooral heeft geschokt, is dat het heel lang duurde voordat de politie ter plekke was. Daarnaast leek het alsof de twee slachtoffers geen medische hulp kregen. De politie laat ondertussen maar weinig los over de moorden en de mogelijke achtergronden. Wel willen ze graag dat getuigen van de schietpartij zich melden om een verklaring af te leggen. In sommige gevallen hebben de bewoners er niet zoveel trek in om met hun naam en adres in een strafdossier terecht te komen. Zij hebben zo al hun vermoedens over wie er allemaal betrokken zijn bij het wapengekletter.

‘De namen zijn op bepaalde websites te vinden,’ zegt een buurtbewoner na afloop van de bijeenkomst in dagblad *Metro*. En dat is waar. Want niet alleen de politie probeert uit alle macht de gebeurtenissen van de fatale avond aan elkaar te puzzelen. Op internet doen intussen de wildste verhalen de ronde over de schietpartij. Op de foto van de doorzeefde auto is goed te zien dat de Range Rover een Frans kenteken heeft met platen van het departement Bouches-du-Rhône. Daar ligt ook de stad Marseille, een stad die ook gebukt gaat onder veel brute afrekeningen, vaak uitgevoerd met AK-47’s. Om die reden opperen sommigen dat een paar Algerijnen uit de Zuid-Franse havenstad verhaal zijn komen halen over een conflict in de drugshandel.

Daarnaast wordt ook veelvuldig gezegd dat de aanslag gericht was op de president van het Amsterdamse chapter van motorbende Satudarah. Hij rijdt rond in een terreinwagen, zo wordt stellig beweerd, dus daarom moet hij het wel zijn. Verder gaat er een verhaal over twee Marokkaanse groepen uit de hoofdstad die een conflict met elkaar aan het uitvechten zijn. ‘We houden alle scenario’s open,’ zo luidt het standaardantwoord van de Amsterdamse politiechef Frank Kelder.

Ook op weblogs die gespecialiseerd zijn in de zware misdaad, wordt druk gespeculeerd over de achtergronden van de moordpartij. Er circuleren de meest uiteenlopende verhalen, wat begrijpelijk is. De nieuwe generatie multicultimisdadigers praat amper met autochtone journalisten. De misdaadjournalistiek vergt nog altijd ouderwets handwerk. Criminele organisaties hebben geen website, hun ’bazen’ geen woordvoerders, ze sturen geen persberichtjes uit en ze zijn telefonisch niet bereikbaar voor een reactie. Het enige wat je als journalist kunt doen, is wachten op bevestiging van het Openbaar Ministerie, een advocaat of de politie. Verder hangt je informatie af van de bronnen waarover je beschikt, maar hoe betrouwbaar zijn die?

Sites als Crimesite, Misdaadjournalist, Camilleri, Crime-Bron, Crimescene en Telecrime blijken vaak over zeer goede voelsprieten in de onderwereld te beschikken. Daarom volgen veel van de betrokkenen deze sites op de voet. Maar het lijkt erop dat ze ook actief deelnemen aan de gesprekken onder de stukjes. Een aantal reageerders op de verhalen over de schietpartij in de Staatsliedenbuurt lijkt wel heel erg goed op de hoogte van het reilen en zeilen binnen de Marokkaanse onderwereld. Wie zich door de opeenhoping van racistische, pesterige en onnozele opmerkingen heen worstelt, kan daar zomaar – op het eerste oog – waardevolle informatie vinden.

Niet alleen worden namen van bekende onderwereldfiguren het web op geslingerd, maar er wordt ook gedetailleerde informatie gedeeld over het conflict dat ten grondslag zou liggen aan het bloedvergieten. Is het propaganda van misdaadgroepen die hun straatje willen schoonvegen? Of is het de gebruikelijke 'bledder' (onzin) van straatjochies die iets hebben opgevangen in de coffeeshop en dat vervolgens op internet knallen? Daar lijkt het niet op. Een paar reacties laten duidelijk blijken dat degene die ze geplaatst heeft heel erg goed op de hoogte is van de achterliggende oorzaken van de schietpartij. Ook vallen er namen van betrokkenen.

Het meest in het oog springen de reacties van iemand die zichzelf KING noemt. Kort na de moordpartij in de Staatsliedenbuurt geeft KING online acte de presence. Hij tikt de volgende tekst. 'Opdrachtgever van dit allemaal is Gwenette Martha. Hij is met opzet naar binnen gegaan, hij is bang voor deze Ben en dacht: "Geef de opdracht aan Bouka en ga ff een tijdje binnen zitten en hopen dat Ben dood wordt geschoten." Dus Bouka zit erachter, samen met zijn rechterhand Hitler, die zogenaamd naar cafés ging om te luisteren wat mensen zeiden. Hun hebben Poppay naar voren geschoven. Dit allemaal komt uit Poppay zijn eigen mond en als jullie me niet geloven wacht tot de eindresultaat van de dna uit de Audi RS4. Voor de mensen die niet weten wie Poppay is: zijn broertje had toen juwelier HUND doodgeschoten. Soufian is zijn broertje dus. En wie nog meer in die Audi hebben gezeten is Adil Kinker en Reda Benajem, die gezocht worden. Wie er in die Golf zat heb ik wel al gehoord, wie, maar ik wacht op een bevestiging voordat ik het op internet zet. Nou [Nationale Politie] veel succes met deze info. Ik hoop dat deze jongens de doodstraf krijgen want ze hebben twee jongens afgeknald die er niks mee te maken hadden.'

Kijk, dat is nou nog eens informatie waar je iets mee kunt als opsporingsambtenaar. En het staat zo maar pardoes in een reactie op internet. In een paar regels komen hier behoorlijk wat oude bekenden van de hoofdstedelijke politie voorbij. In de politiesystemen kunnen daarnaast wel wat dwarsverbanden tussen deze mannen gelegd worden. Zo zijn Anouar B., zoals 'Popeye' echt heet, en Adil 'Kinker' A. op basis van DNA-sporen ooit samen verdacht geweest van een overval op een Sligro. Ze voldeden in die zaak uiteindelijk niet aan de signalementen.

Verder sluit deze theorie aan bij wat Benaouf de avond van de dubbele liquidatie in de Staatsliedenbuurt heeft verteld aan de politie, namelijk dat hij Popeye heeft herkend als schutter in de Audi RS4. Het is dus niet zo raar dat de recherche met zeer grote belangstelling meeleest. Dat het feitelijk onjuist is dat Popeye's broertje de Soufian B. is die vastzit voor de moord op juwelier Fred Hund doet niet af aan deze *lead*. Hij was namelijk wel even verdachte in de zaak geweest.

Hoe het ook is, anno 2013 lijken criminelen online toch een soort van woordvoerders te hebben. Er is in ieder geval tegenstrijdige informatie die vanuit verschillende kampen bewust rondgestrooid wordt op internet. Wie goed tussen al het gescheld en de stoere praat doorleest, ziet een bepaald patroon in de reacties waarin steeds dezelfde namen worden genoemd. Dat is ook de recherche niet ontgaan.

Sommige reacties wil de politie in elk geval serieus onderzoeken. Op 14 januari ploft er bij de provider van weblog Camilleri dan ook een 'vordering verstrekking identificerende gegevens' op de mat. In het kader van onderzoek 13Ebetsu, zoals de Staatsliedenbuurt-zaak officieel heet, wil de recherche graag de data hebben die behoort bij een aantal reacties. Dat omdat 'ten aanzien van een of meer personen de verdenking bestaat dat deze zich schuldig heeft gemaakt aan misdrijven'.

Zo wil de politie ook heel graag weten wie onder de nickname 'king is back' berichten heeft geplaatst op de site. De politie lijkt namelijk te vermoeden dat deze reactie afkomstig is van een persoon die zich op andere sites heeft voorgedaan als KING. Misschien zit er wel een kern van waarheid in al zijn online geschreeuw. Ze onderzoeken de beweringen van deze mysterieuze reageerder die zo op het eerste oog alles lijkt te weten.

En daarmee wordt de belangrijkste vraag van de politie dus: wie is KING, en waarom plaatst hij deze reacties? Daarnaast is het wellicht ook tijd om eens een paar van de genoemde personen in te rekenen.

Hoofdstuk 22

Mede dankzij de reacties van KING klinken er amper een maand na de dubbele moord, weer schoten in de Staatsliedenbuurt. Dit keer is het de politie die de trekker overhaalt. Om de hoek van de plek waar Said en Youssef vermoord werden, wacht het arrestatieteam die donderdag geduldig tot Adil A., die op straat bekend staat als Adil Kinker, zichzelf laat zien.

Wanneer hij aan komt rijden in de Van Hallstraat, zet de politie de achtervolging in. Daarop volgt een korte, maar felle achtervolging waarbij Adil bijna een moeder met kinderwagen raakt. Nadat hij is klemgereden, springt Adil het ijskoude water van de Kostverlorenvaart in. Het is niet de eerste keer dat Adil Kinker aan de politie probeert te ontkomen. En het is waarschijnlijk ook niet de eerste keer dat hij daarvoor een stukje heeft moeten zwemmen.

Net als zoveel Marokkaanse jongens is ook Adil gek op kickboksen. Hij trainde vroeger bij de gym van de bekende kickbokskampioen Nourdin el Otmani. Het liefst wil hij dan nog, net als zijn sensei, ook prof worden. Het loopt allemaal anders. Een tijd lang is hij serieus met zijn sport bezig. Hij vecht een paar mooie partijen en is goed genoeg om aan gala's mee te doen in de Jan van Galenhal. Ook staat hij in de ring in het Zonnehuis in Amsterdam-Noord, het buurthuis dat het voorportaal is van menig Amsterdams boks- en kickbokskampioen. Van Pedro van Raamsdonk tot Badr Hari, allemaal vochten ze hun eerste wedstrijden in het Zonnehuis. Maar voor elke kampioen zijn er tientallen jongens die het niet halen richting de top. Ze haken af omdat ze de stompen voor hun kop beu zijn, een ernstige blessure oplopen, gewoon net te weinig talent hebben of zich willen focussen op hun studie, baan of gezin. En sommigen haken af omdat ze omgaan met de verkeerde jongens en afglijden naar de onderwereld.

Adil is pas achttien jaar oud wanneer hij twee dagen voor sinterklaas samen met drie anderen een postagentschap in het dorpje De Goorn, nabij Hoorn, overvalt. Drie medewerkers ruiken al onraad wanneer ze vier mannen met bivakmutsen en een moker voor de deur zien staan. Snel sluiten ze zichzelf op in de kluis. Daarop slaan de overvallers een lamp kapot boven de kluisdeur. Een van de overvallers steekt zijn pistool door het gat, terwijl hij luidkeels eist dat ze de kluisdeur openen. 'Ik schiet, open die deur,' brult hij terwijl hij meerdere keren de trekker overhaalt, maar het wapen gaat niet af.

De overval flopt. De kluis blijft dicht. Terwijl ze naar buiten rennen, doen de gemaskerde jongens nog een greep in de kassa. De buit bevat alleen kleingeld. Van de opbrengst van deze rampzalige overval kunnen de rovers nog niet eens fatsoenlijk gezamenlijk uit eten bij de FEBO. 15 euro graaien de mannen bij elkaar. Daarna vertrekken ze in een Audi RS4 die eerder die dag gestolen is bij een coffeeshop in Amsterdam-West. Al jaren zijn deze razendsnelle auto's populair bij criminelen. De getinte ruiten zijn ook handig.

Via kleine weggetjes scheurt de Audi plankgas vanuit De Goorn richting de snelweg. Getuigen hebben dan al alarm geslagen bij de politie. Iets voor half vijf zien twee agenten in een flitsauto de auto over de vluchtstrook voorbij racen. Tijdens de achtervolging hangt een van de overvallers uit het raam en schiet meerdere keren op de politie. Omdat daardoor een levensgevaarlijke situatie ontstaat voor de andere verkeersdeelnemers, nemen de agenten gas terug. Twee collega's die verderop hun auto op de weg hebben gezet zien de Audi met hoge snelheid op hen afkomen. Wanneer de auto voorbij raast wordt er een hamer uit de wagen gegooid die met een klap tegen de politieauto aan knalt. In Koog aan de Zaan laten de overvallers hun auto achter en gaan te voet verder. In een steegje trekken ze wat kleren uit en laten ze een gasrevolver achter. Maar daarmee is deze reallife GTA-missie nog niet ten einde.

Even verderop proberen ze bij een tankstation een vrouw uit haar auto te sleuren. De vrouw doet haar deur op slot en zet het op een gillen waarna de mannen weer wegrennen om even later nog een *hijack* te proberen. Ook deze mislukt. Er wordt weer meerdere malen geschoten op de politie, waarna de vier overvallers ieder een kant op gaan. Twee weten er te ontsnappen, een derde wordt aangehouden. De vierde man kaapt een Seat van een achtentwintigjarige lerares die op weg is om haar dochter op te halen. Ze krijgt de schrik van haar leven als de jongen met een pistool in zijn hand haar deur opentrekt. Later botst hij met deze auto achter op een rode Citroën die hij vervolgens ook kaapt.

Het duurt nog ruim vijf maanden voordat de politie alle overvallers achter de tralies heeft. De hoofdverdachte krijgt negen jaar aan zijn broek. Wegens zijn aandeel in de overval op het postagentschap wordt Adil veroordeeld tot zes jaar gevangenisstraf. 'Jongvolwassenen,' zo stelt de rechter, 'moeten ervan doordrongen worden dat het plegen van gewelddadige overvallen onverbiddelijk zal leiden tot opsluiting.'

Twee jaar na zijn veroordeling, wordt Adil Kinker onder elektronisch toezicht geplaatst. Hij krijgt een enkelband en mag zijn resterende straf thuis uitzitten. Maar als hij te horen krijgt dat hij toch weer terug de gevangenis in moet, besluit hij eerst nog even de bloemetjes buiten te zetten. In januari 2012 knipt hij zijn elektronische enkelband door. Adil kan de straat weer op.

Tien maanden blijft het stil. Tot de vroege morgen van zaterdag 13 oktober 2012. Op de Schenkkade in Den Haag houdt de politie een verkeerscontrole. Wanneer agenten een grijze Seat willen controleren die betrokken zou zijn bij een kidnappoging eerder die dag, trapt de bestuurder het gaspedaal in en gaat er razendsnel vandoor. Wat volgt is een wilde achtervolging op de A4 richting

Amsterdam. Bij Leiden slaat de Seat de snelweg af en stopt hij voor de motoragent die achter hem aan zit. Wanneer de politieman van zijn motor stapt, rijdt de Seat plots hard achteruit op de agent in. De auto raakt de motor en de agent smakt op het asfalt. De Seat spuit weer weg terwijl de agent twee schoten afvuurt op de auto. Daarop botst hij tegen een andere wagen. De bestuurder van de Seat stapt uit, zet het op een lopen en verdwijnt in een natuurgebied. Ondanks de inzet van een politiehelikopter wordt de man niet gevonden. Waarschijnlijk heeft de bestuurder een stukje gezwommen en is hij zo aan zijn achtervolgers ontsnapt. Als de Technische Recherche de auto onderzoekt vinden ze DNA-sporen van Adil en een telefoon die aan hem te linken is. Het aan Adil zelf vragen, wordt lastig. Hij leidt voornamelijk een zwervend bestaan.

***

In mei 2014 zal Adil, verdedigd door advocaat Juriaan de Vries, vrijgesproken worden voor de wilde achtervolging in oktober 2012. Het Openbaar Ministerie zal daar nog wel tegen in hoger beroep gaan. Niettemin liep er al vóór de liquidaties in de Staatsliedenbuurt een strafrechtelijk onderzoek naar Adil, waarbij de politie ook zijn telefoon tapte. Ondanks die telefoontap en nieuwe verdenkingen loopt Adil zonder al te veel moeite al bijna een jaar voortvluchtig rond.

Hij verdient zijn geld onder andere door het knippen van wiet. Hij slaapt in stashhuizen, woningen die verschillende criminelen gebruiken om in onder te duiken, wapens in op te slaan of een buit even buiten zicht te houden. Zo heb je in Bos en Lommer ook stash-kelderboxen, waarvan heel veel verschillende jongens de sleutel hebben. Vindt de politie in zo'n woning of box iets strafbaars, dan is het moeilijk na te gaan welke frequente bezoeker ervoor verantwoordelijk is. Een van de stashhuizen waar Adil slaapt staat in de Shackletonstraat, op het randje van Bos en Lommer.

Een andere is tweehoog op de Van Hogendorpstraat 181, in de Staatsliedenbuurt.

Niet alleen ligt deze woning om de hoek waar Adil door het arrestatieteam wordt gespot, het is ook nog eens op drie straten afstand van de plek waar Youssef en Said zijn omgebracht. En dat is precies de plek waar het arrestatieteam hem klem probeert te rijden. Een jaar lang was hij voortvluchtig, maar nu opeens weet de politie hem te vinden.

Nadat hij in het water gesprongen is, spartelt hij tussen de ijsschotsen door naar de overkant. Politiemannen schreeuwen: 'Hier komen! Politie!' Maar hij zwemt stug door, ondanks een waarschuwingsschot. Wanneer hij op de kant klautert is het arrestatieteam het gedonder beu. Ze schieten hem vanaf de overkant in zijn bil. Niet lang nadat Adil kermend van de pijn is afgevoerd naar het Academisch Medisch Centrum in Zuidoost, doet de recherche een inval in de woning aan de Van Hogendorpstraat. Wanneer de politie het huis minutieus doorzoekt, vinden ze een rolkoffer met kalasjnikovs. Ook staat in de keuken van het appartement een sporttas met daarin een broek van een gestolen politie-uniform.

Tegelijkertijd doet de recherche een inval op een ander adres in Amsterdam-West, waarbij Adils negentienjarige vriendin wordt aangehouden. In het stashhuis aan de Shackletonstraat vindt de politie onder een bed een bivakmuts waar Adils DNA in zit. En er zitten glassplinters in die waarschijnlijk te linken zijn aan de kapotgeschoten voorruit van de Audi RS4. Ook wordt er daar een telefoon gevonden die na de liquidatie een zendmast aanstraalde vlak bij de plek waar de Audi werd achtergelaten. Kort na de moorden werd er een nieuwe simkaart in deze Nokia gestopt. Maar daardoor werd de foto van Adil, waarop te zien is hoe hij tussen twee pistolen ligt, niet gewist. Al met al lijkt het er op dat Adil wat uit te leggen heeft. En dat doet hij ook. In een uitgebreide verklaring vertelt hij onder andere over hoe hij de avond van de liquidaties in de Staatsliedenbuurt aan het werk was in een wiethok. Berichten op zijn telefoon onderschrijven dat. Adil, de eerste aangehouden verdachte in het conflict, is naar eigen zeggen onschuldig.

Hoofdstuk 23

Twee dagen na de arrestatie van Adil 'Kinker' A. laat KING weer van zich horen. Op 26 januari 2013 maakt hij om drie over elf 's avonds een account aan op AT5.nl. Hij geeft het valse e-mailadres gekkehans@hotmail.com op. Vanaf een BlackBerry Curve 9320 plaatst hij een reactie bij het bericht 'Arrestatie Buyskade hield verband met liquidaties' van een dag eerder.

'KING is back aangezien elke misdaadsite nu ze kont aan het knijpen is doe ik het hier,' begint hij. 'Schutters petrick in diemen is dirk mijer aka pirki uit oost deze jongen man zit in open kamp in het weekend is hij hitman hij werkt voor gwenette marta deze priki werkt in samen werking met nawfal deze twee heren behoren tot de groep takka die dood is. Schutters in de golf 5 gti staatsliedenbuurt zijn pirki nawfal en een anti die voor hun ree is damascus. Schutters audi rs4. Poppay ake aneuar zijn beste vriend adil kinker die paar dagen terug is aangehouden reda benajam. Die gene die hun autos levert is een ene lip is zijn bij naam uit bos en lommer.'

Het ip-adres van deze gebruiker is 93.186.31.80. Het verwijst naar een kantoor van Research In Motion, de maker van BlackBerry, in Londen. Het is een veelgebruikt ip-adres om je achter te verschuilen als je niet gevonden wil worden.

De recherche leest mee. Wie is die KING toch? Hij lijkt goed geïnformeerd in de onderwereld. Zijn spelling is verre van indrukwekkend, maar nadat alle taalfouten zijn ontcijferd staat er toch een heel interessante theorie. KING noemt weer dezelfde namen als in zijn eerdere reacties. Waarom plaatst hij ze?

***

Dan, op 28 januari – een maand na de moordpartij in de Staatsliedenbuurt – krijgt de politie rond vier uur 's middags een vreemd telefoontje. Het is Benaouf A. De rechercheur die het gesprek aanneemt zet de luidspreker van haar telefoon aan. Een collega pakt snel een opnameapparaat en drukt op record. Benaouf moet de recherche er eerst van overtuigen dat hij het echt is. Ze vragen hem naar persoonlijke details die alleen hij kan weten. Van wie was bijvoorbeeld de Range Rover in de Staatsliedenbuurt? Benaouf weet alle antwoorden op de quizvragen.

De recherchechef die het onderzoek naar de dubbele liquidatie in de Staatsliedenbuurt leidt, neemt het gesprek over. Dan komen de vragen. Al snel is duidelijk dat Benaouf niet van plan is om volledige openheid van zaken te geven. Hij wil amper iets zeggen over zijn eigen rol, maar wil wel graag de politie op het spoor van zijn rivalen zetten.

Het telefoongesprek duurt zo'n half uur. Benaouf vertelt zijn versie van het scenario dat zich afspeelde in de Staatsliedenbuurt. 'Het is een wonder dat ik met je praat hier, hoor. Want, eh, ze hebben zoveel kogels op me afgevuurd. Ik dacht alleen maar bij mezelf: wanneer is dat kankermagazijn eindelijk leeg?' zegt Benaouf. 'Ik rende voor mijn leven!' Zijn verklaringen vormen de basis van de lezing waar de politie tot op de dag van vandaag aan vasthoudt.

Voor dit telefoontje ging de recherche er op basis van ooggetuigenverslagen nog van uit dat er vier mannen in de Range Rover reden. Nu zegt Benaouf dat ze slechts met z'n drieën in de auto zaten. Over de eventuele aanwezigheid van Rida Bennajem zegt hij niks.

Benaouf vertelt dat hij in zijn eentje een afspraak had met een Marokkaan die verder niets met de liquidatie te maken zou hebben gehad. De teamleider probeert uit te vissen wie dat dan was. 'Diegene wil helaas niet getuigen,' weet Benaouf. 'Diegene... Die jongen, hij zegt: "Luister ik bemoei me hier niet mee, ik heb... Je weet toch. Ik sta hier ver van."' Wanneer de teamleider er nogmaals naar vraagt, zegt hij: 'Die schijt zeven kleuren stront. Die is naar het buitenland gegaan. Hij zegt: "Ik ga weg."' De teamleider weet als geen ander dat de afspraak van Benaouf een zeer waardevolle getuige is. Daarom blijft hij zijn vraag herhalen. Maar zonder succes: 'Ik ga nooit een naam noemen, ik ga hem niet in gevaar brengen. Ik wil hem er niet bij betrekken'.

Said en Youssef waren volgens Benaouf achtergebleven in de Range Rover, terwijl hij met deze onbekende Marokkaan vijftien à twintig minuten lang een rondje liep. Youssef zat alleen maar in de auto omdat hij later die avond samen met hem naar Rotterdam zou gaan. Onderweg zouden ze Said afzetten in Bos en Lommer.

Maar hoe wisten de schutters dan dat hij op dat moment in de Staatsliedenbuurt zou zijn? Volgens Benaouf is dat vrij simpel. De daders zouden een safehouse hebben waar ze 'gewoon 24/7 in zitten', terwijl 'een paar jongens buiten rondlopen op straat, die gewoon constant op scooters rijden' op zoek naar Benaouf. Deze verkenners moeten hem hebben gespot.

'Die RS4 kwam aanrijden. Ze kwamen aanrijden. Ik stond precies op de hoek van die Bossestraat (...) die RS4 kwam er in één keer aan (...) en je weet zelf RS4, als een RS4 op een gegeven moment op je af komt rijden ... dan weet je dat er geen hoop is.'

Benaouf zegt 'sowieso drie man' gezien te hebben in de Audi van de schutters. Net als direct na de dubbele liquidatie in de Staatsliedenbuurt, noemt Benaouf weer de naam van Anouar 'Popeye' B., die volgens hem naast de bestuurder van de Audi zat. Daarnaast vertelt Benaouf dat het verhaal op straat gaat dat Adil 'Kinker' A. achter Anouar B. in de auto zat. 'Eerlijk is eerlijk, ik heb zijn gezicht niet herkend.' De recherche wil meer weten over de schutters. Adil A. is al aangehouden. Ze willen een verklaring van Benaouf, maar daar is hun gesprekspartner niet happig op. 'Ik ga je zeggen, ik heb hem niet gezien, maar ik weet een miljoen procent dat hij het is geweest die achter die Anouar B. zat. En die chauffeur was, eh, hoe heet 'ie? Hamza Chick Chick of zo. Anouars gezicht heb ik een miljoen procent gezien.' Hij bedoelt Hamza 'Chiep Chiep' B., een jongen uit Bos en Lommer en een vriend van Adil.

Volgens Benaouf is Anouar B. 'een zieke man'. De enige reden dat hij heeft kunnen ontkomen, was omdat de schutters volgens Benaouf de vergrendelde deuren van de Audi niet open kregen om uit te stappen. Anouar B. zou weer degene zijn geweest die daarom door de voorruit van de auto begon te knallen.

Op het moment dat de Audi zijn kant op kwam scheuren, zag Benaouf naar eigen zeggen ook nog eens twee mannen op hem af rennen. Die herkende hij als Derkaoui van der Meijden ('Pirki') en Naoufal F. Ze hadden weliswaar mutsen op, maar Benaouf gaat af op wat hij van hun gezicht kon zien en op hun postuur. 'Die Derk ziet er echt als een kast uit, echt atletisch, begrijp je? Ze kwamen aanrennen op mij, eh, dan weet je al genoeg. Ik weet wel met wie, met wie ik hoofdpijn heb! Ik weet dat ze hitmen zijn. Iedereen op straat weet dat ze hitmen zijn.'

Heel veel meer wil Benaouf niet kwijt. De recherche wil hem graag verder spreken, een verklaring optekenen. Dat zit er niet in. Benaouf zegt dat hij zijn advocaat wel naar ze toe zal sturen.

Hoofdstuk 24

Rond de tijd dat het telefoongesprek met de recherche plaatsvindt, houdt Benaouf zich gedeisd. Na de aanslag op zijn leven duikt hij aanvankelijk onder in de woning van zijn halfzusje in Turnhout. Hij bewapent zich en zorgt dat hij een vals identiteitsbewijs heeft op naam van ene Yassine. Hiermee weet hij twee keer onopgemerkt door een politiecontrole te glippen. Hoewel hij officieel alleen te boek staat als slachtoffer van de wilde schietpartij in de Staatsliedenbuurt heeft hij weinig zin om zich te melden bij de politie.

Dat wil niet zeggen dat de recherche taal noch teken van hem verneemt. Zijn telefoon wordt al die tijd afgeluisterd door de politie. En dus luistert de recherche mee met de gesprekken die hij over de gebeurtenissen in de Staatsliedenbuurt voert. 'Iedereen in dit conflict gaat stuk voor stuk worden geliquideerd,' laat hij zich tijdens een geëmotioneerd telefoongesprek ontvallen.

De Belgische recherche observeert inmiddels het pand in Turnhout vlak bij de plek waar de vluchtauto van de moord op Bouhbouh is teruggevonden. Vier dagen nadat het observatieteam zich geposteerd heeft voor de woning zien ze hoe Benaouf, die een baardje draagt en een blauwe baseballpet van de New York Yankees op zijn hoofd heeft, het pand binnenkomt. De camera's klikken.

Enige tijd later verkast hij naar Rotterdam. In de Maasstad huurt hij op naam van iemand anders een woning aan de Coolsingel. Ook koopt hij huisraad, een stofzuiger en een flatscreen.

Rida Bennajem op bewakingsbeelden uit de Amsterdamse Spiegelstraat

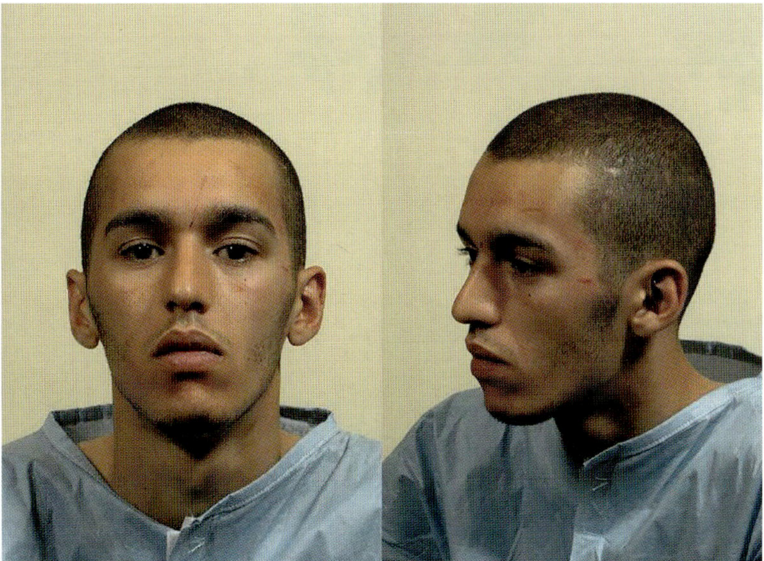

Rida Bennajem vlak nadat hij is aangehouden

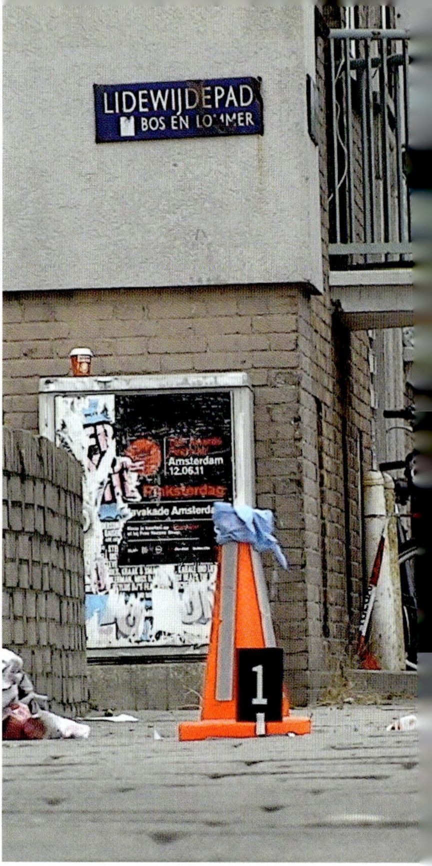

De recherche onderzoekt de schietpartij in de Gulden Winckelstraat
© AT5 | Frank Buis

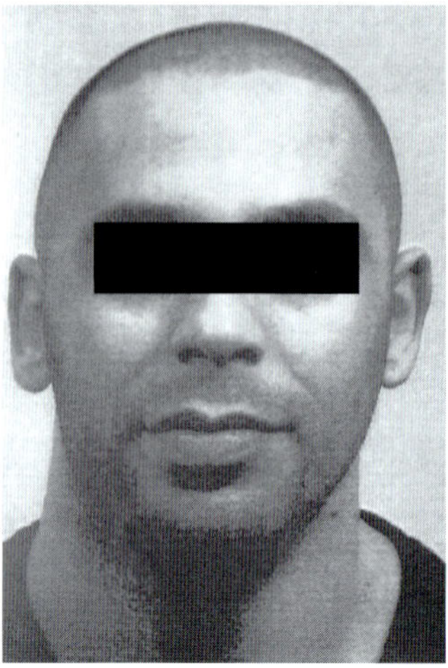

Benaouf A.

Said el Yazidi

Youssef Lkhorf

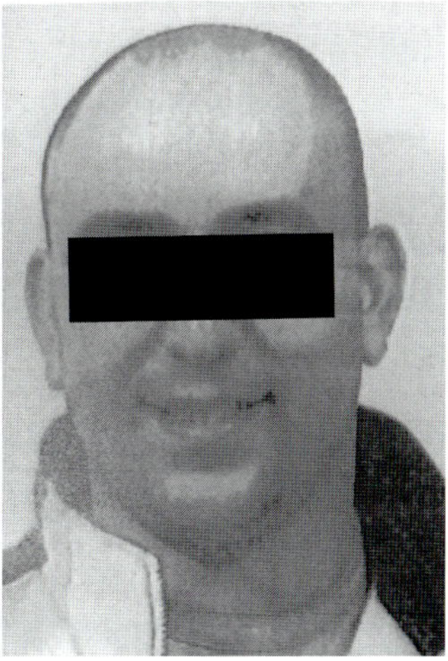

Houssine Ait S.

Bewakingsbeelden waarop te zien is hoe Rida Bennajem bij juwelier Has Gold in Leiden naar binnen stormt met een pistool in zijn hand

Nacerdine T. van de 'Turtles'

Chris Bouman

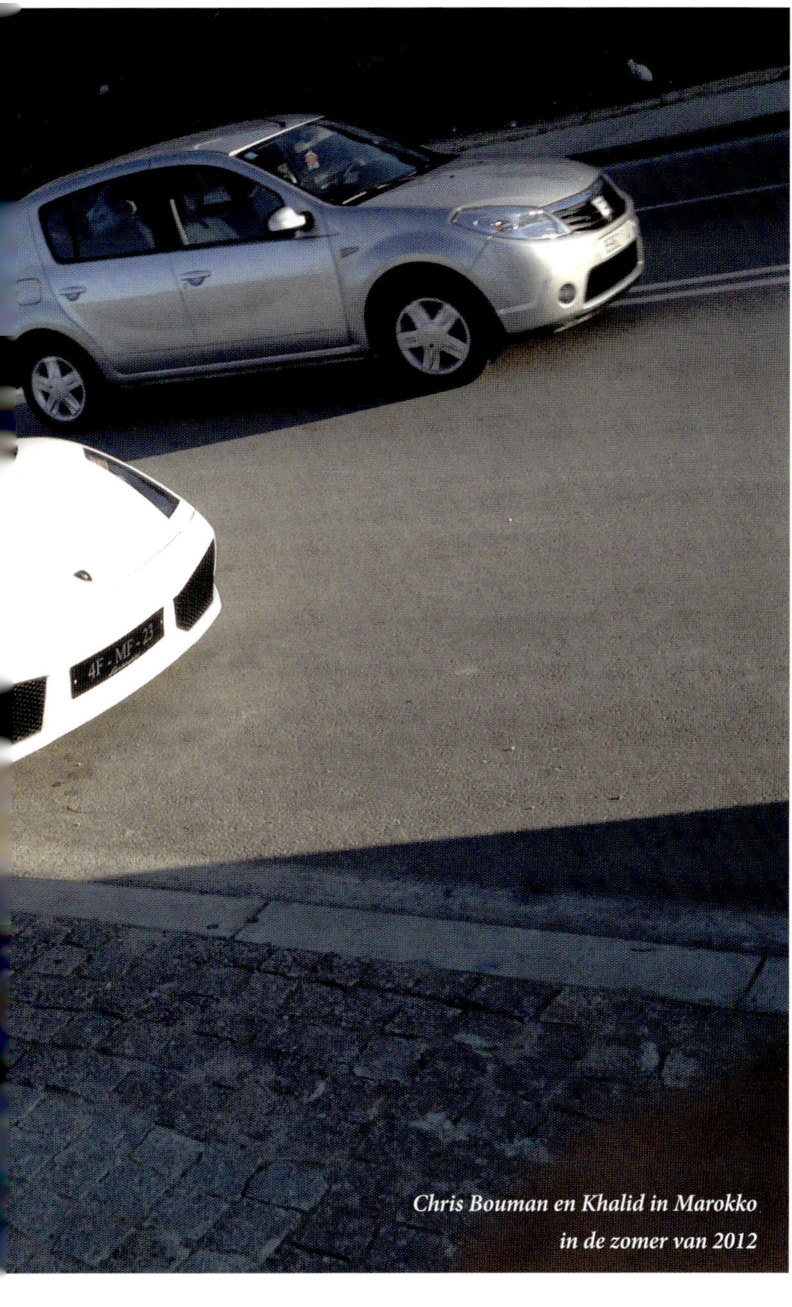

Chris Bouman en Khalid in Marokko in de zomer van 2012

Chris Bouman, Khalid en Nacerdine 'Dikke' T. aan tafel in het Mövenpick Hotel in Tanger

Benaouf A. in Marokko

Het tasje van Najeb Bouhbouh

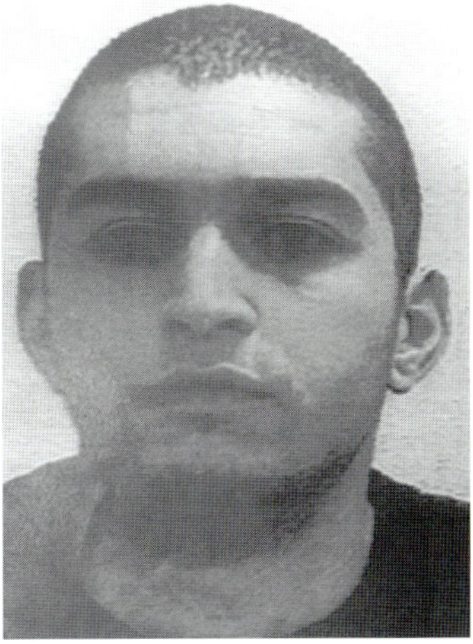

Najeb Bouhbouh

Links boven: De grijze BMW die gebruikt werd bij de liquidatie in Antwerpen wordt teruggevonden in Amsterdam-West © AT5

Midden: Het levenloze lichaam van Said El Yazidi vlak nadat hij geliquideerd is

Rechts boven: De Audi RS4 wordt weggesleept door de politie © AT5 | Martin Damen

Politie doet onderzoek in de Staatsliedenbuurt © AT5 | Frank Buis

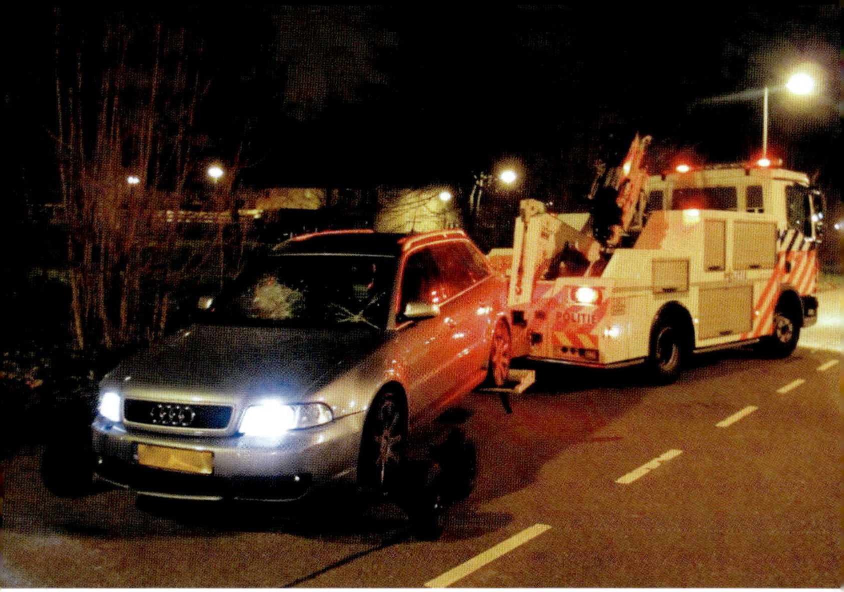
POLITIE

Kalasjnikovs in een rolkoffer die wordt aangetroffen in een woning in de Staatsliedenbuurt

De afbeelding die wordt teruggevonden in de telefoon die Rida bij zich had

Pasfoto van Rida Bennajem die is gevonden in de broekzak van Said el Yazidi

Recherche onderzoekt de plaats delict in de Comeniusstraat
© AT5 | *Martin Damen*

De sleutelbos die wordt teruggevonden op de plaats delict in de Comeniusstraat

De politie heeft de omgeving van het Scheepvaartmuseum afgezet voor het publiek
© AT5

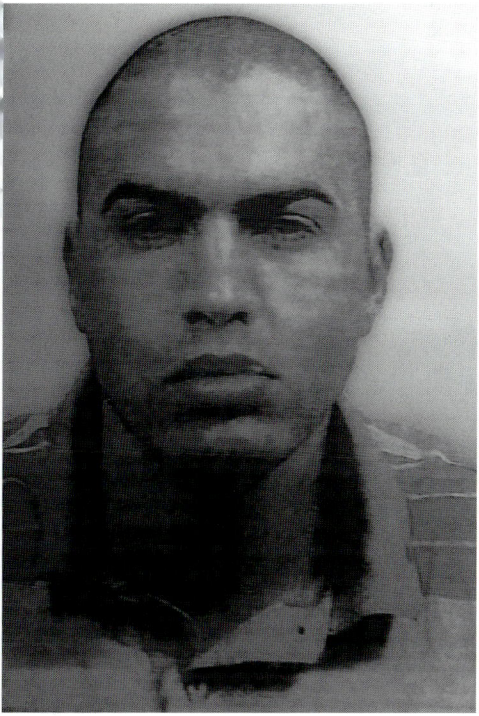

Souhail Laachir

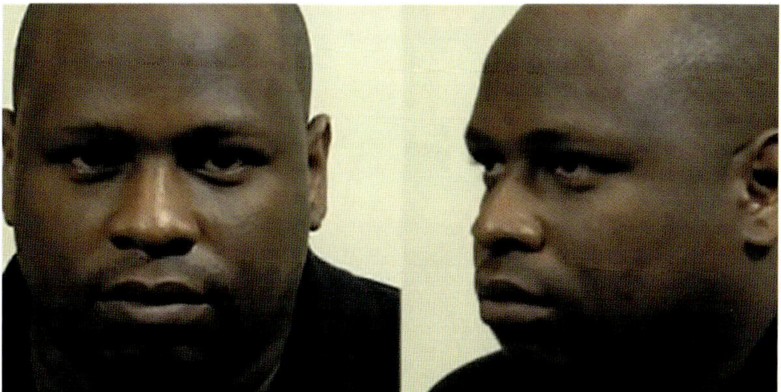

De politiefoto van Gwenette Martha

Gwenette Martha in een discotheek in Antwerpen samen met een vriendin

Derkaoui 'Pirki' van der Meijden poseert samen met Willem Holleeder

Hij denkt nog altijd veel aan de schietpartij van 29 december en rouwt om zijn vriend Youssef Lkhorf die hij bij diens bijnaam Peter aanhaalt. 'Ik moest aan Peter denken *lah ie rahmoe* (God hebbe zijn ziel). Ik mis die man echt erg,' zo schrijft hij 's nachts aan een vriendin in een pinggesprek. 'Ik zei, "kom we gaan naar Rotterdam", daarom was hij meegegaan.' En even later: 'Weet je dat ik nog steeds niet begrijp dat ik het heb overleefd?'

'Het was jou tijd niet,' antwoordt het meisje.

'Nee, maar kom op, er is zoveel op me geschoten en ik ben geen een keer geraakt.'

22 februari 2013, de avond na dit gesprek, zien agenten rond half acht 's avonds een witte BMW-terreinauto met Belgische kentekenplaten met knipperende lichten op een stoep geparkeerd staan. Omdat de auto lang blijft staan, nemen de dienders poolshoogte. Ze schijnen met een zaklamp in de auto en zien dat er een stapeltje bankbiljetten uit de voering van de passagiersstoel steekt. Niet lang daarna keert Benaouf samen met twee vrienden terug naar de auto. Als de politie de auto en de inzittenden, in het kader van een preventieve fouilleringsactie, vervolgens controleert vinden ze niet alleen een kleine 4000 euro aan bankbiljetten. In een verborgen ruimte achter de bijrijdersstoel, zitten ook twee doorgeladen vuurwapens en een plastic tas met een behoorlijke hoeveelheid munitie verstopt.

Wanneer hij even later is aangehouden en mee moet naar bureau, zegt Benaouf tegen de agenten: 'Als u weet wie er in uw bus zit, begrijpt u waarom ik die wapens had. U kent mij van de Staatsliedenbuurt.'

Op 28 februari legt hij een uitgebreide verklaring af. Hij vertelt hoe hij de auto's met daarin de moordenaars aan zag komen rijden. 'Die RS4 kwam aanrijden en je weet zelf, als er een RS4 aan komt rijden, dan weet je dat er geen hoop meer is.' Ook praat hij over de schutters. 'Popeye heeft het gedaan,' zegt hij weer stellig. De rechercheurs die Benaouf verhoren zijn bekend met de broertjes B. uit Bos en Lommer. Ze weten dat de hele familie op straat ook wel bekend staat als De Popeyes. Ze vragen daarom specifiek welke Popeye het dan is. Benaouf zegt: 'Anouar. Anouar [B.] heeft het gedaan. De RS4 kwam aanrijden. Hij had toen nog geen bivakmuts op. Die heeft hij later opgedaan. Hij zat voorin naast de bestuurder. Hij zat in de Audi. Ik keek naar binnen, ik zag Anouar. Anouars gezicht heb ik een miljoen procent gezien. Toen die Audi aan kwam rijden, stopte hij eerst. Ik zag Popeye op de passagiersstoel.' Daarnaast noemt hij nog een naam, die hij ook al net na de schietpartij in de Staatsliedenbuurt noemde, maar deze naam zal hij later weer intrekken.

De verklaringen die hij zowel telefonisch als op het politiebureau heeft afgelegd, lijken verdacht veel op de berichten die KING plaatste op diverse websites. Die overeenkomsten zijn ook het onderzoeksteam opgevallen. Daarom vragen de rechercheurs of Benaouf wellicht KING is? In eerste instantie beaamt hij dat, maar later zal hij verklaren dat de reacties namens hem zijn geplaatst, maar niet dóór hem.

Hoofdstuk 25

Hij kan niet naar de begrafenis van zijn beste vriend Said, in Marokko. Na de dubbele moord in de Staatsliedenbuurt verblijft Rida Bennajem op een onderduikadres. Hij heeft een appartement in een flat aan de Jacob Geelstraat in de wijk Slotervaart, om de hoek van het August Allebéplein. Er liggen kleren, er staat een wasmachine en boodschappen worden voor hem gedaan. Hij heeft er alleen geen vuurwapen. Op zijn PlayStation speelt Rida er eindeloos *Call of Duty: Black Ops.* Hij kent alle *maps* uit zijn hoofd.

Ondertussen gaan de meest uiteenlopende geruchten over wat er nu is gebeurd in de Staatsliedenbuurt. In zijn safehouse krijgt Rida ze lang niet allemaal mee. Een van de geruchten is dat Rida erbij was en dat hij een pruik droeg. De politie heeft namelijk naar buiten gebracht dat er mogelijk een mysterieuze, vierde inzittende van de Range Rover was die blond haar had. Als een bekende voor de deur van het vluchtadres staat om wiet af te leveren, legt hij hem deze theorie voor. 'Wat, een blonde pruik?' vraagt een verbaasde Rida. 'Nee, man.' Mensen bedenken de meest bizarre theorieën.

Als dezelfde jongen een paar weken later weer voor de deur staat heeft hij een verontrustender theorie voor Rida. Op straat in Bos en Lommer gaat inmiddels het hardnekkige gerucht dat KING, die op allerlei misdaadwebsites Rida aanwijst als schutter in de Staatsliedenbuurt, niemand minder dan Hamid 'Kikker' is. Rida is verrast. Zouden zijn vrienden hem nu proberen in het kamp van de tegenpartij te plaatsen? Wat flikken ze me nu? 'Dan weet ik dat,' zegt hij droogjes.

De paar vertrouwelingen die Rida nog heeft in de wereld, verklaren hem voor gek dat hij nog steeds omgaat met de zware jongens. Dat snapt Rida ook wel. Als hij zijn geld nou maar gewoon kreeg, dan kon hij dat tenminste aan zijn moeder, zus en broertjes geven. Als een zoenoffer, een soort genoegdoening voor alle ellende en schande die hij over hen heeft uitgestort. Voor alle keren dat er politie aan zijn deur stond om te vragen waar hij is. Voor het feit dat zijn naasten continu afgeluisterd worden en voor het observatieteam van de politie dat zich, zogenaamd verdekt, in zijn straat heeft opgesteld. Voor alle roddels in de buurt, het gefluister achter de voordeuren van Bos en Lommer.

Het eerste wat hij doet als hij zijn geld heeft, is zichzelf aangeven bij de politie. Dat weet hij nu helemaal zeker. Maar de jongens voor wie hij al die vieze karweitjes heeft opgeknapt, zijn hem zwaar aan het naaien. Ze laten niks meer van zich horen. Tientallen keren heeft hij hen al gebeld en ge-sms't. Niks. Het is om gek van te worden. Hij wil alleen maar datgene waar hij voor gewerkt heeft, waar hij recht op heeft. Hebben ze soms geen geld? Zijn ze leeg? Of zijn ze hem keihard aan het besodemieteren?

Hij wilde eigenlijk niets liever dan dealer worden. Bij de grote mannen horen. De dingen die hij heeft gedaan, zag hij altijd als een opstapje naar het leven dat hij zo graag wil leiden. Een leven vol geld, lekkere meiden en dure spullen. En veel minder risico's. Maar nu lijkt het alsof hij naar zijn centen kan fluiten. Ze hebben hem gebruikt. Mooi niet. Hij wil nu alleen maar zijn geld. Dan geeft hij zichzelf aan. Hij gaat wel zitten. Hij is nog jong. Als hij zijn straf heeft uitgezeten, is er misschien nog wel een toekomst voor hem.

***

Zijn oude vrienden zijn Rida nog niet vergeten. Af en toe krijgt hij van een vertrouwd gezicht wat geld om van te leven. De BlackBerry Curve 9360 die hij sinds kort in zijn broekzak heeft zitten, kreeg hij laatst ook cadeau. Wat Rida niet weet is dat het niet zomaar een smartphone is. Op 26 januari is de telefoon gekocht bij een *spyshop* in Gelderland. Even voor elf uur 's ochtends activeren ze daar voor het eerst de BlackBerry, die voorzien is van een speciale simkaart.

Deze spyshop is gespecialiseerd in het 'riggen' van telefoons. Ze kunnen de apparaten volledig afluisterbaar maken én alle informatie die erop staat achterhalen. Een medewerker van de spyshop laat het allemaal aan de klant zien. De BlackBerry zit vol handige spyware. Alles wat er met de telefoon gebeurt, is live te volgen op een speciale website die je met iedere computer, tablet of smartphone kunt bekijken. En de gebruiker van de telefoon merkt daar niets van. Of hij nou berichtjes stuurt via WhatsApp en ping, of Google Maps aanzet, een sms stuurt, een foto maakt, muziek luistert; het is allemaal te zien. Kijken de gluurders niet live mee, dan kunnen zij achteraf alsnog alles zien omdat van alle handelingen ook nog eens een back-up wordt gemaakt.

Begin februari test de klant het allemaal uit. Op ping voegt hij een contact toe dat Looney Tunes heet. Ze zijn druk in de weer om te kijken of de spyware wel echt werkt. De jongen met de telefoon probeert allemaal dingen met de BlackBerry uit en Looney Tunes kijkt mee vanuit Marokko.

'Zie je dat?'

'Ja, top man. Moet ff alles doorhebben, dan hebben we die zemmel zo.' 'Zemmel' is straattaal voor homo.

'Zodra hij de telefoon heb, hou ik alles in de gaten,' schrijft Looney Tunes weer.

De jongen met de telefoon maakt een bewogen foto van zichzelf.

'Ik kan foto niet zien,' stuurt Looney Tunes.

'Maybe is zo dat mocro telefoon dat niet kan,' reageert de jongen met de telefoon.

Na nog een tijdje het een en ander uit te testen, lijken de twee het door te hebben. 'Kan zien in gesprek zeggen,' stuurt Looney Tunes dan om kwart voor twaalf 's nachts.

Na enige tijd krijgt Rida de telefoon in handen. Alle gegevens uit de testfase zijn van de smartphone verwijderd. Er staan maar twee contacten in Rida's adressenlijst op ping. Een daarvan noemt zichzelf 'H'. Deze H heeft dezelfde PIN (het unieke identificatienummer van een BlackBerry) als Looney Tunes. Het is dus dezelfde persoon, of in ieder geval dezelfde telefoon.

***

Rida lijkt deze H te vertrouwen. Althans, hij heeft regelmatig contact met hem. Zo ook op zaterdagavond 16 maart. Nog elf dagen en Rida wordt tweeëntwintig jaar. Hij zit nog altijd verscholen in zijn safehouse aan de Jacob Geelstraat in de Amsterdamse wijk Slotervaart, nog geen vier kilometer van zijn ouderlijk huis in Bos en Lommer. Eerder op de avond waren er een paar vrienden uit zijn oude buurt komen chillen in Rida's appartementje. Als ze weer weg zijn, is Rida toch wat gespannen. H heeft beloofd dat Rida vanavond eindelijk zijn geld krijgt.

Zelf is H niet in de hoofdstad vanavond, maar hij heeft het wel allemaal voor Rida geregeld, vertelt hij. Hij wierp zich op als bemiddelaar, een 'intermediair', en vanavond komt het na al het gezeik van de afgelopen maanden dan eindelijk allemaal goed.

'Die kontenneuker gaat naar Du,' stuurt H naar Rida. Hij bedoelt Du Maroc. Dat is een populair restaurantje aan de Comeniusstraat, aan de andere kant van de Johan Huizingalaan. Vijf minuten wandelen. Iedere Marokkaan in Amsterdam kent het wel.

'Hoe laat?' vraagt Rida.

'22.52,' stuurt H vrij exact terug. 'Moet je wat eten?' biedt hij aan.

'Heb al gegeten.'

De genoemde 'kontenneuker' is de jongen die Rida vanavond zal betalen. Rida wandelt door de verlaten straten met rijtjeshuizen en flatjes naar het restaurant. H vraagt of hij in de buurt is. 'Ben er al', stuurt Rida terug. Dan arriveren twee jongens. Een langere en een wat kleinere. 'Hoeveel hebben ze gegeven?' vraagt H, die nog altijd doet alsof er sprake zal zijn van een financiële transactie. Het is voorlopig zijn laatste bericht.

Rida en de twee anderen lopen tegelijkertijd een hofje aan de Comeniusstraat in. Het is een soort parkeerterrein, aan twee kanten ingesloten door ongeïnspireerde flatjes van vierhoog. Je kunt er de trams zien die door het donker via de Lelylaan van en naar Osdorp rijden.

Het is al snel duidelijk dat de jongens helemaal niet van plan zijn om te betalen. Het is een val. Ze hebben hem hier naartoe gelokt. Er ontstaat een ruzie. Getuigen horen veel geschreeuw. 'Kom dan! Kom dan!' schreeuwt er iemand opeens heel duidelijk.

Meteen volgen er oorverdovende knallen. De twee anderen hebben een wapen getrokken en schieten van dichtbij op de ongewapende Rida. De kogelhulzen stuiteren rinkelend over de stoeptegels. Tegen een Volkswagen Golf zakt Rida in elkaar. Zijn moordenaars blijven schieten. Dan maken ze zich uit de voeten. Met hun capuchon over het hoofd getrokken springen ze over een hegje richting een vluchtauto en ze zijn weg.

De buurt belt 112. Een ambulance is snel ter plaatse. De hulpdiensten proberen Rida nog te reanimeren, maar het maakt niet meer uit. Hij is vooral in zijn borststreek geraakt, maar er zit ook een kogel in zijn nek. Even later overlijdt hij ter plekke aan zijn verwondingen. Wanneer rechercheurs het slachtoffer beter bekijken, herkennen ze hem niet in één oogopslag. Zijn haar is langer dan op de politiefoto's die de recherche van hem verspreidde. Maar het is hem ontegenzeggelijk: Rida Bennajem. Een van de meest gezochte criminelen van het land.

Rond het lichaam van de jongen vindt de forensische opsporing negentien kogelhulzen. In zijn broekzak zit wat geld en een kleine Koran. En merkwaardig genoeg ligt er bij het hoofd van Rida een sleutelbos.

Uit zijn jaszak vissen rechercheurs de BlackBerry. Het lampje knippert, er zijn om 23.33 uur nieuwe berichten verstuurd. Ze zijn weer van H. Maar nu heeft H het over heel andere dingen. 'Ik hoor je moet snel naar België, Chiepchiep en Popeye zijn al weggegaan. Bouk heb gezworen dat ie ze allemaal gaat neuken. Heb je die man gepakt vandaag,' stuurt H. Chiep Chiep is de bijnaam van Hamza B., die door KING en Benaouf genoemd is als bestuurder van de Audi in de Staatsliedenbuurt. 'Hé, Hamza hier, kom ook! Alle jongens zijn hier met mij in Brus' is het volgende bericht. 'Die chickie van Adil Kinker heeft ons verraden,' stuurt H daarna nog.

Een dag later worden de geheime back-ups stopgezet.

Hoofdstuk 26

'Die kleine die nu overleden is.' Zo noemt Benaouf Rida als hij kort na de moord in de Comeniusstraat verhoord wordt door de recherche. Hij noemt hem niet bij naam.

Benaouf zit vast op verdenking van wapenbezit, het bezit van valse papieren en witwassen. Deze strafbare feiten zijn volgens de politie geconstateerd toen hij in februari aangehouden werd in Rotterdam.

Nu wordt hij ondervraagd als getuige van de dubbele liquidatie in de Staatsliedenbuurt, nadat hij eerder dit jaar eerst telefonisch en daarna na zijn aanhouding al het een en ander vertelde. Toen zweeg hij nog over Rida. Dit keer noemt hij de eenentwintigjarige jongen uit Bos en Lommer als een van de schutters op 29 december 2012, net als KING dat eerder beweerde in reacties op internet.

De recherche heeft naast de verklaring van Benaouf een nieuw aanknopingspunt voor deze versie van de wapenfeiten. Zij zijn inmiddels bekend met de laatste berichtjes die de mysterieuze H stuurde naar de BlackBerry van Rida. Daarin komen de namen van Anouar 'Popeye' B., Hamza 'Chiep Chiep' B. en Adil 'Kinker' A. voorbij. Het zijn dezelfde namen die Benaouf en KING al eerder noemden als daders van de moorden in de Staatsliedenbuurt. En Benaouf noemt ze vandaag nog eens.

Hij weet naar eigen zeggen precies wie er tijdens de dubbele moord in de Audi RS4 en Volkswagen Golf van de daders zaten, omdat 'ze zelf vertellen wat ze gedaan hebben en wat ze daarvoor gekregen hebben'.

Benaouf noemt ook in dit gesprek weer Naoufal F. en Derkaoui van der Meijden als de daders die gelinkt moeten worden aan de zwarte Volkswagen Golf. Dan komt hij nog met een nieuwe naam. Die van 'Damascus', een Antilliaan uit de Bijlmer die bevriend is met Naoufal en Derkaoui.

Over de achtergronden blijft hij onduidelijk. 'Waar moet ik beginnen? Het is iets... ten minste... een lang conflict, tussen bepaalde mensen waar ik tussen ben gekomen,' zegt hij cryptisch. 'Marokkanen denken dat ik een gevaar voor ze ben, en daarom moet ik weg.' Benaouf denkt zeker te weten wie er op zijn leven uit is. 'Dat is Gwenette natuurlijk!' stelt hij helder. 'Omdat ik vrienden ben geworden van eh, van zijn vijand.' Kortom: Gwenette is wat Benaouf betreft de grote aanstichter. 'Ja, hij gaat gewoon iedereen opruimen, let maar op!'

Volgens Benaouf heeft Gwenette Martha de opdracht gegeven voor de Staatsliedenbuurt en de liquidatie laten uitvoeren door twee dadergroepen. Een theorie die ook op politie.nl verschijnt. Volgens Benaouf was het aan de ene kant een groep uit Amsterdam-West en aan de andere kant een crimineel duo uit Amsterdam-Oost. De jongens uit Oost zouden dan Derkaoui van der Meijden, Naoufal F. en mogelijk nog een derde dader zijn geweest.

Benaouf zegt dat het echte professionals zijn. 'Ze hebben een heel kerkhof op hun naam staan. Naoufal is iemand, die snijdt je gewoon aan stukken,' zegt hij over deze groep. En volgens Benaouf zat Derkaoui weer achter de liquidatie van Patrick Brisban, de beroepscrimineel die op zondagochtend 2 december 2012 in zijn auto voor zijn huis in Diemen werd doodgeschoten. 'Hij zegt het zelf, die mongool. Hij zegt het tegen iedereen op straat,' beargumenteert Benaouf de beschuldiging. Derkaoui en Naoufal zouden de opdracht van de Staatsliedenbuurt direct van Gwenette hebben aangenomen.

De groep daders in de Audi zouden volgens Benaouf zijn samengesteld door 'Bouka' en 'Hitler', jongens uit de Spaarndammerbuurt in Amsterdam-West.

Benaouf wil ondanks zijn verklaringen ook nu geen aangifte doen als slachtoffer van de schietpartij in de Staatsliedenbuurt. Daarmee wil hij wachten tot zijn familie een veilig heenkomen heeft gevonden in Marokko. 'Daar worden ze niet lastiggevallen. Daar grijpt de politie keihard in als ik aangeef wie mijn familie te grazen neemt,' vertelt hij de rechercheurs.

Maar ook zonder officiële aangifte hebben de rechercheurs de naam van Anouar 'Popeye' B. nu zo vaak gehoord, dat ze hem op z'n minst weleens een keertje willen spreken.

Hoofdstuk 27

Het proces-verbaal van de Criminele Inlichtingen Eenheid ligt er al bijna drie maanden. De tekst van het korte bericht luidt als volgt: 'Hamza en Anouar B. zijn de schutters van de dubbele liquidatie in de Staatsliedenbuurt.' De informatie is betrouwbaar, zo stelt degene die het bericht heeft opgesteld. En er ligt meer belastende informatie over Anouar 'Popeye' B. bij de geheime dienst van de politie. Zo kregen rechercheurs nog voor de schietpartij in de Staatsliedenbuurt al informatie door dat Anouar B. een aanslag zou willen plegen op Benaouf in een shishalounge.

Het staat vast dat Anouar B. al een tijdje op het verlanglijstje staat van de politie. Maar hij en zijn broers zijn de recherche zo nu en dan weleens te slim af, zoals in de nacht van donderdag 9 op vrijdag 10 augustus 2012, toen een ingenieuze undercoveroperatie gesaboteerd werd door een paar kwajongens uit de buurt.

Om half vier is er een invasie van politieauto's in de Admiraal de Ruijterweg ter hoogte van de Jan van Galenstraat. Behalve zeker tien gewone busjes en auto's zijn er ook politiehonden paraat, voor het geval dat. In een vrijwel leegstaande woning op driehoog brandt het licht en is het een komen en gaan van agenten. Vanaf het balkonnetje aan de straatkant hangt een lange kabel naar beneden. Aan de overkant van de rijbaan ligt een stevige, grote, grijze koffer op de stoep. Eromheen heeft zich een groepje jongens uit de buurt verzameld.

'Wat, zit er geld in of zo?' wil eentje weten.

'Nee, is niks,' zegt een agent bedeesd.

‘Ik ben wel benieuwd eigenlijk. Geen afluisterapparatuur enzo hè, AIVD hè?’ roept een jongen frivool. Met zijn voet tikt hij de koffer aan.

‘Niet doen, voor de derde keer, niet doen!’ roept de agent. Hij stapt dreigend op de klier af.

‘Hé rustig,’ sussen de jongens in koor. ‘Rustig... ’

‘Mogen wij niet zien wat erin zit?’ vragen ze als een agent in burger een blauw handschoentje aantrekt om de koffer mee te nemen.

‘Goeiemorgen!’ roept hij opgewekt naar het verzamelde groepje buurtjongens. Zijn koele act mislukt als hij de koffer optilt. Het zware ding valt meteen open op de grond.

‘Hooooooo,’ klinkt het massaal, gevolgd door hoongelach. ‘Bijna.’

‘Kijk es! Kijk es!’

‘Wat? Zit helemaal niks in!’

‘Jammer, jammer.’

‘Jammer. Zit geen geld in.’

Terwijl de mysterieuze, lege koffer meegaat met de politie, blijven de jongens vragen stellen. ‘Maar eh, wie zit er nou? Wie zit er nou eigenlijk? AIVD? Criminele Inlichtingen Eenheid?’

‘Allemaal afluisterapparatuur.’

De agenten zwijgen.

‘Je mag niet zomaar mensen gaan opnemen,’ roept een jongen.

‘Tuurrrlijk niet!’ beaamt een ander. ‘Ze hebben helemaal niks! Ze hebben helemaal niks. Weet je hoe vaak hier geroddeld wordt.’

De jongens weten al lang wat er aan de hand is. Al twee maanden gebeuren er rare dingen in de leegstaande woning. Er gaan steeds verschillende mensen naar binnen en er is niks dat erop wijst dat die daar daadwerkelijk wonen. Een aantal jongens uit de buurt besloot deze nacht daarom eens een kijkje te gaan nemen. Ze vonden de grijze koffer gevuld met camera’s, lenzen en dongels van de politie. De koffer werd van driehoog op straat gekieperd, maar de technische snufjes namen ze mee. En de jongens beneden hielpen nog een handje door erg geïnteresseerd te doen alsof er geld in de koffer zou zitten. 'Nu zitten er vingerafdrukken van de hele buurt op. Iedereen wilde even koekeloeren wat erin zat.' Een dag later verschijnen foto's van de gestolen afluisterspullen op de website van de Amsterdamse stadsomroep AT5.

De inbrekers – die nu lokale helden zijn – hebben naar eigen zeggen nog een bijzondere ontdekking gedaan. In de slaapkamer stond namelijk een tweepersoonsbed, een nachtkastje en een kleine tv. Urenlang de overburen bespioneren blijkt best saai. Of gluren naar de overburen is stiekem juist wel spannend. Want de inbrekers vonden ook nog twee kratjes bier, en in een la van het nachtkastje een pak condooms. Volgens jongens die de woning de afgelopen twee maanden observeerden, kwamen de agenten meestal in tweetallen. Vaak ging het om een man en een vrouw, maar lang niet altijd dezelfde man en vrouw, en ook lang niet altijd in dezelfde samenstelling.

Maar op wie stonden de camera's in het appartement gericht? Het zijn inderdaad de overburen. Aan de overkant van de straat wonen leden van de familie B. Het is een van de panden die de B.'s bezitten in de wijk. En het is het huis van Anouar 'Popeye' B.

***

De spionageapparatuur van de politie zou niet misstaan in One 2 Spy, een klein onooglijk winkeltje even verderop, aan het begin van de Admiraal de Ruijterweg. Ze verkopen er belkaarten en je kunt er internationale telefoongesprekken voeren in een van de glazen hokjes. Maar hun corebusiness is de verkoop van apparatuur waar zelfs James Bond weer een klein jongetje van wordt. Van telefoons die je af kunt luisteren, tot nachtkijkers en GPS-trackers – peilzenders zo groot als een luciferdoosje die nauwkeurig hun positie doorgeven. Laatstgenoemde speeltjes worden niet alleen gebruikt door de politie.

Want ook in de onderwereld geldt: meten is weten en gissen is missen. De handelaren verstoppen ze tussen ladingen drugs. Met de trackers kan namelijk eenvoudig worden nagegaan of de handelswaar zijn bestemming bereikt heeft. Het gebeurt namelijk weleens dat de ontvangende partij niet wil betalen omdat beweerd wordt dat de lading nooit is aangekomen. Met een tracker van een paar honderd euro is eenvoudig na te gaan of de waarheid verteld wordt, of dat er sprake is van een rip.

Maar boeven blijven boeven en dus worden de trackers ook andersom gebruikt. De partij drugs wordt geleverd en afgerekend nadat hij is aangekomen. Vervolgens weet degene die de partij geleverd heeft door de tracker waar de drugs zijn opgeslagen door zijn afnemer. Wat is er dan eenvoudiger dan even een paar inbrekers op pad te sturen om de geleverde partij terug te stelen? Dubbele winst.

Ook heeft de politie in het verleden trackers gevonden die met een magneet onder een auto zaten waarin net iemand geliquideerd was. Het is ook kinderlijk eenvoudig: de peilzender plak je onder een auto en vervolgens weet het hitteam precies waar het beoogde slachtoffer is.

Maar ook voor wie zich zorgen maakt biedt de spyshop uitkomst. Ze verkopen ook zogeheten 'sweepers': apparaatjes met een grote antenne die eruitzien als een soort ouderwetse transistorradio. Die kunnen niet alleen verborgen microfoontjes van de politie ontdekken, maar ook peilzenders vinden. In de continue wapenwedloop met de politie en rivalen speelt de spyshop een onmisbare rol. En wat het conflict ook behelst, de spyshop is vaak de lachende derde. Niet zelden investeren criminelen vele duizenden euro's in de laatste elektronische snufjes. Daar spelen de spyshops weer handig op in door te adverteren op de bekende crimeblogs.

In One 2 Spy komen veel jongens uit Amsterdam-West hun spulletjes halen. Een van de klanten van One 2 Spy is Youssef, die bij Benaouf hoort. Hij kocht samen met zijn broer Omar drie trackers die later werden teruggevonden in de doorzeefde Range Rover. De eigenaar van de winkel is Rachid, een joviale Marokkaan die erg klantvriendelijk is. Er is hem in nasleep van alle geruchten rond de Staatsliedenbuurt gevraagd om contact op te nemen met een technisch medewerker van Crime-Bron. Er is iemand die even met hem wil praten. Nu Adil 'Kinker' is aangehouden staan de andere jongens die op internet genoemd zijn, inmiddels behoorlijk onder druk. Ze zijn streetwise genoeg om zich te realiseren dat de politie de online commentaren serieus onderzoekt. Daarnaast beseffen ze dat een roddel, of hij nou waar is of niet, levensgevaarlijke consequenties kan hebben. Met name Anouar B., die vaak genoemd is in de online tamtam, maakt zich ernstig zorgen. Nadat er een bericht over hem is verschenen op misdaadblog Crime-Bron, roept hij nu de medewerker van de site op het matje in de spyshop.

Wanneer de man van Crime-Bron arriveert in de zaak, komt Anouar woedend op hem af gelopen. Hij is samen met een andere jongen. 'Als ze bewijs tegen mij hadden, dan was ik toch al lang opgepakt,' sist Anouar tegen de medewerker van de website. Hij is ziedend over 'die kankerartikel'. Het is een levensgevaarlijk verhaal wat er is verschenen. De eigenaar van de spyshop heeft als beleid dat hij geen ruzie in zijn zaak wil, daarom dirigeert hij iedereen naar buiten. Daar, op klaarlichte dag, neemt het verhitte gesprek een dreigende wending.

Anouar zegt ineens dat er een prijs op het hoofd van de man van Crime-Bron staat. Zo'n opmerking komt altijd hard aan. 'Iedereen is die bullshit goed zat,' briest hij. 'Ik kan je gewoon hier op straat doodschieten,' roept hij. De medewerker van Crime-Bron probeert Anouar te kalmeren en zegt dat de politie dat dan zou kunnen zien. Daarop pakt de woedende Anouar een koperkleurig vuurwapen aan van zijn vriend. Hij laat het pistool door en richt het op de medewerker van de site. 'Ik heb helemaal schijt aan de smeris, vriend,' krijst hij. Daarna uit hij nog wat bedreigingen en loopt weg.

Ook belt hij met de redactie van weblog Camilleri. Dat gesprek verloopt wat beschaafder. Ook hier zegt hij zich grote zorgen te maken over zijn veiligheid. Hij overweegt een interview te geven maar wil eerst overleggen met zijn advocaat.

Het verhaal dat Anouar B. zich door alle berichten onveilig voelt, gaat als een lopend vuurtje over de misdaadsites. Daar heeft men ondertussen wel door dat er behoorlijk explosieve reacties geplaatst worden. Reacties die, als ze serieus genomen worden, voor sommige mensen weleens levensgevaarlijk zouden kunnen zijn. Vandaar dat een aantal sites de reactiemogelijkheid blokkeert.

***

Anouar B. is de eerste maanden na de dubbele liquidatie 'para'. Hij maakt een warrige indruk, is opgefokt en achterdochtig. Dat zegt Stefan S., een drieënveertigjarige Amsterdammer die om de hoek van Anouar B. in Bos en Lommer woont. Hoe hij dat weet? Stefan zegt zelf dat Anouar B. in januari en februari regelmatig bij hem thuis aan de De Rijpstraat logeert. 'Een *man on the run*, die help je gewoon,' zegt hij later.

Stefan staat in de buurt bekend als junk. Later zal een undercoveragent deze blonde veertiger uitgebreid uithoren. 'Stefan is een harddrugsgebruiker, die soms ook verdovende middelen verkoopt,' schrijft de undercoveragent in zijn verslag. 'Bij Stefan komen veel mensen over de vloer die bij hem gestolen spullen stashen. Stefan heeft onlangs nog een conflict gehad met een Marokkaanse jongen die spullen bij hem had gestashed. Hierbij zijn de ruiten van de woning van Stefan ingegooid.'

De jongens uit de buurt gebruiken de woning dus om de buit van een overval even in op te slaan, de wapens te verbergen, of om in onder te duiken. Maar er is meer aan de hand met deze Stefan. Zijn DNA blijkt op een kogelhuls in de Audi van de Staatsliedenbuurt-schutters te zitten. En zijn DNA zit op de tas met kalasjnikovs die in het stashhuis van Adil A. in de Van Hogendorpstraat werd gevonden. Hij houdt het er zelf op dat Marokkanen een tas van hem uit zijn kelder hebben meegenomen en die later hebben gevuld met de automatische geweren.

Daarnaast is er met de telefoon van Stefan gebeld naar Hamza 'Chiep Chiep' B., een andere jongen die genoemd wordt als schutter in de Staatsliedenbuurt, onder anderen door H in de pingberichten naar de telefoon van Rida. En Stefan verklaart later dat Adil 'Kinker' A., die andere verdachte, een keer bij hem thuis kwam voor een afspraak met Anouar B. Hij kon de ontmoeting niet zien, maar wel horen. En daarbij viel hem het geluid van schuivend metaal op, waarbij justitie denkt aan vuurwapens.

Nadat Anouar B. enige tijd in zijn kelder verbleef, was hij eind februari opeens weg. 'Broers of jongens van B.' kwamen later nog iets zoeken in de woning. Stefan zelf zal pas in augustus 2014 aangehouden worden. Lange tijd staat hij alleen bekend als de mysterieuze 'Persoon E.'. De politie pakt Anouar B. daarentegen al een paar dagen na de moord op Rida op.

***

Dinsdagochtend 19 maart, drie dagen na die moord, doet de politie invallen op meerdere adressen in Bos en Lommer. Een van de doelwitten is de woning aan de Admiraal de Ruijterweg die een jaar eerder vanuit de verborgen politiepost aan de andere kant van de straat werd bespioneerd. In de nabij gelegen Charlotte de Bourbonstraat valt de politie twee andere panden binnen.

Er zijn niet alleen een boel agenten op de been bij de actie, ook experts van Defensie helpen mee om verborgen ruimtes te vinden. De politie laat dezelfde dag weten veel contant geld te hebben gevonden. En dat niet alleen. Ze troffen ook een vuurwapen, munitie en drugs aan. Het pistool, een Glock, lag in de vriezer tussen een zak patat en doperwten. Agenten houden tien verdachten aan, waaronder Anouar B. en zeker vier familieleden.

'Deze actie had eigenlijk te maken met een al langer lopend onderzoek, waarbij bij ons informatie binnen was gekomen dat een aantal bewoners van Amsterdam-West zich bezig zou houden met het witwassen van geld en de handel in verdovende middelen,' zegt een politiewoordvoerder tegen AT5. In zijn woorden schemert door dat er meer aan de hand is. Anouar B. werd al door KING en Benaouf genoemd als schutter in de Staatsliedenbuurt. En nu is hij drie dagen voor zijn arrestatie ook door de mysterieuze H genoemd in het pinggesprek op de BlackBerry van Rida Bennajem, waardoor hij weer in het kamp van de schutters is geplaatst. Twee dagen later wordt de tweeëndertigjarige Anouar B. officieel aangehouden voor betrokkenheid bij de dubbele liquidatie in de Staatsliedenbuurt. Hij is na Adil A. de tweede officiële verdachte in de zaak.

De zaak tegen de overige negen verdachten die bij de politie-invallen zijn aangehouden, lijkt – ondanks de undercoveroperatie van een jaar eerder – niet heel sterk. De rechtbank is in ieder geval niet onder de indruk. Vijf van hen worden binnen een week weer vrijgelaten. Twee anderen in de weken erna. Naast Anouar B. zitten er dan nog maar twee andere verdachten vast, alleen vanwege het overtreden van de opiumwet en wapenbezit. Verborgen ruimtes zijn niet gevonden. En het grote contante geldbedrag blijkt 12.000 euro spaargeld te zijn. Dat de familie regelmatig grote cashbedragen op een rekening stortte, zou ook niets met witwassen te maken hebben, maar met een onderneming van een familielid waar klanten contant betalen. Een misverstand waar bijvoorbeeld marktkoopmannen ook weleens mee te maken hebben. De consensus op straat is dat er iets te veel gehandeld is op basis van informatie van de CIE.

Hoofdstuk 28

Het is een koude, bewolkte dinsdag in mei. Zelfs om één uur 's middags is het niet veel warmer dan 10 graden. In de populaire croissanterie Van Wou op de hoek van de Van Woustraat en Lutmastraat in De Pijp, is het niet zo druk. De broodjeszaak is een populaire ontmoetingsplek. Het zit hier doorgaans stampvol met Marokkaanse jongens die een smoothie en een snack komen halen. Vandaag zit een onopvallende meneer met een Arabisch uiterlijk een broodje te eten. Hij zit aan een van de twee tafeltjes in de bakkerij. Aan de andere tafel zit een stel.

Een donkere jongen loopt de zaak binnen. Hij heeft een vriendelijk gezicht maar met zijn grote bos dreadlocks is de fors gebouwde tweeëntwintigjarige een imposante verschijning. Hij draagt het nieuwe trainingspak van Ajax. Het is zwart met roze. Om die laatste kleur is in voetballiefhebbend Nederland nogal wat ophef ontstaan. Het zou 'gay propaganda' zijn en een supportersclub verzamelt klachten tegen de net geïntroduceerde kleuren van het nieuwe uittenue. Desondanks is het volgens Adidas het best verkochte nieuwe pak van Ajax ooit. Het blijkt op straat in Amsterdam razend populair te zijn, zeker buiten de ring.

De man aan het tafeltje herkent de Ajax-fan, andersom is dat niet zo. De jongen met de dreadlocks is een veelpleger, eentje uit de Top 600. Hij is samen met twee Marokkaanse jongens. De een is pakweg vijfentwintig jaar oud, ziet er goed verzorgd uit en draagt een leren jasje met zilveren knopen. Een duur jasje, denkt de man met het broodje. De twee Marokkanen kent hij niet. De gladgeschoren jongen met het mooie jack draagt schoenen van het merk

Giuseppe Zanotti. Die kosten doorgaans zo'n 400 à 500 euro. De andere Marokkaan is jonger, zo rond de twintig, en loopt er in zijn groene bomberjack iets armoediger bij. Een straatschoffie, bestempelt de man achter de krant de brildragende derde. Warrig haar, alsof hij net wakker is, constateert hij en richt zich dan weer op zijn broodje.

De jongen met de dure kleren vraagt de meneer of hij en zijn vrienden bij hem aan tafel mogen zitten. De man knikt. De jongens pakken er een stoel van de andere tafel bij en gaan een halve meter van de man met zijn broodje zitten. Ze bestellen ook het een en ander en even later zit iedereen te eten. Inmiddels is de onopvallende meneer druk de krant aan het lezen en kijkt hij zo nu en dan op zijn telefoon en stuurt hij een berichtje.

Ook de gladgeschoren jongen kijkt op zijn telefoon. 'Er is weer nieuws over de Staatsliedenbuurt op Crimesite,' zegt hij. De meeluisteraar pakt zijn telefoon en tikt het adres van crimesite.nl in. Het klopt, er is weer een nieuw bericht geplaatst. 'Staatsliedenbuurt: vijf tot zeven daders (UPDATE)', luidt de kop.

De Marokkaanse jongen met de dure schoenen leest het bericht aandachtig. Hij legt zijn telefoon weer op tafel, kijkt naar zijn vrienden en zegt: 'Benaouf had dit al tegen ons gezegd in Marokko op het strand.'

'Wat zei die dan?' vraagt de andere Marokkaan.

'Het wordt ik of Martha, ik moet keihard in de tegenaanval.'

'Zat Martha daarachter?'

'Ja joh, is een lang verhaal, heeft met veel mensen te maken.'

Het is even stil. Dan vertelt de klaarblijkelijke insider op gedempte toon meer over de zaak. 'Ik heb met Benaouf gewoond, jonge. Het is een goeie kerel, maar echt heel gek. Hij wilde zich te graag bewijzen in dat wereldje. Hij heeft een keer in een café in Oost zijn pistool getrokken en daarmee gedreigd. Was een belangrijk overleg dat daar plaatsvond en hij wilde laten zien dat hij voor niemand bang was. En sinds toen heeft hij een naam gekregen in dat wereldje. Maar sinds die keer ga ik niet meer met hem om.'

Zijn twee vrienden willen nu alles weten. De meeluisteraar doet alsof hij vooral in zijn telefoon geïnteresseerd is. 'Gwenette en Bouhbouh zijn hele goede matties en ook een andere Marokkaan,' vertelt de insider.

'Wie dan?'

'Houssine,' zegt de eerste. Hij vertelt dat Houssine en Benaouf schoonfamilie zijn. 'Zo is Benaouf in dat wereldje gekomen, via Hoes. Die zit momenteel in Marokko ondergedoken volgens mij.'

'Benaouf wilde zich heel graag bewijzen in dat wereldje, dus wat heeft hij gedaan, hij heeft geregeld of gehoord dat iemand, of een groep, een partij van 200 kilo coke ging halen. Benaouf heeft zich opgeofferd en mans uitgesproken dat hij de coke wel naar Nederland zou halen, hij zou dat even regelen. Toen het bekend was dat de coke naar Antwerpen zou komen, had Benaouf een groep ingeschakeld om de coke op te halen. Maar dit ging niet helemaal goed, die groep wilde niet of zo. Toen moet Benaouf in korte tijd een andere groep regelen en vroeg hij Houssine of hij nog mensen kende in Antwerpen.

Houssine zei ja, ik ken de Turtles via Gwenette. Want Houssine heeft Gwenette Martha in de tijd dat hij gezocht werd onderdak in Marokko geboden, maar na een lange tijd wilde Gwenette terug. Gwenette ging in Antwerpen wonen bij de Turtles. Het schijnt dat de Turtles heel goed voor Gwenette hebben gezorgd in die periode en dat Gwenette dit niet zal vergeten, hij heeft die mensen hoog zitten.

Zo schakelde Houssine voor Benaouf via Gwenette de Turtles in om de partij op te halen. Benaouf wilde dit niet zelf doen, omdat hij en Gwenette geen vrienden zijn. Opeens bleek dat die Turtles de coke gestolen hebben of dat de coke zoek was geraakt. Benaouf raakte in paniek want hij had een belofte gedaan in dat wereldje. Benaouf stuurde of ging zelf met een groep naar België om de Turtles op te zoeken. En ik heb gehoord dat ze een van die Turtles in de gehaktmolen hebben gestopt en een foto daarvan hebben opgestuurd en dat er toen losgeld was betaald.'

Ondertussen probeert de onopvallende meneer nog eens extra aan te tonen dat hij echt niet meeluistert. Hij doet zijn oordopjes in en veinst een filmpje te kijken op zijn telefoon.

'Toen Gwenette erachter kwam dat Benaouf op de Turtles aan het jagen was, werd hij kwaad want dit keurde hij niet goed,' vervolgt de jongen met de contacten. 'Hij gaf ze toestemming om ze te benaderen en nu wordt erop ze gejaagd. Het was oorlog: kamp Gwenette tegen kamp Benaouf. En Houssine zat ertussenin, hij moest kiezen voor zijn schoonbroer of vriend Gwenette. Het schijnt dat Houssine en Gwenette nu geen vrienden meer zijn.

Ik denk dat Gwenette toen Bouhbouh naar Antwerpen heeft gestuurd om de Turtles te helpen en ik denk dat Benaouf hier achter kwam en dacht dat hij gedood zou worden waarop Benaouf Bouhbouh heeft laten afmaken. Gwenette was in shock geraakt want Bouhbouh was zijn partner en rechterhand en zon op wraak en zo was de schietpartij in de Staatsliedenbuurt. Er wordt zelfs gezegd dat Benaouf achter de dood van Boutaka zat en dat daarom Gwenette en Benaouf ruzie hebben. Boutaka zou namelijk een mannetje van Gwenette zijn geweest.'

Dan zijn de drie vrienden uitgepraat over het onderwerp. De meneer met de krant blijft nog even zitten en verlaat niet veel later de croissanterie. Twee weken later schrijft hij het gesprek van de jongens uit. 'Proces-verbaal van bevindingen. Ik, verbalisant...' begint hij.

Wanneer de verbalisant zijn bevindingen heeft gerapporteerd, willen zijn collega's natuurlijk wel meer weten. Ze spreken de jongen in het trainingspak er twee maanden later op aan. Hij kan zich niks meer herinneren van het gesprek. 'De namen Martha, Bouhbouh, Benaouf en Houssine ken ik alleen maar van het nieuws,' vertelt hij de politie. Wel laat hij weten inderdaad zo'n zwartroze trainingspak van Ajax te hebben.

***

Het gesprek in de broodjeszaak staat woord voor woord in de dossiers van het Openbaar Ministerie. Het vormt, naast de verklaringen van Benaouf, een van de pilaren in de gedachtegang van de openbaar aanklager. Maar is dit echt wat er gebeurd is? Het is lang niet de enige theorie. In mei 2013, zes maanden na de Staatsliedenbuurt, gaan er de meest wilde verhalen over dat sleutelmoment. Over de dubbele liquidatie is helemaal niks zeker. Er zijn dan wel twee verdachten aangehouden, maar zoals steeds vaker in het tijdperk van DNA, telecomgegevens en glasdeeltjes, schittert een duidelijk motief door afwezigheid.

Velen denken dat Gwenette Martha de opdracht gaf voor de liquidatie, om zo wraak te nemen voor de dood van Najeb Bouhbouh. Of misschien had Gwenette gewoon een groot geldbedrag uitgeloofd voor een ieder die Benaouf zou omleggen, wat hem niet zo zeer een directe opdrachtgever van de daders maakt. Maar er kan veel meer meespelen. Dat denken ze ook bij de recherche. Op een gegeven moment suggereert de politie dat er sprake was van twee dadergroepen. Misschien zitten de vrienden van Redouan Boutaka er wel achter. Of de investeerders van de 200 kilo cocaïne, die hun geld kwijt zijn. Of een stel Colombianen. Bij al die verschillende theorieën is wel een proces-verbaal van de CIE te vinden.

Maar nog dezelfde maand zal de politie een nieuwe aanwijzing krijgen die erop wijst dat het toch echt ruzie is tussen de formaties van Benaouf en Gwenette.

Hoofdstuk 29

Na de dood van Rida wordt er druk gespeculeerd over zijn rol in de gebeurtenissen van het afgelopen anderhalf jaar. Officieel werd hij alleen gezocht voor de overval op juwelier Has Gold in Leiden, maar nu durft iedereen opeens hardop te vertellen over Redouan Boutaka, Najeb Bouhbouh en de Staatsliedenbuurt. Een buurtgenoot die als hoofdverdachte is aangehouden voor de schietpartij op rappers Mr. Probz en Flex in de zomer van 2010, verklaart pas zes maanden na de dood van Rida dat het eigenlijk Rida was die die nacht schoot.

Over Rida's rol in de Staatsliedenbuurt is nog veel onduidelijk. Na de dubbele moord werd hij in eerste instantie genoemd als vierde inzittende van de Range Rover, maar ook als een van de schutters. Nu lijkt daar een soort middenweg in te zijn gevonden. Er is een derde theorie. Volgens de meeste nieuwe geruchten was het Rida die de Range Rover met daarin Benaouf, Said en Youssef naar de onheilsplek lokte. Ook de recherche gaat mee in deze gedachtegang. Maar volgens anderen zou Rida dat nooit hebben kunnen doen. Said was immers zijn beste vriend, die zou hij niet in levensgevaar brengen. En waarom had Rida dan nog maandenlang contact met die groep? Nee, zeggen zij, Rida zat toch echt als vierde in de auto. Alle andere verhalen zijn propaganda.

En dan zijn er nog de pingberichtjes op de BlackBerry van Rida, die de geheimzinnige H verstuurde na de liquidatie in de Comeniusstraat. Alleen de recherche kan ze lezen. Hamza 'Chiep Chiep' B.? Anouar 'Popeye' B.? Adil 'Kinker' A.? Dat zijn de jongens die door KING en Benaouf A. genoemd zijn als de inzittenden van de

Audi RS4 in de Staatsliedenbuurt. Als H echt Hamza is, dan kloppen wellicht ook de verhalen van KING en Benaouf, die stellen dat Rida ook een van de schutters was. Dan heeft hij inderdaad dubbelspel gespeeld.

Maar de recherche trapt er niet in. Er is meer aan de hand met die telefoon, dat hebben ze vlug door. De simkaart in het toestel van Rida is simpel te herleiden naar de spyshop in Arnhem waar de BlackBerry werd gekocht. En daar krijgt de politie volledige inzage in alle back-ups, inclusief het uittesten van de telefoon door de verdachte dadergroep, begin februari.

Het is in één klap duidelijk dat Rida werd afgeluisterd. Maar waarom? En door wie? Dan weet de recherche op de SD-geheugenkaart van het toestel de verwijderde, vage foto uit de testfase boven water te halen.

***

In 2004 bivakkeert *Vrij Nederland*-journaliste Margalith Kleijwegt in Amsterdam-West en Nieuw-West. De voormalig sociaal werkster is geïnteresseerd in de buurt waar Mohammed Bouyeri, de moordenaar van Theo van Gogh, is opgegroeid. Voor haar boek *Onzichtbare ouders* volgt ze een jaar lang leerlingen van een zwarte vmbo-klas van het Calvijn met Junior College in Amsterdam Slotervaart. In klas 2K zitten drieëntwintig rumoerige pubers. De meesten van hen hebben een Marokkaanse achtergrond.

Het project dat vanaf januari tot aan de kerstvakantie daarop duurt, loopt ten einde. Het is november en Kleijwegt loopt door een van de naargeestige straatjes in de Kolenkitbuurt in Bos en Lommer. Ze is op weg naar het huis van een jongen die in haar boek wordt opgevoerd als Ali Boukour. Dat is niet zijn echte naam. In het echt heet hij Solaïman L. Zijn vader kwam in de jaren zeventig naar Nederland. Het is een trotse man. Doordat hij meerdere banen tegelijk had, kon hij zijn zes kinderen te eten geven.

Het werk in de bloemen, op het abattoir en bij de stadsreiniging, kostte hem zijn rug. Toch weigert hij zijn dagen in het koffiehuis te slijten.

De vader van Solaïman is een vooraanstaand lid van de gemeenschap. Hij beheert de ecologische tuinen en zet het buurtvaderproject op dat ervoor moet zorgen dat er meer sociale controle in de omgeving is. Samen met een aantal oudere Marokkaanse mannen loopt hij door de wijk om te kijken of er geen gekke dingen gebeuren. De buurtvaders spreken jongeren aan die op straat rondhangen. Op die manier moet de jeugd in het gareel gehouden worden, dat is althans het idee. Dat de theorie een stuk eenvoudiger is dan de praktijk, ondervindt Solaïmans vader aan den lijve. Van het stadsdeel krijgt hij toestemming om na zijn avondrondje in de wijk nog even een kop koffie te drinken in het schuurtje in de eco-tuinen. Maar wanneer hij eenmaal de sleutel heeft gekregen, duurt het niet lang voordat buurtbewoners zich beklagen over geluidsoverlast uit de keet. Wanneer de politie poolshoogte komt nemen blijkt dat Solaïman en zijn broer de boel op stelten zetten samen met hun vrienden.

Het is duidelijk, de vader van Solaïman weet zich geen raad met zijn twee jongste zoons die regelmatig in de problemen raken. Daar brengt het pak rammel dat hij hen regelmatig geeft allerminst verandering in. Steeds vaker trekt Solaïman, de jongste van het gezin, zijn eigen plan. Hij is veel op straat te vinden en hangt rond op de pleintjes rondom de Gulden Winckelstraat. Daar gaat hij om met zijn buurjongen, Said el Yazidi, en diens vriend Rida Bennajem.

Hoewel hij zeker niet dom is, geldt hij als de moeilijkste jongen van de klas. Hij zakt steeds verder weg naar een onhandelbaar niveau. 'Hij bedreigt meisjes in zijn klas, scheldt leraren uit, trekt zich van niets en niemand iets aan,' zo tekent de journaliste van *Vrij Nederland* op. Hij heeft al eens een tijdje in de gevangenis gezeten, hetgeen zijn status op school alleen maar versterkt. 'Jongens hebben ontzag voor hem, meisjes zijn simpelweg bang.' In Bos en Lommer is hij dan al een van de leiders binnen het groepje criminele jongeren. Amper een jaar nadat Kleijwegt langs is geweest in het huis van zijn ouders komt hij weer met de politie in aanraking voor diefstal met geweld.

Door zijn gedrag zit Solaïman maandenlang in een speciale structuurklas. Het maakt hem niks uit. Uiteindelijk wil het Calvijn met Juniorcollege van hem af. Hij gaat naar een andere school waar hij een opleiding tot automonteur volgt. Een studie die hij, hoewel ver onder zijn niveau, nooit afmaakt. Wanneer een leraar van het Calvijn met Juniorcollege hem jaren later op straat ziet hangen, zegt Solaïman dat hij 'helemaal niets' doet, behalve af en toe naar Marokko reizen.

***

De sleutelbos die de politie naast het lichaam van Rida vond, blijkt niet van hem zelf te zijn. Er zit DNA van iemand anders op. De recherche heeft wel een idee van wie die sleutels kunnen zijn: Solaïman. Hij is de jongen die ze denken te herkennen op de vage foto.

Ook de politie heeft zo haar trucjes. Op 11 juni zijn de zeven sleutels te zien bij *Opsporing Verzocht*. 'Wie herkent deze sleutelbos? Het zijn namelijk misschien wel letterlijk de sleutels tot het oplossen van een moord,' zegt Anniko van Santen. De foto van de sleutels verspreidt zich over internet.

Het opsporingsbericht heeft het gewenste effect. Contacten van Solaïman beginnen de tweeëntwintigjarige drop-out, die in een coffeeshop in Amsterdam-Oost werkt, berichtjes te sturen over de sleutels. En de recherche leest mee. Genoeg aanleiding om de jongen een dag na de uitzending meteen aan te houden. Het DNA op de sleutelbos komt overeen met dat van de verdachte. Bij hem thuis en in de coffeeshop waar hij werkt probeert de recherche de sleutels uit op verschillende sloten, maar ze passen nergens op.

Solaïman zegt dat hij de sleutelbos kwijt was geraakt. Volgens Solaïmans advocaat Jan-Hein Kuijpers was zijn cliënt goed bevriend met Rida.

Twee maanden later volgt deel twee van het plan van de recherche. Dan verspreidt de politie de vage foto uit de testfase van de telefoon in de media. Wie is het, vraagt de politie, terwijl ze het zelf eigenlijk al denken te weten. Er duiken snel reacties op. 'Dat is die man die nu vastzit voor Rida Bennajem dat is op de foto hij is het,' schrijft iemand op de website van AT5. Meteen vraagt de recherche aan de officier van justitie of hij het ip-adres van de reageerder wil vorderen.

Verder voldoet Solaïman volgens het Openbaar Ministerie aan de vrij algemene signalementen die getuigen gaven van de daders en vindt justitie het opmerkelijk dat de verdachte na de moord naar België ging. Ook werden meerdere oproepen naar zijn telefoon op de avond van de moord niet beantwoord. Opvallend, vindt de aanklager. Volgens de zendmastgegevens lag de telefoon waarschijnlijk bij Solaïman thuis in de Kolenkitbuurt.

Volgens justitie is Solaïman een van de moordenaars van Rida. Daar zullen ze hem ook voor vervolgen. Maar van wie kwam de opdracht? Op internet wordt gespeculeerd over een link tussen Solaïman en de groep rond Benaouf en Houssine. Solaïman zou bevriend zijn met 'neefjes' van Houssine. Het Openbaar Ministerie vindt eveneens een connectie tussen Solaïman en de groep van Houssine, Benaouf, maar vooral Hamid 'Kikker'.

Want Hamid, dat is de H uit de telefoon van Rida, beredeneert justitie en dus niet Hamza. Dat zou betekenen dat Hamid de contactpersoon van Rida was op de avond dat hij werd vermoord. En het houdt ook in dat hij nadat Rida overleden was, namens H berichten stuurde waarin de verdachten van de Staatsliedenbuurt figureerden als goede bekenden van Rida, waarmee hij de theorie van KING en Benaouf nog eens onderstreepte en Rida in het kamp van de schutters plaatste, net als Benaouf kort na de dood van Rida zou doen in een gesprek met de recherche.

Als deze theorie van justitie klopt, is de harde realiteit dat Rida vanuit zijn 'eigen' groep is vermoord. Door de jongens voor wie hij naar verluidt de moorden op Redouan Boutaka en Najeb Bouhbouh uitvoerde en dezelfde jongens van wie hij nog veel geld zou krijgen, maar die hem maar niet wilden betalen. H beloofde hem die avond in maart dat het alsnog zou gebeuren, maar in plaats van een beloning van tienduizenden euro's, kreeg hij op de afgesproken plek en het afgesproken tijdstip zijn doodsvonnis. En als H inderdaad Hamid is, dan is Rida verraden door de jongen die hem in dit wereldje introduceerde.

Waarom moest hij dood? Wisten ze zo zeker dat Rida de 'lokker' in de Staatsliedenbuurt was? Of wist hij gewoon te veel? Wisten zij dat Rida van plan was zichzelf aan te geven? Wilden ze hem simpelweg niet betalen? Misschien was het nog simpeler, en werd Rida enkel opgeofferd als afleiding, een dwaalspoor.

Duidelijke antwoorden blijven uit. Het onderzoek naar de moord komt niet veel verder dan dit. Er blijkt te weinig bewijs voor deze verdenkingen van justitie. Solaïman zal maanden later dan ook weer vrijgelaten worden. Officieel is hij dan nog wel verdachte in de zaak, maar het rechercheonderzoek lijkt op een laag pitje te staan.

***

In de zittingen tegen Solaïman brengt het Openbaar Ministerie nog een theorie naar buiten. Toen Benaouf op 22 februari 2013 werd aangehouden in Rotterdam, vond de recherche twee telefoons in een geheim compartiment van zijn auto. De twee simpele Nokia's zaten verstopt in het dak achter de verlichting. In een van de telefoons, een Nokia 7698, trof de recherche een verdachte sms aan. Een contact dat alleen opgeslagen staat als S schrijft daarin op

17 februari het volgende: 'Ja man, als je bereid bent 50 neer te leggen is hij weg.' Volgens het Openbaar Ministerie biedt Solaïman hier Benaouf aan om Rida voor 50 000 euro uit de weg te ruimen.

Er is geen bewijs dat Benaouf de opdracht gaf voor de moord op Rida. Dat is puur en alleen een theorie van het Openbaar Ministerie. Benaouf lijkt ook niet zoveel met Rida te hebben. Hij is ook weinig aangedaan door zijn dood. Op 21 april 2013 telefoneert Benaouf vanuit de gevangenis met zijn zusje. Hij weet dat justitie meeluistert, dat zei hij al hardop in een eerder gesprek. Zijn zusje leest hem een bericht op crimescene.pro voor. 'Marokkaanse gangsteroorlog opent onderwereld beerput', is de titel. Een achtergrondverhaal over alle liquidaties. Ook Rida Bennajem komt voorbij.

'Whoo, wat een verhaal zeg! Ik snap er helemaal geen reet meer van, er worden zoveel mensen genoemd,' zegt zijn zusje dan. Haar broer lacht. 'Maar goed, dat was 't dan, hoe is 't voor de rest?' vraagt hij. 'Ze mogen denken wat ze denken. Ze denken dat ik met Rida in de auto... dat is helemaal... met die kankermongool. Ze denken dat ik met een of andere junk in de auto ga zitten. Leipe chappies.'

Hoofdstuk 30

Hoewel de dresscode *summer chic & dressed up* is, zit het weer niet echt mee op zaterdag 25 mei 2013. De regen spuit uit de lucht als een herfstige waterval. Bij de loopbrug naar het Scheepvaartmuseum heeft de organisator gastheren met paraplu's geposteerd zodat de feestelijke garderobe van de gasten niet natregent. De ultra chique feesten van The Waterfront staan erom bekend dat alles tot in de puntjes geregeld is. En om de aparte, exclusieve locaties waar ze gehouden worden. Elke maand wordt een andere plek omgetoverd tot superluxe feestoord.

'De vorige keer was het in het Hilton-hotel,' zegt een platinablonde medewerkster van tv-producent Eyeworks lachend. Ze doet eerst nog even een drankje in een nabij gelegen café. 'Dat was ook te gek. Alleen ben ik toen gedrogeerd of zo. Ze hebben me eruit gezet nadat ik in mijn champagneglas gekotst had.' Toch weerhoudt deze nare ervaring de blondine en haar behaarlakte vriendin er niet van om ook vanavond weer in te checken in de klassieke balzaal. 'Het is de sfeer die het zo spannend maakt. Lekker ordinair met allemaal foute boeven en zo.'

De pas gerenoveerde binnenplaats van het Scheepvaartmuseum vormt deze editie het decor van het feest. In het midden zijn witte vipzithoeken voor acht personen neergezet die 750 euro per stuk kosten. Veel BN'ers zijn gevallen voor de luxueuze uitstraling van de feesten. Gordon gaat een avondje uit, Howard Komproe maakt grappen en Jasmine Sendar hopt langs de tafeltjes.

Ondanks het feit dat er rond elf uur een klein vechtpartijtje is, zit de sfeer er goed in. Aan meerdere tafels wordt een flink bonnetje bij elkaar gedronken. Ook wordt er door sommige gasten openlijk cocaïne gebruikt. Jonge jongens lopen af en aan naar de bar om volle flessen wodka te bestellen. Souhail, de zesentwintigjarige 'financiële man' van de groep Benaouf is er ook. Hij heeft geen tafel, maar is samen met een vriendin meegekomen. In zijn witte shirt maakt hij her en der een praatje met bekenden. Dan krijgt een groepje donkere jongens hem in het oog. Opgefokt stappen ze op hem af en beginnen een verhit gesprek. De security is er snel bij en dirigeert het groepje naar de uitgang. Daar, in de hal van het Scheepvaartmuseum, hebben de mannen een half uur lang ruzie. Omstanders zien dat de ruzie alleen maar erger lijkt te worden. Op een gegeven moment loopt Souhail weg van de groep. Maar ver komt hij niet.

Er klinken knallen. Een van de jongens waarmee Souhail een woordenwisseling had, heeft een pistool getrokken en schiet Souhail van dichtbij vier keer door zijn hoofd. Naast de bar zakt hij in elkaar. Pal voor de ogen van het hoofd security van het Scheepvaartmuseum.

Even denken enkele feestgangers aan vuurwerk, maar als er paniek uitbreekt realiseert iedereen zich dat er is geschoten. 'Er was totale chaos,' zegt zanger Gordon, die de schietpartij van dichtbij ziet gebeuren, later. 'We stonden feest te vieren en champagne te openen en de knallen waren zo hard.' Hij is niet de enige die zich wezenloos schrikt. Zo zit de dj gehurkt achter zijn mengpaneel en laten ook andere mensen zich plat op hun buik vallen. Weer anderen rennen naar de uitgang. Enkelen maken van de paniek gebruik om een fles te gappen achter de bar. Weer anderen maken met hun telefoon een foto van Souhail die onder het bloed bij de bar ligt. Een barkeeper heeft zijn shirt uitgetrokken en probeert hem uit alle macht te reanimeren. Enkele vrienden van Souhail staan ook om hem heen. Ze weten blijkbaar wie de schutter is.

‘Die klootzak! We gaan straks naar zijn huis en pakken hem,’ sissen ze.

Wanneer iedereen door de politie naar buiten is gedreven, is ook daar de chaos compleet. Schaars geklede meiden hebben het koud en zijn op zoek naar hun jas. Mannen die voor veel geld aan muntjes hebben gekocht schoppen stennis bij de ingang. Souhail is dan al doodverklaard. In de buurt van het museum wordt op aangeven van getuigen een man met een wapen in zijn auto aangehouden. Later blijkt dat deze Eaneas L. niet de schutter is. Er wordt vermoed dat er vanuit de groep ruziemakers werd gebeld naar iemand die vervolgens naar binnen is gekomen en Souhail heeft doodgeschoten. Maar het ontbreekt aan bruikbare verklaringen. Hoewel de politie de beveiliging uitvoerig ondervraagt, lijken de breedgeschouderde jongens niet erg happig te zijn om te vertellen wat ze precies gezien hebben. Later wordt nog een andere verdachte aangehouden, ene Dennis M., maar ook tegen hem is er weinig bewijs.

De dood van Souhail Laachir wordt door justitie niet bestempeld als liquidatie, maar als een uit de hand gelopen ruzie. Wel gaat meteen het hardnekkige gerucht dat de daders uit het kamp van Gwenette Martha komen. De vete tussen de twee groepen zou weer de aanleiding zijn geweest voor de fatale ruzie.

En zo is er na Najeb Bouhbouh, Youssef Lkhorf, Said el Yazidi en Rida Bennajem weer een slachtoffer gevallen in de onderwereldoorlog.

Hoofdstuk 31

Twee rechercheurs betreden de cel van Chris Bouman, met wie Najeb Bouhbouh had afgesproken in het Crowne Plaza-hotel in Antwerpen, waar die laatste even later doodgeschoten zou worden. Het is maandag 27 mei 2013, een dag na de schietpartij in het Scheepvaartmuseum. Bouman zit in Almere een oude straf uit. Na de liquidatie van Bouhbouh, alweer een halfjaar geleden, zagen ze hem nog als slachtoffer, maar de politie is heel anders gaan denken over deze Chris.

'Meneer Bouman?' zeggen de rechercheurs. 'U bent aangehouden op basis van artikel 48 van het wetboek van strafrecht. U wordt verdacht van medeplichtigheid bij de moord op Najeb Bouhbouh.' Een dag later wordt hij verhoord. De politie doorzoekt dezelfde dag ook de woning van Chris in Antwerpen waar hij met zijn Roemeense vriendin en zoontje van drie maanden woont. Daar vinden rechercheurs onder zijn matras een revolver van het merk Smith & Wesson. Een zwaar kaliber, .38 special. De 'trommel' is helemaal gevuld met vijf patronen, het wapen is klaar voor gebruik. Verder nemen ze een laptop, een telefoon, een iPad en wat visitekaartjes mee.

Tijdens het verhoor van 28 mei beroept Chris zich op zijn zwijgrecht. Hij wil terug naar zijn cel. Alles wat hij weet over de liquidatie heeft hij al verklaard bij de Belgische recherche, zegt hij. Wanneer de rechercheurs aanstippen dat ook Chris mogelijk gevaar loopt zegt hij: 'Het is zoals het is, ik ben er klaar mee.'

Dat mag zo zijn, de recherche is allerminst tevreden met deze summiere uitleg van Bouman. En dus wordt hij 's middags weer uit zijn cel gehaald. Dan zeggen de twee rechercheurs het volgende: 'We weten dat er een conflict gaande is met een andere criminele organisatie. En dat conflict wordt er niet milder op. En jij zit er middenin nu. Ken je Souhail? Souhail Laachir, een heel lange Marokkaan?' De agenten tonen een foto. 'Geef ik geen antwoord op', zegt Chris stellig. 'Volgens ons ken je hem,' gaat de rechercheur verder. 'Ze noemen hem "Lange". Dat is het laatste slachtoffer waar we het over hebben.' Chris reageert verbaasd. 'Hoe bedoel je?'

'Afgelopen zaterdag is hij om het leven gebracht. Doet dat wat met je? Of zeg je: "Het maakt niet zo veel uit, ik ken hem niet?" ' Het nieuws lijkt Chris Bouman aan te grijpen. Maar hij zwijgt en daarom gaat de agent verder met zijn verhaal. 'Zal ik je iets vertellen over de setting waarin het gebeurd is? Met achthonderd getuigen. Wat ik er mee wil aangeven is dat die gasten voor niets stoppen.' Als Chris nog steeds niet lijkt te willen praten, zeggen de twee rechercheurs dat hij er maar eens goed over na moet denken.

Wanneer ze na de lunch terugkomen, zeggen ze dat ze de camerabeelden die gemaakt zijn tijdens de moord op Najeb Bouhbouh heel goed bestudeerd hebben. Wat hun is opgevallen, is dat Chris in zijn tas lijkt te rommelen terwijl hij met een versnelde pas wegloopt van de plek waar zijn vriend Najeb door het hoofd is geschoten. Gek, want waarom zou hij niet sprinten voor zijn leven. 'Het is net geen wandelen,' zeggen de agenten. Dan tonen de rechercheurs opnieuw een foto. Ze vragen aan Chris wat hij ziet. 'Een telefoon, het zegt me niets,' zegt hij. Daarop vertellen de speurders dat ze de batterij en de achterkant van de telefoon hebben gevonden bij het tankstation, naast het hotel waar Najeb is doodgeschoten. En er zit een vingerafdruk op. Van Chris. Het is de Nokia waarmee Chris het bericht 'We komen nu' heeft verzonden. Maar de politie is op dat moment nog niet op de hoogte van de inhoud van het bericht. En daarom zwijgt Chris.

De speurders van de politie hebben de historie van het toestel nauwkeurig nagelopen. En zo zijn ze erachter gekomen dat het toestel pas in de nacht voor de moord is geactiveerd in de omgeving van de woning van Chris. Ze zien dat het toestel veelvuldig contact heeft met één ander telefoonnummer. Dat nummer maakt op zijn beurt contact met een ander Nederlands telefoonnummer. Daardoor ontstaat bij de recherche het beeld van een driehoek van telefoons die op de dag van de moord op Najeb Bouhbouh veelvuldig contact met elkaar hebben. Daaraan koppelt de recherche de volgende theorie: Chris heeft gefungeerd als 'lokker', degene die doorgaf wanneer Najeb naar buiten zou komen. De persoon aan wie hij die informatie verstrekte, heeft vervolgens contact gezocht met het moordcommando en aangegeven dat hun doelwit zijn opwachting maakte.

Door Chris aan de tand te voelen, hopen ze uit te komen bij de opdrachtgevers van de liquidatie. Ze willen dat Chris nog een keer minutieus vertelt hoe zijn dag voorafgaand aan de liquidatie verliep. Ze zijn met name geïnteresseerd in degene met wie Chris die dag rond lunchtijd een broodje heeft gegeten in de buurt van Het Eilandje in Antwerpen. Is dat wellicht de opdrachtgever? De politie vermoedt op basis van alle telecomgegevens van wel. Chris zegt niks.

De agenten lijken alleen nog op zoek naar het motief van Chris om Najeb Bouhbouh in de val te lokken. Is hij betaald? Ze sluiten het niet uit. Maar ze lijken ook rekening te houden met een ander scenario. Meerdere keren tijdens het verhoor vragen ze of Chris 'misleid' of 'er ingeluisd' is. 'Je hebt niet geschoten, maar ik denk dat je een probleem hebt,' merken ze op.

Maar Chris beroept zich voor de zoveelste keer op zijn zwijgrecht. Het is kwart voor negen 's avonds als de verhoren voor die dag worden afgesloten. Voordat Chris terug naar zijn cel mag, zeggen de rechercheurs het volgende: 'Op 18 oktober 2012 stond jij in direct contact met de uitvoerders van de liquidatie van jouw goede vriend Najeb Bouhbouh te Antwerpen. Dit deed jij met het telefoontoestel waarover we het eerder deze dag hebben gehad. Jij was dus direct betrokken bij de liquidatie van Najeb. Hoe ga jij dit aan ons verklaren? Denk daar maar eens goed over na vannacht.'

Wanneer de verhoren de volgende ochtend weer beginnen, is Chris niet van gedachten veranderd. Hij zegt helemaal niks meer. Hij blijft bij zijn verklaringen die hij vlak na de moord op Najeb Bouhbouh heeft afgelegd bij de Belgische politie. Ze zoeken het maar uit.

Hoofdstuk 32

In zijn cel in Roermond huilt Benaouf om de dood van zijn goede vriend Souhail. Omdat de recherche wapens heeft gevonden bij zijn aanhouding en omdat hij mogelijk geld zou hebben witgewassen, is hij vrijdag 7 juni veroordeeld tot een celstraf van een jaar.

Buiten lijkt de oorlog gewoon verder te gaan. Opnieuw is een goede bekende van hem omgekomen door wapengeweld. En dan betreden op 10 juni ook nog eens twee agenten zijn cel. 'Meneer [A.], u bent aangehouden op verdenking van betrokkenheid bij de moord op Najeb Bouhbouh', delen ze hem mee. Hij wordt overgebracht naar het hoofdbureau van de Amsterdamse politie aan de Elandsgracht, waar ze hem voorleiden bij de hoofdofficier van justitie en hem drie dagen vasthouden voor verhoor. Ondertussen doorzoeken rechercheurs zijn cel in Roermond en nemen daar zijn dagboek in beslag.

De kern van de beschuldiging lijkt gevormd te worden op basis van informatie van de Criminele Inlichtingen Eenheid. De afgelopen maanden heeft de dienst zijn oren en ogen goed de kost gegeven. En dat heeft een schat aan informatie uit de onderwereld opgeleverd. Weliswaar niet altijd even betrouwbaar, maar toch staan de processen-verbaal vol zeer belastende beschuldigingen aan het adres van Benaouf.

De geheime dienst van de politie tekende de volgende verhalen op:

'Benaouf is een van de schutters van de liquidatie van Bouhbouh in Antwerpen, waarvan Houssine de opdrachtgever is';

'Houssine heeft aan Benaouf de opdracht gegeven om Najeb te liquideren';

'De schietpartij in de [Staatsliedenbuurt] was naar aanleiding van een gestolen partij cocaïne in Antwerpen. Deze partij was van Benaouf, maar was door de groep van [Bouhbouh] geript. Hierna heeft Benaouf iets teruggedaan. Het is niet bekend wat hij heeft teruggedaan';

'Benaouf heeft een rol gehad bij de liquidatie van [Bouhbouh]';

'In het criminele milieu doet het verhaal de ronde dat Benaouf [Bouhbouh] doodgeschoten heeft';

'In het criminele milieu wordt aangenomen dat er naar mensen rondom Ben gezocht wordt, nadat Ben is ontkomen aan een liquidatiepoging. Mensen rondom [Benaouf] zijn o.a. Houssine, Hamid en Souhail';

'Rida Bennajem heeft in opdracht van Houssine Ait S., Bouhbouh geliquideerd';

'De opdracht tot liquidatie van Najeb, die in Antwerpen heeft plaatsgevonden, is afkomstig van Benaouf. Houssine heeft de opdracht Najeb te liquideren aan Benaouf gegeven';

'Benaouf is degene die Bo heeft laten liquideren. Dit is gedaan door Rida Bennajem. De opdracht tot de liquidatie vloeit voort uit het feit dat Bo de partij cocaïne heeft gestolen. Rida Bennajem is ook degene die Boutaka heeft geliquideerd in opdracht van Benaouf. Boutaka had namelijk de opdracht voor de liquidatie van Benaouf aangenomen, die gegeven is door de groep van Gwenette.'

De berichten van de CIE zijn allemaal verhalen uit de tamtam op straat. Dat realiseert Benaouf zich ook. Hij heeft dan ook weinig zin om op de oncontroleerbare berichten te reageren. 'Iedereen kan van alles verklaren,' zo stelt hij. 'Ik beroep me op mijn zwijgrecht'.

Daarop leggen de rechercheurs nog maar een keer het hele verhaal rondom de telefoons uit. 'Omtrent de liquidatie waren drie telefoonnummers betrokken. Voor het gemak noemen we die telefoon 1 tot en met 3. Telefoon 1 en 2 hebben nooit contact gehad. Het contact tussen die telefoons ging altijd als volgt. 2 zoekt contact met 3 en 3 zoekt contact met 1. Dus heel eenvoudig: Bouman geeft informatie aan tussenpersoon en tussenpersoon stuurt op zijn beurt de schutters aan. Telefoons 2 en 3 worden op de dag van de liquidatie geactiveerd omstreeks half drie 's nachts, in de directe omgeving van de woning van Bouman in Antwerpen. Omstreeks kwart over acht 's ochtends dezelfde dag worden telefoon 1 en 3 geactiveerd vlak bij de woning van Youssef Lkhorf.'

Volgens de recherche is Benaouf de schakel geweest tussen Chris Bouman en het doodseskader dat de moord op Najeb heeft uitgevoerd. De theorie rond de telefoons wordt versterkt wanneer blijkt dat het telefoonnummer van degene die de moordaanslag gecoördineerd zou hebben, ook een paal heeft aangestraald in de omgeving van het parkeerterrein bij de fitnessclub in Turnhout, de plaats waar de witte Volkwagen Golf van de schutters is teruggevonden en de plaats waar een grijze BMW de auto van de moordenaars tegemoet lijkt te rijden.

En dan komt nog een saillant detail boven water: de parkeerplaats waar de auto van de schutters is teruggevonden ligt twee minuten lopen vanaf de woning aan de Oud-Strijderslaan, die op naam staat van de halfzus van Benaouf. De politie heeft hem daar ook gefotografeerd toen hij er kort na de liquidaties in de Staatsliedenbuurt ondergedoken zat. Op 23 februari 2013, een dag na zijn aanhouding in Rotterdam, doorzocht de politie de woning. Ze vinden er verschillende paspoorten en Belgische identiteitskaarten. Ze zijn allemaal vervalst. Op een van de paspoorten zien ze een foto van Benaouf. Ook liggen er valse papieren met een foto van Houssine Ait S.

Al die details plaatsen Benaouf in elk geval nog niet op de plek van degene die de moord aanstuurt. Benaouf blijft zich beroepen op zijn zwijgrecht. Maar de recherche heeft nog een kaart in haar mouw zitten. Er is DNA gevonden in de witte BMW die Youssef samen met Benaouf gehuurd heeft. Hoewel de auto vijf dagen na de moord op Najeb Bouhbouh in de hens werd gezet, is de auto niet volledig uitgebrand. Een van de weinige bruikbare sporen die de forensische recherche weet veilig te stellen, is een flesje dat onder een van de stoelen wordt gevonden. Op het flesje zijn DNA-sporen aangetroffen, maar deze hebben destijds geen match opgeleverd.

Daar is verandering in gekomen na de dubbele liquidatie in de Staatsliedenbuurt toen een van de buurtbewoners de zwaar aangeslagen Benaouf een glas water had aangeboden. Benaouf heeft het glas in één teug leeggedronken en teruggegeven. Wanneer de politie dat hoort, wordt besloten het glas naar het Nederlands Forensisch Instituut te sturen om een monster af te nemen.

Wanneer het NFI een DNA-monster van het glas neemt, is er een match. De sporen op het glas komen overeen met die op de dop van het flesje dat onder de passagiersstoel is gevonden in de uitgebrande BMW die gebruikt zou zijn bij de liquidatie van Najeb Bouhbouh.

Toen Benaouf twee maanden na de moorden in de Staatsliedenbuurt werd aangehouden in Rotterdam heeft de politie wangslijm van hem afgenomen. Ook dit keer matcht zijn dna-profiel met sporen op de dop van het drankflesje en dat van het glas dat hij leegdronk na de schietpartij.

Maar naast sporen van Benaouf zat er ook nog ander DNA op het gevonden flesje. Onbekend DNA dat niet te linken viel. Maar ook daar is verandering in gekomen.

Hoofdstuk 33

'Je moet boos kijken,' is de enige instructie die Rida Bennajem zijn broertje geeft. Net zoals iedere andere Nederlander die veroordeeld wordt tot voorlopige hechtenis voor een stevig misdrijf, moet ook Rida wat wangslijm afstaan aan de DNA-databank van justitie. De databank wordt gehaat door criminelen uit de buurt. Ze hebben slechts een haartje nodig om je aan een overval te koppelen. Niet voor niets begint een politieverhoor in Amsterdam-West steevast met: 'We weten dat je het gedaan hebt, we hebben je DNA!' Of het nou waar is of niet.

Er zijn wel trucs om dna-sporen te verstoren. Een vuurwapen van hand tot hand laten gaan op het pleintje zodat het DNA van de halve buurt op de kolf zit. Of even langs de 10 euro-buurtkapper om een vuilniszak haar uit de afvalbak te vissen, dat vervolgens rondgestrooid wordt op de plaats delict of in de vluchtauto. Zo worden een paar mooie dwaalsporen gecreëerd waar de forensische recherche wel even zoet mee is. Een andere handigheid is een tweedehands outfit regelen voor je overval, of zeven à acht keer dezelfde trui en schoenen uitwisselen met bevriende overvallers. Maar beter, nog veel beter, is het om helemaal niet in de databank voor te komen.

Onder het mom van 'alle Marokkanen lijken op elkaar' neemt Rida in 2011, twee jaar voor zijn dood, een grote gok die verbazingwekkend goed uitpakt. Hij moet langskomen op het bureau om zijn DNA af te staan. Hij snapt wel dat dit onhandig is voor eventuele toekomstige stappen in de criminaliteit. Daarom stuurt hij zijn twee jaar jongere broertje naar de afspraak. Zijn broertje loopt met een bozige blik het bureau binnen en stelt zich voor als Rida en laat wat wangslijm afnemen. De politie bespeurt niets vreemds en slaat een verkeerd DNA-profiel op.

Klaar.

De blunder wordt pas ontdekt nadat Rida is doodgeschoten. Dan blijkt dat het DNA-profiel van het slachtoffer niet overeen komt met het profiel in de databank. Pas op 11 juni, drie maanden na zijn dood, vallen er ineens wat puzzelstukjes op hun plek. Het DNA-mengspoor op het flesje uit de in brand gestoken BMW, die gelinkt wordt aan de coördinator van de liquidatie van Najeb Bouhbouh, blijkt ook afkomstig van Rida.

In de verhoorkamers van het huis van bewaring wordt Benaouf met deze nieuwe bevindingen van de politie geconfronteerd. Want hij is die coördinator, zegt justitie. En zijn DNA matchte al met het DNA-mengspoor. Ze vertellen hem dat er gezegd wordt dat hij Rida zou onderhouden. Ook vragen ze hem of hij enig idee heeft wie de BMW in brand heeft gestoken en of hij weet wiens DNA ze naast dat van hem in de auto hebben aangetroffen. Benaouf zwijgt. Daarop zeggen de verhoorders dat het spoor afkomstig is van Rida. 'Hoe komt het DNA van Rida in de Duitse BMW terecht die betrokken is bij de liquidatie van Bouhbouh?' willen de rechercheurs weten. 'Moet je aan Rida vragen,' zegt Ben. 'Ik beroep me op mijn zwijgrecht.' Maar aan Rida kan de politie het niet meer vragen. En Benaouf lijkt vooralsnog geen aanstalten te maken om ook maar enig inzicht te verschaffen over de situatie waarin hij terecht is gekomen.

***

Ook de zevenentwintigjarige Roemeense vriendin van Chris Bouman wordt verhoord. Op 13 juni 2013. De kersverse moeder is al twee jaar samen met Chris.

Alleen de officiële papieren ontbreken nog, maar ze zijn volgens haar in alles een getrouwd stel. Ze gelooft niet dat Chris iets met een moord te maken kan hebben. Hij maakte op haar na 18 oktober, de dag van de liquidatie in Antwerpen, ook geen bange indruk.

'Ik heb niets gemerkt. Als hij bang was, dan had hij Antwerpen wel verlaten, denk ik.'

'Er lag wel een wapen onder zijn bed,' merkt een verhoorder op.

'Ja, dat heb ik begrepen, dat betekent niet dat je iemand gaat doodschieten.'

'Nee, maar, misschien wel dat je ergens bang voor bent.'

'Ja, maar dan zou hij toch vertrekken met zijn familie, dat denk ik.'

'Tenzij je denkt dat je ermee weg komt,' werpt de politie terug.

'Ja, maar als er dan meer vermoord worden, dan denk je daar toch over na.'

'Ik denk niet dat het al voorbij is.'

'Bedoel je dat er iets met Chris kan gebeuren, of met mij?'

'Niet zo snel met jou,' zegt de agent, 'maar Chris heeft wel een probleem, denk ik.'

'Is de schutter al aangehouden?' vraagt ze.

'Er zijn meerdere verdachten aangehouden.'

'Waarom houden jullie die criminelen dan niet aan?'

De agenten vertellen over de liquidaties in de Staatsliedenbuurt, die van Rida Bennajem en die van Souhail Laachir. 'Het is een kwestie van tijd voor er weer een slachtoffer valt,' zeggen ze dan.

'Waarom dan? Ik kan niet meer nadenken.'

'Daarom moet je vertellen wat er gebeurd is en waarom hij hierbij betrokken is geraakt. Chris is betrokken bij de moord op de beste vriend van deze meneer.' Ze laten een foto zien, waarschijnlijk van Gwenette Martha.

'Ik ken hem niet,' zegt ze.

'Chris heeft een probleem met deze man.'

‘Dan neem ik Chris mee naar Roemenië.’

‘We zitten hier niet om je bang te maken, laat dat duidelijk zijn,’ zegt de verhoorder dan. Het lijkt te laat.

‘Als die man hoort dat Chris is aangehouden, dan is dat wellicht al voldoende voor hem,’ poogt de moeder, die lijkt te vrezen voor het leven van de vader van haar kindje. En: ‘Deze man is een vriend van de vermoorde man. En Chris was ook met het slachtoffer bevriend. Dan is hij toch ook bevriend met deze man?’

‘Dat was hij wellicht, er is iets gebeurd waardoor hij zijn vriend heeft verraden, althans, dat denken wij.’

‘Ik kan het niet geloven dat hij zijn vriend zou verraden.’ Ze gaat even naar de wc. Als ze terugkomt en de politie het gesprek over een gewelddadig conflict in de onderwereld wil hervatten, is haar eerste antwoord: ‘Ik heb geen woorden meer.’ Ze wil eigenlijk niet meer praten. ‘Ik mis hem heel erg. Ik wil dat hij thuis komt. Nu ik alles gehoord heb, denk ik niet meer dat we nog een normaal leven kunnen leiden.’

Een maand later verhoren ze haar nog een keer. Nu wil ze echt niets meer zeggen. Ze geeft wel aan heilig te geloven in de onschuld van Chris.

‘Kunnen we wat tegen Chris zeggen voor je?’ vraagt de recherche aan het einde van het gesprek. ‘Nee,’ zegt ze. ‘Heb je een foto bij je voor Chris van [zijn nu vijf maanden oude zoontje]?’

‘Nee, jullie hebben alles in beslag genomen.’

***

Chris Bouman zit lastig, zoals dat heet. Niet alleen het gevangenisleven valt hem zwaar, ook heeft hij last van zijn longen. Wanneer hij in de koepelgevangenis in Haarlem een longfoto moet laten maken, loopt hij met twee bewaarders door het gebouw wanneer een Marokkaanse man vanaf de ring tegen hem begint te schreeuwen. ‘Jij bent het toch?’ roept hij.

Wanneer hij een week later verhoord wordt, zegt hij: 'Ik zit hier sowieso gemanoeuvreerd, in deze situatie.' Het lijkt te suggereren dat hij helemaal niet wist wat er te gebeuren stond toen hij het sms'je verstuurde, voorafgaand aan de liquidatie. De situatie grijpt Chris erg aan. Tijdens een eerder verhoor is hij al eens onbedaarlijk in huilen uitgebarsten en het lijkt erop dat hij op het punt staat een verklaring af te leggen. Bouman zegt dat hij bang is dat alles zo op straat komt te liggen. En deze angst lijkt niet ongegrond, zo blijkt.

'Gaat het verhaal dat jij betrokken bent bij de liquidatie al de ronde?' vragen de rechercheurs.

'Dat ik daar voor vastzit, dat wisten ze al na een paar dagen. Het is van buiten naar binnen gekomen. Ik ben er al mee geconfronteerd.'

Even later gaat het gesprek weer over dit voorval. Bouman geeft aan dat het 'honderd procent zo is dat men al weet dat ik voor deze zaak vast zit'. Daarop vragen de rechercheurs of het om een bedreiging, waarschuwing of gewoon een vraag van de medegedetineerde ging. Daarop zegt Bouman dat 'het dubbel is, dat is altijd zo in de bajes. Het is sowieso allemaal ellende voor niets. Binnen en nu ook buiten.'

Het lijkt erop dat hij alle hoop heeft laten varen dat hij ooit nog als onschuldig wordt gezien. 'Als ik vrij kom, is het klaar. Hoe je het ook wendt of keert, is honderd procent. Luister, of ik nou tien of twintig jaar in de bajes moet zitten (...). Daar ga ik niet dood aan. (...) Het is niet dat het allemaal heel weldenkende mensen zijn.'

En weer proberen de rechercheurs hem ervan te overtuigen dat hij inzicht moet geven in wat er op de dag van de liquidatie gebeurd is. Van wie hij de telefoon heeft gekregen en wat de inhoud was van de sms'jes die hij verstuurde. Want dat weet de politie nog altijd niet. Maar hoe erg Bouman ook knel lijkt te zitten, praten wil hij niet.

Hij is bang dat er nieuwe processen in gang worden gezet als hij praat. 'Weet je, we praten niet over een paar inbrekers. Ik ben ook geen lieverdje en heb een aantal jaar in de bajes gezeten, maar dat was gewoon mijn werk. Maar dat is heel wat anders. Dit gaat een heel andere kant op.'

Op 18 juli 2013 wordt hij uit zijn cel gelicht en betreedt hij de verhoorkamer. Hij ziet er slecht uit. De verbalisanten zijn daarentegen in hun nopjes. Er is opnieuw gezocht achter het tankstation naast het hotel waar Najeb is geliquideerd. En niet zonder resultaat. Want daar in de bosjes hebben ze het resterende deel van de Nokia gevonden. 'We weten niet wat het NFI eruit gaat halen, maar de telefoon ziet er wel goed uit. We hadden misschien ook een klein gelukje, de telefoon lag met de goede kant naar beneden.' Daardoor is de Vodafone-kaart die in het toestel zat nog goed uit te lezen. 'Hij zag eruit alsof hij daar nog maar een week lag,' zeggen de agenten opgewekt. Maar weer wil Chris niks verklaren. 'Op basis van wat er aan informatie beschikbaar is, is het honderd procent dat jij veroordeeld gaat worden, alleen jij kan daar iets aan veranderen.' Hij zegt niks. Ook niet als de verhoorders over de zestien jaar cel beginnen die Chris boven het hoofd hangt. En ook niet als ze beginnen over de veiligheid van zijn vriendin en zoontje. 'Volgens mij ben je er wel een beetje klaar mee,' constateren ze.

Twee weken na dit laatste verhoor schrijft Chris twee afscheidsbrieven aan zijn familie. Daarna verhangt hij zich in zijn cel.

Hoofdstuk 34

Het onderzoeksteam denkt driekwart jaar na de dubbele moord in de Staatsliedenbuurt de schutters redelijk in kaart te hebben. Aan de ene kant waren er twee jongens uit Amsterdam-Oost. Derkaoui 'Pirki' van der Meijden en Naoufal F. Zij zijn er volgens Benaouf vandoor gegaan in een zwarte Volkswagen Golf. Hoewel ze verdacht worden van de dubbele liquidatie is er te weinig bewijs om dit duo op te pakken.

Dat is niet het geval bij de inzittenden van de Audi Quattro RS4. Die zit tjokvol DNA. 'Zo'n beetje van iedereen uit Amsterdam-West zit DNA in die auto,' wordt er weleens op straat in Bos en Lommer geroepen. De Audi werd in de nacht van 3 op 4 oktober 2012 gestolen en 11 oktober voor het eerst gebruikt bij een overval op een transportbedrijf in Hoofddorp. Na de Staatsliedenbuurt vindt de politie een DNA-spoor van verdachte Anouar B., maar ook van Stefan S. bij wie Anouar B. zou zijn ondergedoken. En er is DNA van het broertje van verdachte Adil A., niet van Adil zelf. Maar er zit ook DNA van een mysterieuze Meneer K. in de auto. En achter op de stoel van de bestuurder vindt de politie DNA van Hamza B., die de auto dan moet hebben bestuurd, denkt de recherche.

Maar waar is Hamza? In de stad wordt er taal noch teken van hem vernomen. Er gaan geruchten dat hij is opgepakt maar hij zit niet, zoals zijn medeverdachten Anouar B. en Adil A., in een Nederlandse cel in voorarrest. Het antwoord is te vinden aan de andere kant van de Straat van Gibraltar. Daar zit de zesentwintigjarige Hamza uit Amsterdam-West al geruime tijd vast in Tanger.

In november 2010 werd hij nog gelauwerd in de media als de held van Amsterdam toen hij voor een belwinkel op een hoek van de Bestevaerstraat een amokmaker ontwapende. 'Ik heb nog nooit eerder een wapen in het echt gezien,' zei Hamza zonder blikken of blozen in de camera van RTV Noord-Holland. Rechercheurs van de Amsterdamse politie zullen het filmpje waarin hij voordeed hoe hij de overvaller ontwapende ongetwijfeld smalend hebben bekeken. Want dat Hamza nog nooit een wapen in het echt gezien had, is waarschijnlijk niet waar. In die tijd heeft hij al meerdere keren in voorarrest gezeten op verdenking van betrokkenheid bij gewapende overvallen. Volgens justitie is een van zijn vaste partners in crime Adil A. En verhip, een dag nadat Adil in januari 2013 bij zijn aanhouding voor de dubbele liquidatie in de Staatsliedenbuurt door een arrestatieteam wordt neergeschoten, rijdt Hamza met zijn vriendin via België en Frankrijk naar Zuid-Spanje. Daar pakt hij de veerboot naar Tanger, de stad waar zijn familie vandaan komt. Hij waant zich er veilig. Maar Tanger is in februari een stuk minder feestelijk dan in de zomermaanden.

Als zijn vriendin weer naar Nederland vertrekt, duurt het niet lang voordat de jonge Amsterdammer zich stierlijk begint te vervelen. En dus besluit hij maar weer eens wat te doen aan zijn conditie. Omdat hij af en toe, gehuld in peperdure merkkleding, een stukje jogt langs het strand van Tanger springt hij behoorlijk in het oog in het armoedige land. En dat hij zo nu en dan met zijn wijsvinger staat te zwaaien in nachtclubs doet de rest. Als hij in juni zijn meisje weer over laat komen naar Marokko klapt de val dicht. Terwijl hij in zijn auto met draaiende motor bij luchthaven Ibn Batouta zit te wachten, wordt hij opgepakt door de Marokkaanse politie. Ze arresteren Hamza op verzoek van de Nederlandse politie. Dat wil echter niet zeggen dat hij een speciale behandeling krijgt. Tijdens de eerste verhoren vallen er klappen. De Marokkaanse recherche houdt hem voor dat zijn medeverdachten inmiddels hebben bekend in de zaak. Maar Hamza blijft volhouden dat hij niks met de Staatsliedenbuurt te maken heeft.

Hij zit in de beruchte oude Satfilage-gevangenis in Tanger. Een hoge witte muur in het Quartier Laaouina in een woonwijk van de stad onttrekt de gevangenis aan het zicht. Staand voor het gebouw dringt zich de vergelijking op met de Turkse gevangenis in de film *Midnight Express.* Dat het leven in Satfilage in schril contrast staat tot het leven dat zijn medeverdachten in Nederlandse penitentiaire inrichtingen leiden, laat zich raden. Op papier biedt de gevangenis ruimte aan 450 gevangenen, in de praktijk zitten er ongeveer vijf keer zoveel. Ingewijden beweren dat Hamza er goed uitziet en dat hij zelfs de beschikking heeft over een telefoon. Vooralsnog lijkt het enige bewijs tegen hem te bestaan uit twee berichten van de Criminele Inlichtingen Eenheid, een glassplinter in een bivakmuts die mogelijk van de Audi RS4 afkomstig is, en een DNA-mengprofiel dat achter op de bestuurdersstoel van de Audi is gevonden.

Maar het is nog maar de vraag of de Marokkaanse rechtbank zich bezig zal houden met dergelijke nuances. Er ligt een verdrag dat erin voorziet dat Marokkaanse Nederlanders ook in Marokko berecht kunnen worden voor strafbare feiten die in Nederland begaan zijn. Het is net nieuw. Door spoorslags naar Marokko te vertrekken heeft Hamza zich in een bijzonder lastige positie gemanoeuvreerd. Zijn Marokkaanse raadsman, meester Ahmed el Jondi, is niet bereikbaar voor commentaar. Voorlopig komt alleen de Nederlandse advocaat van B., meester Gabriel Meijers, nog publiekelijk voor hem op. 'Er schort nog van alles aan het bewijs,' zegt hij. 'Mijn cliënt heeft meer vertrouwen in de Nederlandse rechtsstaat.' Maar de kans dat Hamza B. nog naar Nederland kan voor zijn zaak is verkeken sinds het moment dat hij op de luchthaven van Tanger werd opgepakt.

Hoofdstuk 35

Hij geldt volgens justitie en de media als een hoofdrolspeler in het hele conflict, maar de inmiddels negenendertigjarige Gwenette Martha zit voornamelijk in de gevangenis. Sinds zijn aanhouding in de binnenstad van Amsterdam, op 31 oktober 2012, zit hij weer onafgebroken vast. Na het mislukte cocaïnetransport in Antwerpen, waarmee het conflict begin 2012 leek los te barsten, is hij al met al maar zo'n drie maanden op vrije voeten geweest. Gwenette verhuisde in april 2013 bovendien naar de gevangenis in Vught. 'Liquidatiegevaar' was de reden. Daar zit hij niet in de vleugel met het allerstrengste regime, maar hij wordt wel constant afgeluisterd. Het is lastig om in zo'n situatie nog een criminele organisatie aan te sturen.

Justitie verdenkt hem er nog altijd van dat hij op 31 oktober 2012 op de Dam een aanslag voorbereidde op Benaouf A. Dat geldt eveneens voor de drie andere mannen die op dat moment in zijn gezelschap waren, ook zij zitten nog altijd vast. De theorie van justitie is dat Gwenette in oktober opdracht gaf om Benaouf A. om te leggen, want hij had een briefje bij zich met daarop het kenteken van een auto van Benaouf. En het feit dat hij een kogelwerend vest droeg, vindt het Openbaar Ministerie ook verdacht. En zijn twee metgezellen hadden allebei een vuurwapen op zak. En de vierde van het groepje, Inchomar B., had weer een vermomming meegenomen.

Eén keer in de drie maanden moeten ze naar de rechtbank. Tijdens zogenoemde pro-formazittingen beoordeelt de rechter of er genoeg bewijs is om de verdachte weer drie maanden vast te houden. Gwenette moet overigens bij de 'gewone' rechtbank voorkomen, niet de zwaarbeveiligde 'bunker' in de wijk Osdorp, waar de verdachten van de Staatsliedenbuurt eens per kwartaal voor de rechter verschijnen.

11 juni 2013 is de derde pro-formazitting in de zaak tegen Gwenette en de drie medeverdachten. De officier van justitie deelt mee dat de zaak tegen het viertal 'op een haar na' is afgerond. Toch kan de inhoudelijke behandeling nog lang niet beginnen. De openbaar aanklager wil namelijk wachten tot het onderzoek naar de Staatsliedenbuurt ook is afgerond. 'De samenhang is levensgroot aanwezig.'

Justitie gaat uit van een strijd tussen Gwenette aan de ene kant, en Benaouf aan de andere kant. Er zijn een heleboel stukken die dit conflict beschrijven, maar die de advocaten van de verdachten nog niet mogen zien. 'De onthouden stukken laten de achtergrond van het conflict tussen Martha en [Benaouf] zien,' zegt de officier. 'De moord op Bouhbouh zou voor Martha reden kunnen zijn om [Benaouf] om te leggen.'

De aanwezige advocaten nemen het Openbaar Ministerie onder vuur, want inmiddels is Benaouf aangehouden voor de moord op Najeb Bouhbouh.

'Is de dreiging niet andersom?';

'Het OM houdt de rechtbank aan het lijntje';

'Het OM neemt een loopje met ons en met u';

'Benaouf was gewapend bij zijn aanhouding, Martha niet';

'Het lijkt erop dat Benaouf achter Martha en zijn vrienden aanzit.'

Ook Gwenette zelf laat zich horen. Hij lacht de officier van justitie uit wanneer die over de rolverdeling speculeert. 'Jij draagt een wapen, jij ook. Jij draagt een pruik. En ik hou een briefje in mijn zak,' grapt Gwenette. Hij richt zich tot de rechtbank. 'Voelt u zich als rechtbank niet in de maling genomen?' vraagt hij. 'Ik heb van

2009 tot 2012 vastgezeten. Ik lees over een conflict over 200 kilo cocaïne, een jaar voor ik vrij kwam. Ik heb er niks mee te maken. Ik ken hem niet, Benaouf. Zijn hele gezicht zegt me niets. Ja, ik heb hem een keer bij RTL *Boulevard* gezien. Ik ken die mensen niet. (...) Deze hele zaak slaat nergens op.'

In de BMW waarin Gwenette op de dag van zijn aanhouding rondreed, vond de recherche zijn BlackBerry. Die heeft een indrukwekkend goede encryptie. Bij een eerdere pro-formazitting bleek al dat het Nederlands Forensisch Instituut (NFI) hem niet wist te kraken. Hij is in de tussentijd zelfs naar specialisten in de Verenigde Staten gestuurd. Ook zij komen er niet uit. 'Men komt er niet verder mee,' zegt de officier. Het onderzoek naar de telefoon is daarom afgerond. 'We wachten niet op nieuwe technologieën.' Gwenette geeft aan best mee te willen werken met het ontgrendelen van de smartphone. 'Waarom niet? Dan moet ik me wel de code nog herinneren,' zegt hij.

Eigenlijk gelooft – behalve justitie – niemand in de vermeende voorbereidingshandelingen voor een liquidatie die dag op de Dam. De vier verdachten zitten nu al ruim een halfjaar vast en de officier van justitie vraagt of dat nog even zo kan blijven totdat een ander onderzoek, dat naar de Staatsliedenbuurt, is afgerond. De rechtbank gaat er niet in mee. De vier komen voorlopig weer op vrije voeten. Maar omdat bij Gwenette thuis een vuurwapen werd gevonden, blijft hij wel vastzitten. Hij schond daar de voorwaarden van zijn voorlopige vrijlating in die eerdere zaak mee.

***

De recherche kent nog niet alle details van de verschillende episodes in het conflict, zoveel is duidelijk. Laat staan dat het verhaal van het hele conflict rond is in de politiedossiers. Er zijn een heleboel DNA-sporen, telecomgegevens en aantekeningen van de Criminele Inlichtingen Eenheid. En er is het gesprek dat opgevangen werd in de broodjeszaak in De Pijp. Maar de politie blijft op zoek naar harde feiten om alle informatie te kunnen verbinden.

Om aan die doorslaggevende gegevens te komen, gaat de politie creatief te werk. Ze moeten wel, de Marokkaanse gemeenschap geeft niet uit zichzelf de tips waar de recherche naar op zoek is. Op straat in Bos en Lommer worden minderjarige jongens benaderd om tegen betaling aan het werk te gaan als informant. In diezelfde wijk bespioneerden agenten ook al wekenlang Anouar B. en zijn familie vanuit een gewone woning op driehoog.

Een ander opmerkelijk voorbeeld is het verhaal van een jongen uit Bos en Lommer die naar het bureau moest komen omdat er een melding was binnengekomen over vuurwapenbezit. Toen hij in de verhoorkamer zat, liepen er vier agenten naar binnen. Het waren niet de rechercheurs op wie hij zat te wachten, maar ze stelden zich voor als heren van de Criminele Inlichtingen Eenheid. En ze wilden hem niet eens aan de tand voelen over dat vermeende wapenbezit. Integendeel. Ze kwamen hem een aanbieding doen om aan de slag te gaan als informant. Na de kennismaking vroegen ze hem of hij hun stiekeme bezoekje niet aan de echte recherche, die nog moest arriveren, wilde verklappen. De melding van vuurwapenbezit hadden ze zelf gedaan met als doel om hem even apart te krijgen, denkt de jongen achteraf.

Eind juni 2013 komt weer een ingenieuze undercoveroperatie van de politie aan het licht. In de buurt van de Amstelveenseweg stelen Marokkaanse jongens een zwart Volkswagenbusje. Volgens de kapers heeft het busje uitzicht op shishalounge Fayrouz, de stamkroeg van Benaouf A. In de wagen vinden de jongens een hele collectie aan opsporingsmateriaal. Op foto's die een week later op crimeblog Bontkraagje.nl verschijnen, zijn allerlei camera's, verrekijkers, een DNA-kitje, aantekeningen en een kogelwerend vest te zien. En er liggen vermommingen in de auto. Een pruik, een petje van bouwbedrijf Heijmans en een hesje van postbedrijf Selekt Mail.

Het busje blijkt van de landelijke politie te zijn. Daar ontkennen ze dat de spullen ingezet werden om Fayrouz in de gaten te houden.

***

In juli 2013 begint de eerste ramadan voor Gwenette Martha die zich na de dood van Najeb Bouhbouh tot de islam bekeerde. Hij zit dan nog in de gevangenis. Een maand later krijgt zijn advocaat hem toch weer op vrije voeten. Gwenette houdt zich stil, in afwachting van het hoger beroep in de zaak waarvoor hij eerder werd veroordeeld. Hij meldt zich netjes elke week op het politiebureau.

Een van de weinige plekken waar hij regelmatig wordt gespot, is boksschool Mike's Gym in Oostzaan. Dan gaat hij trainen, in een privézaaltje. Een bodyguard staat voor de deur terwijl hij fanatiek zijn trappen en stoten perfectioneert. In ieder geval één keer loopt hij na een bezoek aan de sportschool rond met gekneusde ribben.

Na de zelfmoord van Chris Bouman lijkt de reeks doden ten einde. Er gaan maanden voorbij zonder geweldsuitbarstingen die te herleiden zijn tot het conflict. Daar is alleen niet iedereen van overtuigd.

In de nacht van vrijdag 16 en zaterdag 17 augustus is de zevenentwintigjarige Inchomar B. het doelwit van een liquidatie. Inchomar is de man met wie Gwenette een afspraak had op de Dam toen hij op 31 oktober 2012 werd aangehouden. Nu heeft de einzelgänger een afspraak op de Antwerpenbaan in Nieuw-West. Rond twintig over één horen buurtbewoners tot wel zestien pistoolschoten. Eigenlijk zijn er twee schietmomenten, met daartussen een pauze van 30 seconden. Tot twee keer toe mislukt de aanslag op Inchomar. De twee schutters vluchten en laten Inchomar in kritieke toestand achter.

Inchomar wordt weliswaar meerdere keren geraakt, maar draagt een uitstekend kogelwerend vest. Die heeft hij onder andere aan omdat hij tijdens zijn voorarrest van de politie te horen kreeg dat ook hij op de dodenlijst stond. Het vest redt zijn leven, maar zijn hand is er wel slecht aan toe. Hij wordt overgebracht naar het ziekenhuis, waar hij later die week besluit zichzelf te ontslaan en gewoon naar buiten wandelt. De schietpartij heeft volgens ingewijden niks te maken met het Staatsliedenbuurtconflict. Inchomar zal een jaar later maandenlang gegijzeld worden door justitie. Ze willen een verklaring over wie de schutters van de mislukte moordaanslag op hem waren. Dat doet de 'weigerachtige getuige' niet en de rechter besluit uiteindelijk de gijzeling te beëindigen.

Maar de oorlog in de onderwereld lijkt in de tweede helft van 2013 afgekoeld te zijn. Althans, in Nederland.

'Huurmoordenaars jagen in Marokko op Turtle bende,' meldt de Belgische krant *Gazet van Antwerpen* in oktober. Volgens de krant waren twee Nederlandse Marokkanen in de Berberstad Nador naarstig op zoek naar vrienden van Gwenette. Om preciezer te zijn: leden van de Antwerpse Turtles. Een van de doelwitten van het doodseskader is Nacerdine T. Is de arrestatie van twee Nederlandse huurmoordenaars in Nador een voorbode van nieuw bloedvergieten? Vast staat dat Nacerdine T. de bedreiging in ieder geval bloedserieus neemt en vreest voor zijn leven. Volgens Belgische kranten leeft hij al geruime tijd ondergedoken met Turtles als Hakim op een kluitje ergens in Marokko. 'De mannen die jacht maken op de Turtles weten waar ze verblijven, maar durven in Marokko niet toe te slaan,' is te lezen in de *Gazet van Antwerpen*. Maar blijkbaar wordt daar op dit moment anders over gedacht.

Het is niet het enige incident in Marokko waar zijdelings betrokkenen bij de Amsterdamse gangsteroorlog mee in verband worden gebracht. In de vroege ochtend van woensdag 7 december wordt Khalid, de kennis van Chris Bouman en Najeb Bouhbouh, beschoten in de omgeving van de boulevard van Tanger. Hij zal later zeggen dat het om een *carjacking* ging.

Ook gaat in Amsterdam het gerucht dat er inmiddels een aanslag is gepleegd op Houssine. Hij zou beschoten zijn in een hotel in Marrakech. Het is echter niet na te gaan of dat waar is of dat het slechts sensationele straatroddels zijn die de ronde doen.

Hoofdstuk 36

Het is een winderige, regenachtige vrijdagmiddag op 27 december 2013. Nog twee dagen en het is precies een jaar na de dubbele moord in de Staatsliedenbuurt. Het bleef niet bij die liquidatie. Benaouf werd opgepakt. Rida Bennajem doodgeschoten. Souhail Laachir daarna. En Chris Bouman pleegde zelfmoord in zijn cel. Alleen maar jongens van de andere groep. Je zou kunnen denken dat het kamp van Gwenette Martha de overhand heeft. Alleen Najeb Bouhbouh sneuvelde.

Gwenette loopt naar buiten. Hij was even in de belwinkel van 'Witbrood', een familielid van Najeb, langs de Amstelveenseweg en gaat samen met iemand een rondje wandelen. Gewoon een beetje praten. Dat doet iedereen in dit wereldje het liefst lopend. Zo minimaliseer je de kans dat er iemand meeluistert. Volgt iemand je, dan heb je dat zo door. Gwenette is scherp als altijd.

De twee lopen richting de grote rotonde bij de gevangenis aan de Havenstraat. Als Gwenette en zijn metgezel café Bos voorbijlopen, slaan ze rechtsaf de Vaartstraat in. Ze zijn het eerste huisnummer van de straat nog niet eens gepasseerd als er opeens een man met een bivakmuts voor Gwenettes neus opduikt.

De man loopt met getrokken pistool op Gwenette af. De trekker gaat meteen over. Even kijkt Gwenette de dood in de ogen. Er klinkt een klik. Het wapen weigert. De schutter probeert het meteen weer. Klik. Er ontstaat een worsteling. Gwenette krijgt een flinke klap. De gemaskerde man slaat met het wapen op het hoofd van zijn doelwit. Gwenette valt en voelt de pijn aan zijn been. De schutter rent snel weg.

Gwenette staat even later in een geel T-shirt en met trillende handen aan de balie van het politiebureau aan de Koninginneweg. De aanwezige agenten ontfermen zich over de beroepscrimineel. Hij is aangedaan, ziet ook zijn advocaat Nico Meijering die snel een verjaardagspartijtje heeft verlaten om naar zijn cliënt te gaan. Hij kent Gwenette juist als een stabiele man, die droog en zakelijk – vaak aan de andere kant van het glas in de gevangenis – over de feiten praat. De twee krijgen een kamertje en nemen alle details van de mislukte liquidatiepoging door. Gwenette laat zijn advocaat de vrij grote, gapende wond in zijn been zien die hij opliep bij zijn val.

Er worden speciale rechercheurs van de eenheid zware criminaliteit opgetrommeld om de aangifte op te nemen. Het duurt even voordat die er zijn. Als het half tien is, zegt Gwenette tegen zijn advocaat dat hij wel weer naar het feestje terug kan. De aangifte doet hij zelf wel. Als die eindelijk aanvangt, vertelt Gwenette wat er die middag gebeurde. Hij hamert erop dat er nu toch iets moet veranderen. Het liquidatiegevaar is levensecht, maar toch moet hij op één adres verblijven en zich elke week melden. En hij krijgt geen bescherming. Waarom grijpt de politie niet in? Het is wachten op de volgende poging.

De politie biedt hem dan alsnog bescherming aan. Maar volgens Gwenette noemen ze wel twee voorwaarden. Allereerst moet hij vertellen wie er achter deze liquidatiepoging zou kunnen zitten. Tja... Ondanks het feit dat de schutter een bivakmuts op had, denkt hij te hebben gezien dat het om een man van Noord-Afrikaanse afkomst ging. Maar wie is het dan? Misschien iemand van wie hij nog geld krijgt en die zo goedkoper uit dacht te zijn, of mensen die boos op hem zijn vanwege alle verhalen die over hem de ronde doen. Hij wil niet speculeren. Dat kan alleen maar nare gevolgen hebben.

De tweede voorwaarde is dat Gwenette nu toch eens moet vertellen wat er allemaal aan de hand is. 'Wat speelt er zich allemaal af in dat wereldje waarin jij je beweegt?' vragen ze. Het lijkt erop dat ze van hem een kroongetuige willen maken. Gwenette zegt dat hij de voorwaarden eerst met zijn advocaat wil bespreken. 'Dus je gaat nu zonder beveiliging naar huis?' vragen de rechercheurs.

De maandag erna stuurt advocaat Nico Meijering een brief naar justitie waarin hij om opheldering vraagt. Blijkbaar erkent de politie dat zijn cliënt bescherming nodig heeft, maar hoe zit het dan met die voorwaarden? Een antwoord komt er niet. Noch krijgt hij een kopietje van de aangifte.

'Ze dwingen me verraad te plegen, maar ik sterf nog liever,' laat Gwenette na de mislukte aanslag een vertrouweling weten. Waarom gaat hij niet naar het buitenland? Dat schijnt helemaal niet zo makkelijk te zijn als je zou denken. Helemaal niet als je een gezin mee wilt nemen. En Gwenette is net weer vader geworden.

Er zijn meer opties. Advocaat Nico Meijering vraagt zijn cliënt of het niet beter is om weer de gevangenis in te gaan, door de voorwaarden van zijn voorlopige vrijlating te overtreden. Ook dat ziet Gwenette niet zitten.

Hoofdstuk 37

Niet alleen de gewelduitbarstingen van het conflict rond de Staatsliedenbuurt plagen Amsterdam. In 2013 zijn er drieëntwintig moorden in de hoofdstad, voor het eerst in drie jaar betekent dat weer een stijging. Ook 2014 begint uiterst gewelddadig. In de eerste maand van het nieuwe jaar is er al sprake van vier moorden, waaronder weer twee brute liquidaties.

De toon is gezet, de afrekeningen gaan door. Een volgende moord lijkt weer te maken te hebben met de oorlog in de onderwereld. Op donderdag 20 februari, rond half acht 's ochtends, schieten schutters de dertigjarige Alexander 'Macho' Gillis dood. Het slachtoffer loopt naar zijn auto in de Pieter Jelles Troelstralaan in Zaandam als de daders hem van dichtbij afmaken.

Volgens de verhalen op straat is Gillis geen kleine jongen, hoewel hij wel uit het criminele leventje wilde stappen. Hij zou tot een groep behoren die niet onderdoet voor die van Houssine of Gwenette. Ook zou hij betrokken zijn geweest bij de moord op Redouan Boutaka, alweer twee jaar eerder.

Een liquidatie die wel heel dichtbij komt, vindt plaats in de nacht van vrijdag 21 op zaterdag 22 maart. De dertigjarige Mohammed el Mayouri loopt rond twee uur shishalounge Fayrouz aan de Amstelveenseweg uit. Hij gaat de hoek om en loopt de Karperweg in, richting de garage van de ambulancedienst. Twee mannen in donkere jassen met bontkragen duiken op en lopen op El Mayouri af. Ze schieten. Het doelwit overlijdt op straat.

El Mayouri stond op het punt om te getuigen in de zaak tegen Benaouf A., die hij goed kent. El Mayouri zou een ontlastende verklaring willen laten optekenen met betrekking tot de BMW die gebruikt zou zijn bij de liquidatie van Najeb Bouhbouh in Antwerpen. De recherche sluit niet uit dat dit de reden was om hem uit de weg te ruimen.

***

Net buiten het dorpje Hoevelaken in de Gelderse Vallei, vooral bekend van het verkeersknooppunt, staat achter een rij bomen een villa. De oprit grenst aan een onbeduidend plattelandsweggetje. In het pand zit de front office en het meldkamertje van Meld Misdaad Anoniem. Bel je gratis 0800-7000, dan nemen ze hier op. Het is de kliklijn waar je sinds 2002 terecht kunt met anonieme tips over bijvoorbeeld moord, drugshandel of fraude. Een enorme uitkomst voor mensen die iets weten, maar niet willen dat hun tip ook maar op enige wijze naar hen te herleiden is. De meldkamer krijgt het nummer van de beller niet te zien en het gesprek wordt niet opgenomen.

Jaarlijks bellen er zo'n tienduizend tipgevers. De medewerkers van de kliklijn hebben geen idee wie ze aan de lijn hebben en moeten met goed doorvragen en flink wat mensenkennis de waardevolle tips van de onzinnige meldingen zien te scheiden. Want er bellen natuurlijk ook verwarde types. Eén op de acht meldingen leidt inmiddels tot een aanhouding. Tegelijkertijd levert Meld Misdaad Anoniem ook oncontroleerbare, belastende aantekeningen op in strafdossiers. Net als informatie van de Criminele Inlichtingen Eenheid. En het is een mooi wapen voor criminelen zoals drugshandelaren die een concurrent erbij willen lappen. Daarnaast is het niet bekend hoe vaak er onterecht huiszoekingen of aanhoudingen plaatsvinden vanwege een tip op 0800-7000.

Eind maart komt er in de villa een vrij gedetailleerde tip over Gwenette Martha binnen. Hij zou thuis Uzi-pistoolmitrailleurs hebben liggen, zegt de anonieme beller. En daarmee is hij van plan het eerstvolgende weekend hoogstpersoonlijk een liquidatie uit te voeren, weet hij verder te melden. De meldkamer neemt de tip uiterst serieus.

Op 27 maart staat Gwenette Martha voor zijn huis in Amsterdam-Noord. Hij is net afgezet door de broers Farid en Karim, met wie hij vaak traint. Ook nu komen ze terug van de sportschool. Uit de achterbak van hun gepantserde BMW haalt Gwenette zijn sporttas. Agenten van een observatieteam houden het tafereel vanaf een afstandje in de gaten.

Een arrestatieteam zet de BMW later aan de kant. Rechercheurs pluizen de auto na. In eerste instantie lijkt er niets aan de hand. Pas als specialisten de auto nog eens grondig doorzoeken, vinden ze achter een ventilatierooster een geheime bergplaats. Daarin liggen twee doorgeladen pistolen. Ze blijken van de broers te zijn. Althans, dat zeggen ze. De recherche vermoedt dat ze de schuld op zich nemen om Gwenette te sparen.

Thuis wordt Gwenette aangehouden. Agenten keren alles in huis om. Er worden geen machinepistolen gevonden. Er blijken zelfs helemaal geen wapens in huis te liggen. Niettemin zit ook Gwenette weer in de cel.

Als hij na twee maanden weer op vrije voeten komt, laat de leider van het rechercheonderzoek nog even zijn licht over de zaak schijnen. 'Je moet er rekening mee houden dat zij jou willen laten ontwapenen, door ons.' Oftewel, het is een reëel scenario dat vijanden van Gwenette de anonieme tip aan de recherche hebben gegeven om er zo zeker van te zijn dat hij thuis geen wapens heeft liggen.

***

Donderdag 22 mei 2014. Gwenette is pas twee dagen vrij. Rond vijf uur 's middags loopt hij met een metgezel het kantoor van zijn advocaat Nico Meijering in de Amsterdamse binnenstad binnen.

Meijering ziet meteen dat zijn cliënt geen kogelwerend vest draagt. 'Godverdomme, waarom heb je geen vest aan?' vraagt hij. 'Je weet dat ik dan toch steeds word aangehouden,' merkt Gwenette op. 'Dat vinden ze verdacht. Crimineel. Dan denken ze meteen dat ik van alles van plan ben.'

Samen met advocate Bénédicte Ficq, een kantoorgenoot van Meijering, praten de vier over de veiligheid van Gwenette. Gwenette hoort veel geluiden uit het milieu dat de CIE met verhalen over hem aanklopt bij uiteenlopende mensen op zoek naar tekst en uitleg. 'Willen jullie een keer justitie benaderen, ze moeten er nu echt mee ophouden,' vraagt hij de advocaten. Gwenette voelt zich al bedreigd genoeg zonder de CIE die nog meer verhalen over hem de wereld in helpt.

Met een vriend zit Martha die avond bij shoarmazaak Rooz aan de Amsterdamseweg in Amstelveen. De grillroom lijkt qua inrichting te zijn blijven steken in de jaren tachtig van de vorige eeuw. Houten lambriseringen en rieten stoelen bepalen het interieur. Het maakt de klanten niet uit, de shoarma is er uitstekend. Dat weet ook Gwenette. Hij zit aan de dis met een van de broers die Martha thuis afzetten toen ze twee maanden eerder aangehouden werden. Volgens de recherche is deze vriend een soort lijfwacht en tegelijkertijd zijn chauffeur. In de shoarmazaak komen nog twee mannen aanzetten en zij voegen zich bij het gezelschap.

Met een van de twee nieuwe gezichten loopt Gwenette rond tien uur de shoarmatent uit. Zijn kompaan blijft binnen. Buiten staat het moordcommando al te wachten. Drie in het zwart gehulde mannen met bivakmutsen over hun hoofd rennen op Gwenette af. Twee van hen hebben kalasjnikovs in de aanslag, de derde een kleiner, automatisch vuurwapen. En Gwenette? Die is ongewapend en draagt geen kogelwerend vest. Het is geen schietpartij, maar een executie. Gwenette kan nog een stukje rennen, maar ontkomt niet aan de kogelregen die losbarst. Kogels raken auto's, gevels en zelfs via het raam het plafond van een woning. En de kogels raken Gwenette. Hij wordt doorzeefd. Met meer dan tachtig kogelgaten in zijn lijf laten de schutters hem achter. Hun magazijnen lijken tot de laatste kogel leeggeschoten. Ze springen in een wachtende BMW met chauffeur en scheuren weg. Ook de man met wie Gwenette naar buiten liep is ervandoor. Hij kon ongedeerd, zonder beschoten te worden, wegrennen.

Het bloed gutst uit Gwenettes lichaam de straat over, een put in. Hij ligt naast een Volvo. Een buurtbewoner rent erop af terwijl hij 112 belt en aan de meldkamer vertelt wat hij gezien heeft. De telefonist vraagt of er iemand eerste hulp kan verlenen. De beller antwoordt dat dat echt geen zin meer heeft. Al het leven is uit het lichaam verdwenen. De politie is opmerkelijk snel aanwezig. Er wordt maar één ambulance besteld, terwijl dat er bij andere meldingen van een schietpartij met slachtoffer altijd twee zijn, plus een traumateam. Het heeft toch geen zin. Er liggen zoveel kogels, hulzen en bloedsporen op straat dat het forensisch team van de politie er niet eens aan toe zal komen om alles op te ruimen.

Langs de wegen naar Amsterdam staat om de honderd meter een politieauto te posten. Sommige onherkenbaar. Bij een tankstation kijken agenten vanuit hun wagen nauwlettend naar voorbijgangers. Op de wegen patrouilleren nog meer auto's met hun zwaailichten aan. De vluchtauto is dan al gearriveerd op de Venserweg in Diemen waar hij even later in vlammen wordt aangetroffen.

Vaak duurt het uren, soms dagen, voordat de identiteit van een liquidatieslachtoffer bekend wordt. Na de dood van Gwenette is het een kwestie van minuten. Van journalisten tot hangjongeren op de pleintjes in Amsterdam-West, iedereen krijgt binnen de kortste keren berichtjes. Gwenette Martha is doodgeschoten. Nog geen uur na zijn dood staat het overal op internet.

Sommige rechercheurs staan opvallend opgewekt op de plaats delict. Het is meteen duidelijk dat niet iedereen zal rouwen om

Gwenette. Eén steekt lachend zijn duim op als een collega arriveert en wijst naar het slachtoffer.

Epiloog

Vier jaar nadat Rida Bennajem rappers Mr. Probz en Flex neerschoot in de Amsterdamse binnenstad, is er veel veranderd. Inmiddels zijn de hoofdstedelijke autoriteiten wakker geschud door het geweld van de afgelopen jaren. Zo wordt de Top 600-aanpak voor de meest problematische veelplegers in Amsterdam door het nieuwe stadsbestuur uitgebreid naar de Top 1000.

Ook in Bos en Lommer worden alle zeilen bijgezet om de aanwas van nieuwe jongens zoals Rida en al die andere jong gesneuvelde 'soldaten' van de onderwereld te voorkomen. De vestiging van jongerencentrum Connect waar hij en onder andere Said el Yazidi kwamen, is begin 2013 door Connect zelf gesloten. De welzijnswerkers wilden zich richten op tienerwerk. Van de Lidewijdepadgroep, de hanggroep van Rida en Said el Yazidi, is niets meer over.

***

Niet alleen op straat is alles anders. Achter de voordeuren van de huizen van de families die hun zonen verloren in het conflict, heerst nog altijd verslagenheid en bezorgdheid. De veelal streng gelovige ouders vrezen dat hun zonen vanwege hun daden niet worden toegelaten in het hiernamaals. En die gedachte is onverdraaglijk. Nog dagelijks klinken er in de woning gebeden tot Allah met de nederige vraag om toch vergiffenis te schenken aan deze jongens. Wat ook aan hen knaagt, is het besef dat van de gouden toekomst die ze voor hun omgekomen kinderen voor ogen hadden, geen spat terecht is gekomen. Ze kwamen hier voor een beter leven en sloopten hun lichamen tijdens het werk waar Nederlanders zich te goed voor voelden. Terwijl ze dat deden, hoopten ze dat hun kinderen het ooit tot advocaat, ondernemer of dokter zouden schoppen. Het liep allemaal zo dramatisch anders. Hun zonen bleken niet opgewassen te zijn tegen de verlokkingen van de straat en moesten dat met hun leven bekopen. En nu liggen ze allemaal op stenige begraafplaatsen, terug in Marokko, ver weg van hun familie.

***

Anderhalve dag na de dood van Rida, is het een komen en gaan in de Gulden Winckelstraat. Vrouwen met donkere rouwsluiers bevolken het ouderlijk huis van de vermoorde jongen. Er staat een grote pan op het vuur voor alle visite. De familie kan moeilijk toegang weigeren aan de twee rechercheurs van het Team Grootschalige Opsporing (GTO), die naar boven komen lopen met een mapje onder de armen. Zij hebben nog een boel vragen.

Rida is ook het gesprek van de dag op zijn oude basisschool, de Multatuli. De liquidatie is 's ochtends uitgebreid besproken in de lerarenkamer. Nog geen tien jaar geleden rende een jonge Rida hier op het schoolplein rond. 'Het treft ons heel erg,' zegt een kleuterjuf die zich Rida herinnert als 'een druk kind'. 'Niemand voedt zijn kind zo op.'

De dood van Rida is niet alleen onderwerp van gesprek bij de leraren, ook de moeders die hun kinderen naar school brengen hebben het alleen daarover. Alle verhalen komen voorbij.

Nog iets verderop in de straat, voor de Badr-moskee, staat een groepje dertigers met baarden. 'Nee, wij kennen hem niet. Hij kwam hier nooit,' claimen ze. 'Ja, we zijn hem vast weleens voorbijgelopen op straat, maar zijn gezicht kennen we eigenlijk alleen van *Opsporing Verzocht*.'

Toch is in diezelfde Badr-moskee het Salaat Al Janaza (dodengebed) voor Rida. Voor de gelegenheid heeft het stadsdeel aangegeven dat er gratis geparkeerd mag worden bij de moskee.

'Wij als familie vragen jullie in alle nederigheid om onze Rida niet te vergeten in jullie gebeden, hem te vergeven en voor hem Salaat Al Janaza te verrichten. Moge Allah ons allen vergeven voor onze zondes en mogen wij incha Allah allen behoren tot de toetreders van Janaat El Firdaus,' staat in de uitnodiging. 'Met veel pijn en verdriet hebben wij vernomen dat jij er niet meer bent, je zal voor altijd een warme plek krijgen in onze harten en met veel liefde zullen wij jou dagelijks gedenken.' Veel mensen komen bidden voor Rida.

Als zijn lichaam is vrijgegeven, vertrekt zijn familie naar Marokko om Rida te begraven. 'Thuis' in Tétouan, in het noorden van Marokko nabij de zee. 26 maart, een dag voor zijn tweeëntwintigste verjaardag, wordt Rida ter aarde besteld. Het is een zonnige dag. 'Happy birthday Rida, gisteren was de eerste dag/nacht in je graf! Moge Allah je vergeven en je het paradijs schenken! Je graf verlichten en verbreden!' schrijft zijn zus een dag later op Facebook.

De dagen daarna regent het in Tétouan.

Addendum
De nasleep

Gwenette Martha

Gwenette Martha wordt in zeer besloten kring op Curaçao begraven. Het eiland waar hij werd geboren en tot zijn achtste woonde. Waar hij zo naar terug verlangde als jongetje in de grote stad. Er is veel publiciteit rondom de liquidatie van de Amsterdamse beroepscrimineel. Wat criminele afrekeningen betreft, is het in de media de grootste sinds de aanslag in de Staatsliedenbuurt anderhalf jaar eerder.
Iedereen lijkt te denken dat de dood van Gwenette de zoveelste afrekening is in het conflict om de 200 kilo cocaïne in Antwerpen. Het is een vrij voor de hand liggend vermoeden, maar er is vooralsnog geen hard bewijs. Er wordt ook niemand aangehouden voor de moord op Gwenette.

In de misdaad is de 'veertien-dagen-plank'-regel een bekend fenomeen. Wordt er in de eerste twee weken na een hit-and-run-misdrijf een verdachte aangehouden, dan komt er een zaak. Maar als er na twee weken nog helemaal niemand in beeld is, dan is de kans heel groot dat er nooit iemand opgepakt zal worden en de daders ermee wegkomen.

De Amsterdamse recherche kan naar eigen zeggen alle criminele afrekeningen nauwelijks aan. Ze komen capaciteit te kort. De politievakbond komt bijna jaarlijks met berichten over capaciteitsproblemen naar buiten, maar na de moord op Gwenette moeten er zelfs rechercheteams van andere korpsen aan de slag in de hoofdstad om alle zaken te kunnen behandelen.

Door de opeenstapeling van onderzoeken en de beperkte capaciteit bij de recherche, is het zeer de vraag of er ooit iemand veroordeeld zal worden voor een moord die al wat langer op de plank ligt, zoals voor die op Rida Bennajem. Maar ook die op Souhail Laachir in het Scheepvaartmuseum. En zal ooit bekend worden wie Rida's handlanger in The Shisha Lounge was op de avond dat Redouan Boutaka werd geliquideerd?

Na de moord op Gwenette Martha is het een tijdje rustig in Amsterdam. Een directe vergelding vanuit het kamp van de zo machtig geachte beroepscrimineel blijft uit. Het is zomer, dus wellicht is de onderwereld gewoon met vakantie. Volgens sommigen is er achter de coulissen meer aan de hand. Er zouden toenaderingspogingen zijn tussen de verschillende kampen om tot een staakt-het-vuren te komen. Anderen houden het op stilte voor de storm, zoals er wel vaker rustigere weken zijn geweest sinds het hele conflict losbarstte in Antwerpen. Er zou nog genoeg onenigheid zijn.

Dat er überhaupt sprake is van twee kampen, is een behoorlijke simplificatie. De onderwereld bestaat in de eenentwintigste eeuw uit allerlei losse groepjes. De harde kern van de groepen bestaat vaak maar uit een paar man. Daaromheen is een grote vijver van 'freelancers' die steeds weer in een nieuwe gelegenheidscoalitie stappen. Houssine Ait S., Benaouf A. en Hamid zouden samen met de overleden Souhail Laachir maar een zo'n groepje vormen, terwijl Gwenette Martha en Najeb Bouhbouh weer een ander vormden. En zo zijn er nog tientallen andere groepen, van vergelijkbare statuur. Dat de net genoemde namen toch zo hoog aangeschreven worden, heeft meer te maken met het feit dat ze zich door aanhoudingen of geweldsuitbarstingen in de kijker van justitie en media hebben gespeeld. Er zijn nog een heleboel beroepscriminelen die niet voor hen onderdoen, maar simpelweg uit het zicht blijven.

Toch ligt iedereen nu met elkaar overhoop, hoor je op straat. Twee groepen krijgen ruzie en alle andere formaties en freelancers moeten partij kiezen. Een duidelijk doel van de oorlog lijkt er niet meer te zijn, het is nu gewoonweg schieten om te overleven.

Stefan Regalo Eggermont

'Leef je nog?' stuurt Janke Verhagen naar haar vriend. Het is al even na half twee in de warme nacht van zaterdag 12 op zondag 13 juli. Ze is inmiddels een beetje geïrriteerd. Stefan pikte eerder die avond zijn broer op en is met hem naar Amstelveen gereden om bij een vriend de troostfinale van het WK te kijken. Ze sloeg de uitnodiging zelf af en bleef alleen thuis. Hun zoontje van tweeënhalf jaar logeert nog bij oma. Janke en Stefan zijn net twee dagen terug van vakantie in Spanje, het geboorteland van de dertigjarige Stefan Regalo Eggermont, en Janke was moe. Toch kan ze nu niet slapen. Ze is onrustig omdat ze niet weet waar Stefan is. Het WhatsApp-berichtje blijft, net als die ervoor, onbeantwoord.

Het is eigenlijk helemaal geen klef stel. Al waren ze anderhalf jaar geleden wel te zien in *All You Need Is Love.* Stefan verraste samen met Robert ten Brink zijn nietsvermoedende vriendin. 'Lieve Janke, in de tweeënhalf jaar dat we nu samen zijn, hebben we best veel meegemaakt,' snikte hij. 'We hebben een kindje gekregen en wij hebben bewezen dat ons gezin onverwoestbaar is en ik hou van je.' Ook Janke hield het niet droog. Normaal is ze de nuchterheid zelve. Daarom verbaasde Janke vooral zichzelf toen ze Stefan, voor hij de deur uitging, vroeg om nog even samen met haar wat te drinken. Even te praten.

Stefan heeft daarna inderdaad zijn broertje opgepikt, die net als hij in Amsterdam woont. Bij hun vriend in Amstelveen dronken ze een biertje en zagen ze Nederland al vroeg op voorsprong komen tegen gastland Brazilië. Robin van Persie benutte al in derde minuut een strafschop. Ajacied Daley Blind maakte 2-0 en vlak voor het eindsignaal, in blessuretijd, zette Georginio Wijnaldum de eindstand op het bord. Een mooi resultaat in de verkeerde finale. Rond één uur was het mooi geweest en stapten de broers weer in de blauwe Fiat Punto van Stefan. Onderweg naar huis had Stefan het over de toekomst. Hij was nog altijd zoekende, wat betreft werk. Hij was degene die minder ging werken toen zijn kindje geboren werd. Het vaderschap ligt hem goed. Maar wat zijn loopbaan betreft... Terug het onderwijs in? Iets met zijn handen? Hij en zijn broer besloten het gesprek een andere keer af te maken. Het was al laat. Stefan zette zijn broer af en ging huiswaarts, naar Amsterdam-Oost. Dat was tussen kwart over één en half twee.

Om twee uur is Stefan nog steeds niet thuis en belt Janke zijn broer. Of hij weet waar Stefan blijft. Aan de andere kant van de lijn klinkt verbazing. Stefan heeft hem al een halfuur geleden thuis afgezet. Janke voelde zich al ongerust en weet nu zeker dat er iets mis is. Ze hoort al minutenlang een boel sirenes achter haar huis. Een alledaags geluid voor inwoners van de hoofdstad, maar nu luistert ze er anders naar. Ze kleedt zich aan en loopt de deur uit. Richting het geluid van de sirenes, op het parkeerterrein aan de Conradstraat, een straat achter haar eigen huis. Ze heeft de broer van Stefan aan de lijn en beschrijft de chaos. Ze ziet brandweer, ambulances, afzetlinten. Dan ziet ze haar auto. De blauwe Fiat Punto. Vanaf dat moment is het stil aan de telefoon. De voorruit is eruit geschoten. Er zitten kogelgaten in de auto. En naast de auto, onder een laken, ligt iemand.

Ze loopt op een agent af en vertelt dat het haar auto is. En dat haar vriend niet opneemt. Eigenlijk weet ze het al. Ze wil zich op de grond storten. De politie neemt haar mee naar het bureau, weg van de plaats delict. Daar beschrijven ze voorzichtig het slachtoffer. Als ze beginnen met de schoenen, is er geen twijfel meer. Stefan is in zijn auto doodgeschoten. Maar waarom?

***

Niet alleen Janke staat voor een raadsel. Ook de politie heeft de zondag na de moord veel vragen, net als de media. Volgens getuigen is Stefan in zijn auto doodgeschoten door één schutter met een pistoolmitrailleur. Deze lichtgetinte man ging er samen met een ander vandoor in een grijze Volkswagen Golf. Een paar minuten na de moord werd de Golf elders in Amsterdam-Oost toeterend en in vlammen aangetroffen. Van de inzittenden geen spoor. Een liquidatie uit het boekje. Eentje die erg doet denken aan al die andere afrekeningen waardoor Amsterdam nu al zo lang geteisterd wordt. Maar toch spreekt de politie niet van een liquidatie. Stefan is namelijk geen 'bekende' van hen. Hij heeft geen crimineel verleden.

Weer een dag later komt het antwoord van ingewijden uit het milieu. Stefan was niet het doelwit. Hij is 'per ongeluk' doodgeschoten. Simpelweg voor de verkeerde aangezien. Eigenlijk moest de dader iemand anders hebben. Een afschuwelijke vergissing waardoor een jong gezin zijn vader moet missen. Nadat er twee jaar lang voor gewaarschuwd werd, lijkt de nachtmerrie nu werkelijkheid. Er is een onschuldig slachtoffer gevallen in het onderwereldconflict.

De politie wil dit vermoeden aanvankelijk niet bevestigen. Pas na twee maanden onderzoek komt de recherche met dezelfde conclusie. Er is een onschuldig slachtoffer gevallen. Een 'fatale blunder' noemt Anniko van Santen het in de uitzending van *Opsporing Verzocht* op 23 september. Er wordt een beloning van 15 000 euro uitgeloofd. 'Het is niet meer ver van ons bed,' benadrukt de presentatrice.

Rechercheurs gaan ervan uit dat het daadwerkelijke doelwit in die tragische nacht, Omar Lkhorf moet zijn geweest, de broer van Youssef Lkhorf, die omkwam in de Staatsliedenbuurt. Net als zijn broertje zou Omar een vertrouweling zijn van Benaouf A., staat in de krant. Hij rijdt bovendien in precies zo'n blauwe Fiat Punto en woont in dezelfde buurt als Stefan Regalo Eggermont en diens gezin.

Eind 2014 houdt de politie de dan zesentwintigjarige Eaneas L. aan. Bij hem wordt na een anonieme tip het wapen gevonden waarmee Stefan is vermoord. Eerder werd dezelfde verdachte al aangehouden na de moord op Souhail Laachir, in mei 2013 in het Scheepvaartmuseum. Na de moord op de boekhouder van Benaouf werd hij in de buurt van het museum in bezit van een vuurwapen gearresteerd. Hij kan niet de moordenaar van Stefan Regalo Eggermont zijn, want die was licht getint. Maar justitie sluit niet uit dat Eaneas de vluchtauto bestuurde.

Eaneas zegt onschuldig te zijn. Aanvankelijk wil hij niet zeggen hoe hij aan het vuurwapen kwam. Maar later zal hij, vermoedelijk na instructies van buiten de gevangenis, verklaren dat hij het van een reeds vermoorde Iraniër kreeg. Na negen maanden loopt het onderzoek stuk en komt de verdachte weer vrij.

Derkaoui 'Pirki' van der Meijden

Maandagavond 18 augustus 2014 is de vierendertigjarige Derkaoui van der Meijden aan de beurt. De half-Marokkaanse Amsterdammer leeft al een tijdje ondergedoken, omdat zijn naam in verband wordt gebracht met allerlei liquidaties. Hij was al in beeld bij geruchtmakende overvallen, maar zijn eerste echt serieuze douw krijgt Derkaoui in 2010. Toen werd hij tot zeven jaar cel veroordeeld voor een moordaanslag op 21 augustus 2009. Telkens als hij verlof had, pakte hij gewoon weer de draad op. Begin 2014 kwam hij vrij, nadat hij weer zeven maanden gevangenisstraf uitzat voor een schietpartij op 16 februari 2013 in een café in de Molukkenstraat.

Hij zou een hitman zijn. Een huurmoordenaar. In het milieu kennen ze Derkaoui als 'Pirki' (pilletje) vanwege zijn voorkeur voor XTC. Dezelfde Pirki die KING noemde als een van de daders in de Staatsliedenbuurt. Benaouf A. herhaalde de beschuldiging en sindsdien is Derkaoui verdachte in de zaak. Er is vooralsnog te weinig bewijs om hem aan te houden. Maar hij is wel genoemd, wat voor Derkaoui genoeg reden is om tijdens een uitstapje als vanavond een kogelwerend vest te dragen.

Hij heeft rond elf uur met iemand afgesproken in de Borneolaan in Amsterdam-Oost. Samen lopen ze een tijdje langs lange rijen nieuwbouw op het kunstmatige schiereilandje in het oude havengebied. Als ze op de Borneokade langs een basisschool lopen, is er opeens het geluid van schoten. Heel dichtbij. Achter hen is een tweetal opgedoken. Een van de mannen met scooterhelmen op schiet met een automatisch geweer op Derkaoui. Het is meteen duidelijk dat ze hem moeten hebben. Hij begint te rennen. De kogels vliegen langs hem heen, slaan in de muur van de school. Maar ondanks de korte afstand tot hun doelwit, gaan de kogels alle kanten op zonder Derkaoui uit te schakelen. Terwijl hij een hoekje om sprint, voelt hij dat hij toch in zijn been is geraakt. Maar hij rent door. Met succes. Hij weet de daders af te schudden.

Derkaoui moet de wijk ontvluchten en kan in principe alle kanten op. Ondanks de kogel in zijn been blijft hij bewegen. Hij slaat een ander deel van de Borneokade in, op zoek naar een veilig heenkomen. Die vluchtroute blijkt een cruciale fout. Het is precies de plek waar de daders hun scooter hadden geparkeerd. Ze springen net op hun vluchtvoertuig om af te druipen na de knullige, mislukte moordpoging. Al snel krijgen ze de half-hinkende, half-rennende Derkaoui in hun vizier. De schutter opent opnieuw het vuur. Weer vliegen de kogels door de wijk. Kogels belanden in appartementen op tweehoog, waar ze bewoners maar net missen. Dit keer raken de kogels ook vitale organen van Derkaoui. Bij een boom zakt hij ineen. Als de hulpdiensten komen, is hij nog korte tijd aanspreekbaar. 'Weten jullie wel wie ik ben?' roept hij.

Samir 'Scarface' Bouyakrichan

In 2007 voorspelde de toenmalige Amsterdamse recherchechef Willem Woelders dat 'de nieuwe Willem Holleeder' een jonge Marokkaan zou zijn. 'Een groep jonge Marokkanen, vijf jaar geleden nog kleine criminelen, is doorgegroeid. Ze begonnen in de eigen wijk, maar werken nu landelijk. Ze plegen grote kraken en schuwen geweld niet. Als die nu een kans krijgen om de vacante machtsposities te pakken, doen ze het. Ze zijn inmiddels gewend aan het grote geld en geweld,' zei hij toen. Zeven jaar later moet je hem gelijk geven.

In de maanden na de moord op Najeb Bouhbouh krijgt de Criminele Inlichtingen Eenheid de meest uiteenlopende informatie binnen over de mogelijke motieven voor de liquidatie. In december 2012 tikt een rechercheur de volgende zinnen op in een uitgebreid proces-verbaal waarin ook melding wordt gemaakt van het conflict rondom de verdwenen partij van 200 kilo:

'Door het conflict zijn er een aantal kampen ontstaan, namelijk het kamp van Houssine samen met Benaouf en het kamp van Gwenette. Een jongen met de bijnaam Scarface, ene Bahida, Danny K., Mink Kok, Greg Remmers, een Antilliaan genaamd Siegfried, welke momenteel gedetineerd is hebben zich gemengd in het conflict en willen allen invloed uitoefenen zodat iedereen weer geld kan verdienen. Mink Kok is in Libanon bezocht zodat hij van daaruit invloed kan uitoefenen op het conflict. Scarface en Bahida hebben zich aangesloten bij het kamp van Houssine.'

Is het allemaal waar? Wie het weet mag het zeggen. Toch is het opvallend dat in een paar regels een aantal Marokkaanse namen op gelijke hoogte gesteld worden met de top van de zogenaamde 'Hollandse Netwerken', met oude bekende namen als Mink Kok en Greg Remmers. Gaan de Mocro Maffia en de klompenmaffia inmiddels hand in hand? Als je het bericht van de CIE moet geloven wel.

Op straat bestaat er geen twijfel meer over. Een aantal Marokkanen is doorgestoten tot de top van de onderwereld.

***

Het is een reactie die ongeveer tegelijkertijd geplaatst wordt met de inmiddels roemruchte reacties van KING. Hij is geschreven door iemand die zichzelf 'renelifght' noemt. Op camilleri.nl schrijft hij: 'De grote Marokkaanse drugsmaffiabazen die de media kent: Mohammed Z., Mohamed Liazid – partner van Curtis Warren, Samir 'Scarface' en zijn groep uit West...' waarna nog een heel rijtje namen volgt.

Op de naam Samir Scarface slaat de politie aan. Wanneer de recherche bij het crimeblog de ip-gegevens van de reacties van KING opvraagt, willen ze gelijk ook de naam en rugnummer van renelifght weten.

Want bij de naam Samir Bouyakrichan, zoals Scarface echt heet, gaan bij de recherche direct alle alarmbellen rinkelen. Binnen het opsporingsapparaat staat zijn naam synoniem voor grootschalige cocaïnehandel. Samir zou in goed overleg de drugslijnen hebben overgenomen van mensen die een tijd achter de tralies verdwenen. Dat is althans de gedachte. Die lijnen zouden Samir schatrijk hebben gemaakt en ervoor hebben gezorgd dat hij meteen een van de machtigste mensen binnen de Nederlandse, en zelfs de Europese, onderwereld werd. En nu wordt hij, weliswaar in een reactie op internet, zijdelings in verband gebracht met de dubbele afrekening in de Staatsliedenbuurt.

Samir Bouyakrichan groeit op in de Amsterdamse wijk Slotervaart. Zijn buurtje bestaat vooral uit de typische huizenblokken zoals je ze ook in Bos en Lommer ziet. In de jaren zeventig en tachtig trekken migranten in de huizen. Zo ook de ouders van Samir, die uit de omgeving van de Marokkaanse stad Nador komen. Met zijn zevenen wonen ze in een van de appartementjes in het woonblok pal tegenover het Slotervaartziekenhuis. Samir heeft twee zussen en twee broers. Vooral met laatstgenoemden trekt hij veel op. Hij hangt graag rond op de pleintjes bij het Confectiecentrum en in de omgeving van het August Allebéplein. Omdat hij goed kan leren, sturen zijn ouders hem naar het enigszins chique Fons Vitae-lyceum in Amsterdam-Zuid. Maar school lijkt hem niet te boeien. Liever gapt hij brommers of zoekt hij ruzie met andere straatschoffies.

Daar gaat hij mee door als hij het nachtleven heeft ontdekt. Hij gedraagt zich behoorlijk arrogant, vinden sommigen. Zo heeft hij zijn eigen hoekje in discotheek Escape. Althans, dat vindt hij zelf. Wanneer andere feestgangers in dat hoekje staan, zegt hij dat ze moeten opsodemieteren. Het werkt. Omdat hij er niet mee zit een paar klappen te verkopen als het moet, zijn mensen bang voor hem. Maar niet iedereen is onder de indruk. Als een uitgaansruzie weer eens ontaardt in een vechtpartij, pakt zijn tegenstander een glas en drukt dat in het gezicht van Samir. Het resultaat is een litteken bij zijn rechteroog dat nooit meer weggaat. Het zorgt ervoor dat hij voor de rest van zijn leven een bijnaam heeft. Een bijnaam met betekenis. Net zoals Al Capone en Tony Montana gaat hij voortaan door het leven als Scarface.

Meisjes laten zich niet afschrikken door zijn imago. Sterker nog, ze lopen allemaal weg met de knappe Samir en zijn frisse uitstraling. De bad boy pakt hen helemaal in. Net als hun moeders tegenover wie hij de beleefdheid zelve is. Onder de indruk van zijn goede manieren laten ze hun dochters bij hem instappen als hij ze op komt halen in zijn zwarte Golf VR6 met leren bekleding. Hij vertelt hen dat hij van plan is om geschiedenis te schrijven. Hoe? Dat laat hij even achterwege. Toch weet iedereen met wie hij omgaat en dat hij niet helemaal eerlijk aan zijn geld komt. Grappend wordt weleens gezegd dat hij zó 'stout' is dat hij waarschijnlijk niet oud zal worden.

Samir heeft dan al lang gekozen voor een leven als crimineel. Langzaam maar zeker bouwt hij aan zijn netwerk. Hij raakt bevriend met bekende figuren binnen de Amsterdamse onderwereld. Wanneer zij vast komen te zitten neemt hij, in overleg, hun drugslijnen over. Hij heeft aanleg voor de handel, legt contacten in Zuid-Amerika en wordt een almaar grotere speler in de internationale drugshandel. Hij schroomt ook niet om bikkelhard te zijn als dat moet. En hoewel zijn ster pijlsnel rijst, weet hij redelijk onder de radar te blijven. In de systemen van de politie staat hij heel lang alleen geregistreerd voor vergrijpen als rijden onder invloed.

Maar daar komt in de zomer van 2010 verandering in. Dan komt hij met een knal vol in de aandacht van de opsporingsinstanties. Het is 14 juli 2010, elf uur 's avonds. In de woonwagen van de familie Gubbels aan de Rijnauwenstraat in Breda is het rustig. Vader John Gubbels is al naar bed. Aan de keukentafel zit zijn twaalfjarige zoon Danny samen met zijn moeder. Hij speelt een computerspelletje.

Voor de woning stopt een busje. Zeven mannen stappen uit. Ze hebben hun broekspijpen dichtgetapet om te voorkomen dat ze DNA-sporen achter zullen laten. De meeste mannen hebben wapens in hun hand. Een van de mannen loopt naar de woonwagen, hij lijkt aan te bellen en bonst en schopt tegen de voordeur. Terwijl hij dat doet, richt een van de mannen zijn wapen op de woning en haalt de trekker over.

Daarop beginnen ook de andere mannen te schieten. Het geweld duurt maar een paar seconden. De houten muren van de woonwagen zijn niet bestand tegen de kogels uit de riotguns en de kalasjnikovs die de mannen bij zich hebben. Wanneer het busje wegstuift, zijn de mannen nog geen twee minuten ter plekke geweest. In de woonwagen is de jonge Danny Gubbels geraakt door een van de kogels. Hoewel zijn moeder hem nog toeschreeuwde dat hij moest gaan liggen, was hij opgestaan toen de bel klonk. Een van de kogels uit een AK-47 heeft hem dodelijk verwond. Hij sterft een uur later in het ziekenhuis.

Wat is er aan de hand? Waarom wordt een twaalfjarige jongen doodgeschoten met een kalasjnikov? Het antwoord is simpel: de drugshandel van vader John. De recherche beschikt over informatie dat hij al jarenlang een drugslijn naar Italië heeft waarmee hij cocaïne en hasj aanlevert. Dat beeld wordt bevestigd als de Criminele Inlichtingen Eenheid een paar maanden later gegevens ontvangt die inzicht geven in de achtergronden van de fatale schietpartij. Volgens degene die de informatie geeft is de aanleiding voor de schietpartij de diefstal van een partij van 500 kilo cocaïne.

'De vader van het doodgeschoten jongetje was betrokken bij het binnenhalen van deze partij cocaïne. Een aantal Marokkanen uit Amsterdam, genaamd Bahida, Mounir, en "Scarry" (fonetisch Samir Scarface) hadden geïnvesteerd in een partij cocaïne.' Volgens het proces-verbaal van de CIE zou Gubbels de drugs vervolgens 'op een vrijdag' naar een loods in Amsterdam hebben gebracht. 'Het verhaal gaat dat er onder de auto van de kamper een peilzender was bevestigd zodat men wist naar welke loods de cocaïne gebracht zou worden,' zo tekenen de verbalisanten op.

Wanneer Samir en de zijnen vervolgens naar de loods gaan, is de cocaïne verdwenen. Omdat Gubbels verantwoordelijk was voor het transport stelt de groep van Samir hem aansprakelijk voor de verdwenen drugs. Het verlies van de partij bedraagt circa

17 miljoen euro. Als voorschot op de geleden schade betaalt John Gubbels 2 miljoen euro aan de groep van Samir. Ook worden er afspraken gemaakt over hoe het probleem opgelost kan worden. Maar volgens de informatie zou Gubbels deze afspraken niet zijn nagekomen en ook geen contact meer hebben opgenomen.

'Bahida, Scarry en Mounir zijn vervolgens zwaar bewapend naar het woonwagenkamp gegaan. Hierbij is geschoten op de woonwagen van de kamper. De bedoeling was om hem bang te maken.'

Wrang genoeg wordt de oorzaak van het drama pas ontdekt als Gubbels wordt aangehouden in een grote drugszaak. De politie doet namelijk ook een inval bij zijn oudste zoon, John junior. De twee zijn al jaren gebrouilleerd. Toch worden in de woning van junior in Rucphen vijf sporttassen met daarin 130 kilo cocaïne gevonden. Verder zit er 400 000 euro verstopt in de rolluiken. Hierdoor ontstaat het vermoeden dat de oudste zoon van Gubbels degene is die de partij drugs gestolen heeft.

Was Samir B. betrokken bij de dramatische beschieting van de woonwagen van de familie Gubbels? Justitie vermoedt het. Wanneer hij in maart 2012 vanuit Dubai naar Barcelona vliegt, wordt hij aangehouden. Hij wordt er door justitie in Breda van verdacht de avond van de fatale schietpartij op het woonwagenkamp deel te hebben uitgemaakt van het groepje schutters. Maar hard bewijs ontbreekt. Na een paar dagen wordt hij weer vrijgelaten.

Zo gaat het telkens met Samir Bouyakrichan. Het lijkt alsof hij is uitgegroeid tot een soort Keyser Söze uit de film *The Usual Suspects*: een onzichtbare man die aan de touwtjes trekt. In het milieu is zijn reputatie als moneymaker legendarisch. Waar andere grote jongens scharrelen in kilo's, smokkelt Samir tonnen cocaïne. Als je de verhalen tenminste moet geloven. Ook opsporingsdiensten vermoeden dat hij is uitgegroeid tot een van de grote spelers. Hij zou zelfs zijn eigen keurmerk hebben laten aanbrengen op blokken geperste cocaïne. Ingewijden stellen dat stempels als 'ak', 'Vuitton' en 'Mitsubishi' van hem afkomstig zijn. Door dit soort verhalen neemt ook zijn status op straat haast mythische vormen aan.

Voor jongens als Rida Bennajem vertegenwoordigt Samir Scarface de waargemaakte droom van het gangsterkapitalisme. Iemand die, net als zij, is opgegroeid in een slechte buurt in Amsterdam. Iemand die voorbestemd was om zijn dagen te slijten als schoonmaker of putjesschepper en zich daar niet bij neerlegde. Door slimmer, sluwer en harder te zijn dan de rest heeft hij zich opgewerkt tot de top van de drugspiramide. Hij zit dan weer in Spanje en dan weer in Dubai. Wanneer mensen die hem van vroeger kennen hem in zonnige oorden tegen het lijf lopen, lijkt hij in niks op het straatschoffie dat brommers jatte in Amsterdam-Zuid. Wanneer ze bewonderend naar zijn horloge kijken haalt hij het sieraad achteloos van zijn pols en geeft het cadeau. Het is duidelijk. Samir is een baas. Beter nog, hij is de baas der bazen.

Zijn naam duikt met enige regelmaat op in grote drugsonderzoeken. Bijna steevast wordt hij dan genoemd als investeerder of als eigenaar. Onder meer in de zaak waarbij 1200 kilo cocaïne werd aangetroffen in het jacht bij Southampton. Dat is ook de zaak waarin Mohammed Z. de toenmalige 'zwager' van Benaouf uiteindelijk veroordeeld is (zie hoofdstuk 11). Maar niks blijft aan hem kleven. Het blijft bij vermoedens en tips die de Criminele Inlichtingen Eenheid binnenkrijgt.

En dus wordt zijn naam ook genoemd in het onderzoek naar de dubbele liquidatie in de Staatsliedenbuurt. Niet alleen kent hij het beoogde doelwit Benaouf A, hij is, volgens tips die de CIE krijgt, ook bevriend met Houssine Ait S. Maar daar blijft het niet bij. Er zijn ook ambtsberichten van de geheime dienst van de recherche waarin hij genoemd wordt als investeerder van de partij van 200 kilo cocaïne die uit de Antwerpse haven verdween.

Het maakt hem razend dat zijn naam in verband gebracht wordt met cokesmokkel en liquidaties. Wanneer *Het Parool* hierover bericht, is hij woedend. Bij monde van zijn advocaat Nico Meijering ontkent hij met klem de aantijging dat hij ook maar iets met drugshandel te maken heeft.

Dat is niet zo gek. Hij probeert al jaren in het buitenland een legale status te verwerven. In de Verenigde Arabische Emiraten bezit hij aandelen van een oliemaatschappij. En in Marbella zit hij sinds 2007 met zijn bedrijven Roro Trading Company en Albina Properties in het vastgoed. Toch blijft hij low profile en huurt om de paar maanden een ander huis in de omgeving van Marbella. Het winkelcentrumpje van Monte Halcones ligt ongeveer op een kwartiertje rijden van die Spaanse badplaats, in het bergachtige landschap van Andalusië. Het wordt omringd door golfbanen en met hoge hekken afgeschermde villa's die allemaal opgetrokken lijken te zijn in dezelfde terracotta kleuren. Bij het winkelcentrum zit een apotheek, een kleine supermarkt en een bar die All in 1 heet. Deze tent is redelijk populair bij de vele Nederlanders die in de omgeving wonen. Ze serveren er bitterballen.

Het is al ver voorbij middernacht en aan een van de tafeltjes zitten zeven mannen te praten. Het merendeel van de mannen ziet er Marokkaans uit. Een van hen is Samir. Hij ziet eruit alsof hij net van het strand komt. Hij loopt op zijn slippers, draagt een zwart T-shirt en heeft een zwembroek aan. Dan, om tien voor twee, ziet hij hoe twee gewapende mannen binnenkomen. Hij realiseert zich dat ze weleens naar hem op zoek kunnen zijn en staat op. Maar het is al te laat. Terwijl hij probeert te vluchten, openen ze het vuur. Hij wordt meerdere keren geraakt in zijn rug en hoofd en overleeft de schietpartij niet. Op vijfendertigjarige leeftijd is Samir 'Scarface' Bouyakrichan koelbloedig geliquideerd. En daarmee eindigt het tijdperk van een van de meest succesvolle Marokkanen binnen de Nederlandse onderwereld.

Waarom Samir Scarface nou dood moest is nu nog onbekend. Waren het conflicten van de laatste tijd of stammen ze uit een verder verleden? Zoals altijd draait ook bij zijn dood de tamtam op volle toeren. De oorzaak zou liggen in mislukte megatransporten waarbij tonnen coke gepakt werden. Maar is dat zo? De recherche zal het zich ongetwijfeld weleens afvragen wanneer ze zijn dood onderzoeken. Net zoals ze zich zullen afvragen of hij niet toch een van de investeerders was in de 200 kilo die al zo veel ellende heeft veroorzaakt.

Waarschijnlijk zullen ze het nooit weten en neemt Samir Scarface uit Slotervaart de belangrijkste antwoorden op die vragen mee in zijn graf. Net als al die anderen.

Najib 'Ziggy' Himmich

Dat betekent echter allerminst dat er niet volop gespeculeerd wordt over de dood van Samir. Al snel na diens dood gaat er een apocrief verhaal door Amsterdam over de jongens met wie Samir Scarface de avond van zijn dood zou hebben afgesproken. Daarbij valt telkens dezelfde naam, die van Najib 'Ziggy' H.

Deze Ziggy groeit op in Amsterdam-Oost als een van de vele straatschoffies in de buurt. Hoewel zijn oudere halfbroer al een behoorlijke reputatie op straat heeft lijkt het er aanvankelijk op dat Ziggy serieus werk gaat maken van zijn sportcarrière. Bij de bekende kickboksschool Mousid Gym in de Balistraat blijkt dat hij aanleg heeft voor de vechtsport. Het duurt niet lang voordat hij zijn eerste partijen vecht. Daarmee verdient hij zijn bijnaam: Ziggy, de onoverwinnelijke. Al snel vecht hij in de hoogste klasse. Hoewel hij over voldoende talent beschikt, wordt hij geen echte topvechter die met zijn sport in zijn levensonderhoud kan voorzien. Daarvoor levert het domweg te weinig op. Zoals zoveel jongens binnen de vechtsportwereld trekt de duistere kant aan hem.

Hij houdt van het gangsterleven vol dure feesten, mooie kleren en snel geld. Foute vrienden doen de rest. Zo gaat hij om met beruchte buurtgenoten als Najeb 'Bo' Bouhbouh, en wordt hij door de politie gezien als een van de zakenpartners van Gwenette Martha. Terwijl Najeb Bouhbouh de honneurs waarneemt in Antwerpen is Ziggy de man die in Amsterdam de zaken bestiert.

Terwijl de oorlog in de Amsterdamse onderwereld vele levens eist, groeit de status van Ziggy. Gwenette zit een groot deel van 2013 vast en Bouhbouh is dood. En dus lijkt het erop dat Ziggy binnen de groep van Gwenette inmiddels als diens gelijke kan worden beschouwd. De twee onderhouden in ieder geval nog goed contact. Op de bezoekerslijst van de gevangenis waar Gwenette vastzit staat ook de echte naam van Ziggy. Tegelijkertijd gaat het verhaal dat Ziggy het helemaal niet zo erg vindt dat de grote baas weer in de cel zit. Hij zou zijn pas verworven machtspositie wel kunnen waarderen.

Na de dood van Gwenette geldt Ziggy als de nieuwe baas van de groep-Martha. Dat hij op de top van de criminele apenrots staat, zorgt ervoor dat hij in alle turbulentie lijkt te zijn meegezogen. Het verhaal gaat zelfs dat híj degene is die Gwenette heeft laten 'doen'. Vanaf de zomer van 2014 lijkt het erop dat Ziggy Nederland helemaal is ontvlucht en ondergedoken zit in het buitenland. Dat Ziggy degene is die Gwenette heeft verraden is niet het enige verhaal dat rondgaat. Volgens een reactie die op 4 november 2014 op internet verscheen zou Ziggy, samen met een van de mannen die volgens de politie een van de schutters was in de Staatsliedenbuurt, ook Samir Scarface in de val hebben gelokt. 'Ziggy en Naoufal hebben met Scarface gezeten om te praten over een goede lijn. In werkelijkheid zaten ze alleen maar om om de schutters een sein te geven zodat zij Scarface konden vermoorden', aldus de reactie.

Marchano Pocorni

Dat justitie Marchano Pocorni nooit vervolgd heeft voor zijn vermoedde aandeel bij de liquidatie van Najeb Bouhbouh, lijkt te komen door een gebrek aan ondersteunend bewijs. Ja, er is informatie van de Criminele Inlichtingen Eenheid waarin hij samen met Rida genoemd wordt als een van de twee schutters. 'Rida en Marchano hebben Bouhbouh geliquideerd in opdracht van Ben', zo luidt het ambtsbericht. En drie dagen na de moord op Rida komt de volgende informatie binnen bij de dienst. 'Abdelhamid heeft als chauffeur gefungeerd voor Rida en Marchano in Antwerpen'. Daarnaast is het geen geheim dat Marchano goed omgaat met Benaouf, die hij wel een tof figuur vindt. Maar hoewel Marchano maanden vastzit, komt er niet veel meer naar boven. Hij verklaart zelf helemaal niks en de CIE-informatie is niet genoeg om hem voor de moord aan te klagen. In de rechtbank staat Benaouf, sinds de zelfmoord van Chris Bouman, dus alleen voor het hekje.

Marchano zit begin dat jaar wel een straf van zes maanden uit vanwege witwassen. Drie dagen voor zijn vrijlating, in februari 2014, belt hij in paniek naar zijn advocaat, Chris Pittau. Hij vertelt zijn raadsman dat hij zijn cel niet meer uit mag. Zijn advocaat zoekt het meteen uit. Is hij opnieuw aangehouden? Integendeel, het blijkt juist om bescherming te gaan. 'Er was informatie binnengekomen dat er dreiging op zijn persoon was van binnen de inrichting,' vertelt Pittau. Zijn laatste drie dagen in de gevangenis brengt Marchano daarom in een aparte vleugel door. Zijn advocaat waarschuwt hem voor het moment dat hij weer vrij rondloopt. 'Er zijn aanwijzingen dat mensen het op jou gemunt hebben. Je moet heel erg oppassen. Je bent de enige die nog leeft en niet vastzit.' Volgens Pittau komt de dreiging voort uit het feit dat er 'ontzettend is ingezet om hem als verdachte aan te merken'. Dat justitie de zaak tegen Marchano niet rondkrijgt, betekent allerminst dat zijn rivalen in de onderwereld ook vinden dat de bewijslast te dun is.

Als Marchano de gevangenis uit loopt blijft hij gewoon in Nederland. Naar het buitenland ga je niet zomaar, zelfs als er dreiging is. Marchano heeft zijn moeder en zussen hier. Met zijn kind heeft hij geen contact. In de maanden na zijn vrijlating komt hij volgens Pittau 'bijzonder monter en vrolijk' over. Dat verandert vrijdag 10 oktober 2014. Die avond gaat hij langs in café De Zon in de Pretoriusstraat in Amsterdam-Oost.

Café De Zon is een buurtkroeg met een rauw randje. Een tent waar kleurrijke figuren uit de buurt, kleine criminelen maar ook advocaten en politiemensen gebroederlijk naast elkaar aan de bar zitten. De tent staat op naam van Gayle, de dochter van een bekende Amsterdamse portier. Zij heeft een relatie met Marchano, die daarom ook regelmatig in de kroeg te vinden is. Vrijdagavond 10 oktober 2014 begint eigenlijk als een normale avond. Even eerder stond de kwalificatiewedstrijd tussen Oranje en Kazachstan aan. Sommige stamgasten zijn blij dat het eindelijk weekend is en voor weer andere vaste bezoekers is het elke avond weekend. Om half twaalf 's avond is de zaak nog redelijk vol. Marchano zit met een vriend in het café als de deur ineens openzwaait.

Twee gemaskerde mannen met petjes op hun hoofd staan in de deuropening. In hun handen houden ze automatische wapens. Direct beginnen ze wild om zich heen te schieten. Een van de stamgasten weet met gevaar voor eigen leven de deur weer dicht te krijgen. En hoewel de hele schietpartij nog geen 15 seconden heeft geduurd is de ravage enorm. Twee cafébezoekers zijn geraakt. Mano, een medewerker van Stadsreininging die aan de bar zat, is door zijn hoofd geschoten. Bij een andere bezoeker is zijn been er half afgeschoten. Weer eist de hoofdstedelijke onderwereldoorlog twee onschuldige slachtoffers. Beide mannen raken zwaargewond, maar overleven de schietpartij wel.

Marchano schrikt zich helemaal te pletter. Doordat hij weg is gekropen in een hoekje hebben de kogels hem niet geraakt. Toch hoeft hij zich amper af te vragen of de schutters misschien naar hém op zoek zijn geweest. Ook zijn familie maakt zich grote zorgen. Van zijn moeder krijgt hij sms'jes waarin ze hem adviseert om onder te duiken. Daarop kiest Marchano eieren voor zijn geld en neemt de wijk naar Suriname.

***

De PP Shisha Lounge in Paramaribo is een beruchte horecagelegenheid. Hoewel de zaak pas een klein jaartje open is, heeft die al een zeker imago. Er komen voornamelijk 'vrij gevaarlijke mensen'. Die zijn er in de vroege ochtend van 2 maart 2015 niet zoveel. Eigenlijk is de zaak al gesloten. De twee securitymedwerkers bij de deur, die normaal gesproken iedereen die binnenkomt fouilleren, zijn naar de achterdeur gelopen om die af te sluiten. Binnen zit een groepje nachtbrakers nog wat te praten en te drinken. Over een paar uur komt de zon op en het wordt zo zoetjes aan tijd om op huis aan te gaan. Geen van de klanten heeft aandacht voor de twee jongens in hun wijdzittende kleren die met petjes op hun hoofd vanaf de straat gespannen naar de ingang kijken.

Midden in de zaak zit Marchano Pocorni op een barkruk te babbelen met een andere klant. Hij lijkt zich op zijn gemak te voelen en ziet niet hoe de twee jongens de zaak betreden. Eenmaal binnen lopen de jongens semi-relaxed. Dan grijpt een van de twee achter zijn rug en trekt vliegensvlug een wapen uit zijn broeksband. Hij richt het wapen op Marchano en vuurt meerdere keren van één meter afstand op zijn gezicht. De tweede man heeft inmiddels ook zijn wapen getrokken en ook hij schiet enkele malen. Enkele ogenblikken later ligt Marchano in een enorme plas bloed op de grond. Het Gucci-tasje dat hij omhad ligt naast het levenloze lichaam van de zevenendertigjarige jongen die er ooit van droomde om een topcrimineel te worden. Een van de klanten neemt een foto die later via WhatsApp zijn weg vindt naar Amsterdam, waar hij als een soort morbide trofee wordt doorgestuurd.

Chahid Y.

Chahid Y. is degene die samen met Gwenette Martha naar buiten liep bij een shoarmazaak in Amstelveen, enkele ogenblikken voordat Gwenette geliquideerd werd. Op twee november 2014 is Chahid zelf ook het doelwit van een aanslag. Samen met een vriend rijdt hij na een avond stappen op zondagochtend vroeg in een Volkswagen Golf met Duits kenteken naar zijn huis in Almere. Ineens hoort hij een harde klap. In zijn binnenspiegel ziet hij hoe een lichte auto met grote snelheid op hem af gereden komt. Hij bedenkt zich geen moment en springt uit de auto. Hij kijkt om en hij ziet een 'gozer' die op hem begint te schieten. Er worden eenendertig kogels afgevuurd. Dan stapt de schutter in een BMW en gaat er in vliegende vaart vandoor. Op de oprit naar de snelweg richt een van de inzittenden van de BMW nog een wapen op een medeweggebruiker. Dan zijn de daders verdwenen. De BMW wordt later uitgebrand teruggevonden in Muiderberg.

Chahid werd in zijn arm geraakt. Na een zware operatie blijft zijn arm behouden.

Luana Luz Xavier

Na alle extreem gewelddadige liquidaties met inmiddels meerdere onschuldige slachtoffers als gevolg, wordt er 8 december 2014 weer een nieuwe grens in het onderwereldconflict overschreden. De vierendertigjarige Luana Luz Xavier en haar twee jongste kinderen dineren die avond bij haar oudste zus in Amstelveen-Westwijk.

Iedereen is er. Haar moeder, andere zus en diens dochtertje van negen jaar. Ze zijn over komen vliegen uit Brazilië, het geboorteland van Luana. Het is vanavond één groot familiefeest. Alleen Luana's oudste dochter is thuisgebleven. Het menu is als zo vaak: rijst, bonen, salade, vlees... Ze eten typisch Braziliaans: veel. Omdat het maandag is, blijft het deze avond bij een enkel wijntje. Luana besluit om wat eten naar haar oudste dochter thuis te brengen. De gerechten gaan in de achterbak, Luana kruipt achter het stuur en de rest van de auto zit binnen de kortste keren stampvol familie. Naast Luana zit haar negenjarige nichtje, op de achterbank haar moeder met de jongste op schoot, Luana's andere kindje naast zich en dan nog kroost van Luana's oudste zus. De volgeladen wagen rijdt naar de andere kant van Westwijk, naar het huis van Luana, om het eten af te leveren. Rond half acht arriveren ze op Beeckestijn.

Luana stapt uit de auto, net als haar nichtje van negen die de deur open wil doen voor haar oma, met de baby op schoot. Luana doet eerst alvast de voordeur open en loopt dan naar de achterbak om het eten voor haar oudste eruit te halen. Terwijl ze dat doet, horen de kinderen in de auto een knal en zien ze een lichtflits. 'Kijk, *fogos*,' zegt er een. Vuurwerk. Er zijn meer knallen. Alleen het negenjarige nichtje van Luana is getuige van hoe haar tante door gemaskerde mannen van achter neergeschoten wordt.

Enkele momenten later gaat het geluid van een huilende moeder en huilende kinderen door merg en been. Terwijl de BMW met de schutter snel wegrijdt, sprinten buren op het lawaai af. Ze zien Luana naast haar auto liggen in een plas bloed. Haar kinderen hebben zich op haar geworpen. Een van de buren is doktersassistente: ze voelt aan haar polsslag dat Luana nog steeds leeft, maar ziet ook dat de vrouw heel veel bloed verloren heeft. Luana haalt het niet. Ze overlijdt op straat.

In de buurt breekt paniek uit. Een aantal buurtbewoners realiseert zich wat er aan de hand is en zijn bang om zelf ook neergeschoten te worden. Maar de moordenaars zijn dan al een poosje verdwenen. Om te zorgen dat ze de politiehelikopter te snel af zijn, hebben ze een woonblok verderop hun vluchtauto al gedumpt. Ze hebben de gestolen, zwarte BMW in brand gestoken en zijn weggelopen. Een andere vluchtauto, een grijze Polo, laten ze staan.

De dood van Luana vormt een nieuw dieptepunt in de Amsterdamse onderwereldoorlog waarin al zo veel slachtoffers zijn gevallen. Voor het eerst is daarbij ook een vrouw het slachtoffer geworden. Een mediastorm barst los. Bij *Opsporing Verzocht* doet presentatrice Anniko van Santen, een dag na de moord, een emotionele oproep aan de betrokkenen. 'Er is een jonge moeder doodgeschoten, waarom was dat nou nodig?'

Het is een vraag die meer mensen stellen. Waarom moest deze jonge Braziliaanse dood?

Luana groeit op in het binnenland van Brazilië, niet ver van de stad Palmas. Ze is de middelste van drie zussen. Haar oudste zus is de eerste die verhuist naar Nederland. Op bezoek bij nichtjes in Nederland, raakt zij eind jaren negentig verliefd. Niemand is echt verbaasd als Luana snel daarna ook besluit neer te strijken aan de andere kant van de oceaan. Iedereen weet dat de zussen onafscheidelijk zijn.

Op zaterdagen gaat de diepgelovige Luana naar opzwepende, evangelische kerkdiensten. 's Avonds gaat ze net zo graag uit in de clubs rond de Amsterdamse uitgaanspleinen. Al snel krijgt ze een relatie met een Colombiaanse Nederlander. De twee krijgen rond de eeuwwisseling samen een dochtertje, maar de relatie zelf houdt niet lang stand. Luana heeft als twintiger meerdere korte relaties. Maar 'de ware' zit er niet tussen.

Met haar zaak Empória Brasil houdt ze zich sinds 2005 bezig met de import van Braziliaanse en Colombiaanse kleding. De zaak is in 2011 overgegaan in District 9: een trendy winkeltje in de hippe Negen Straatjes-buurt in de Amsterdamse grachtengordel. Een 'concept store voor de modebewuste man' waar ze dure 'street wear' verkopen van merken als Lanvin, Yves Saint Laurent en Prada. Maar niet alleen modebewuste mensen weten de zaak te vinden. Regelmatig ziet de politie dat bekende Amsterdamse gangsters in Luana's winkel rondhangen. En dan met name boeven die verkeren in de coterie rondom Gwenette Martha.

Dat lijkt het gevolg van het feit dat ze graag uitgaat. Uit het nachtleven kent Luana de meest uiteenlopende types. Ook Gwenette Martha duikt op in haar kennissenkring. De Antilliaanse topcrimineel heeft nog de status van 'ongrijpbaar'. Pas later, in 2011, loopt Luana voor het eerst Najib Himmich tegen het lijf. Hij is op dat moment een van de belangrijkste mannen in de organisatie van Martha. De Marokkaan uit Amsterdam-Oost met de bijnaam 'Ziggy' spot de sprankelende Braziliaanse in een discotheek. De drieëntwintigjarige kickbokser is meteen helemaal weg van de eenendertigjarige nachtvlinder. Luana is daarentegen niet direct overtuigd, maar laat zich toch verleiden tot een afspraakje.

Ziggy speelt zijn kaarten goed uit, de twee krijgen dikke verkering. Een jaar later, in 2012, wordt hun dochtertje al geboren. Nog een jaar later volgt een zoontje. Dat is snel, denken ook Luana's familieleden. Je bent even in Brazilië en ze is alweer zwanger. Zij beschrijven Ziggy als *calado*. Stil. Wel lief. Met Luana, de kinderen, zijn schoonfamilie. Maar niet per se sociaal. Je kunt met hem niet urenlang een gesprek voeren. *Calado*. Hij zegt dat hij zijn mooie kleding net als zijn bijnaam Ziggy (de onoverwinnelijke) dankt aan zijn kickbokscarrière, maar de familie verdenkt hem ervan dat hij niet helemaal eerlijk zijn geld verdient.

Het stel heeft een heftige romance met felle ruzies die oplopen tot het punt dat Ziggy de deur uitstormt en weer een tijdje buiten beeld blijft. Het is een romance met diepe dalen en hoge pieken. De familie wordt bij tijd en wijle gek van de turbulente verhouding en oppert dan zelfs of het niet beter is om uit elkaar te gaan. Maar dat doet het stel niet. Uiteindelijk komt het altijd goed. Dan vraagt Luana haar vriend weer of hij op zaterdag nou ook eens mee wil naar de evangelische gemeente. De vrome dame hoopt zelfs op een aanzoek.

Dan wordt het 2014. In Amsterdam woedt een allesvernietigende onderwereldoorlog. Het lijkt erop dat Ziggy midden in het conflict zit. Zo komt er bij de Criminele Inlichtingen Eenheid in 2013 informatie binnen dat hij samen met twee anderen het plan op heeft gevat om een liquidatie uit te laten voeren. Een van die andere mannen is een neef van Gwenette Martha en wordt ervan verdacht een van de schutters in de Staatsliedenbuurt te zijn geweest. In de loop van 2014 raakt hij opeens uit beeld. Volgens de recherche bevindt hij zich op een van zijn twee onderduikadressen in Marokko en Spanje.

Luana spreekt Ziggy nog wel, vrijwel dagelijks. Gewoon telefonisch. Ze weet ook precies waar hij zit. In Madrid. In juni gaat ze nog met de kinderen bij hem op bezoek, als vakantie. En in oktober vieren ze daar de verjaardag van hun jongste zoontje. Ziggy lijkt inmiddels in de verste verte niet meer op de afgetrainde kickbokser die je na een zoekopdracht op Google aantreft. Zijn onstuitbare hang naar McDonalds en cola heeft ervoor gezorgd dat hij moddervet is geworden.

Halfverwege november stoppen de telefoontjes uit Madrid opeens. Het blijft dagenlang stil. Luana wordt ongerust. Ze probeert van alles om Ziggy te bereiken, maar het lukt haar niet. Na twee weken is ze het zat en besluit ze in haar eentje af te reizen naar de Spaanse hoofdstad. Ze gaat naar het hotel waar Ziggy zou moeten verblijven. In zijn kamer vindt ze meer vragen dan antwoorden. Alles ligt er nog. Zijn paspoort, portemonnee, al zijn kleren... Zelfs zijn telefoon. Nu is ze heel bezorgd. Na een paar dagen keert ze zonder resultaat terug in Amstelveen. Twintig dagen nadat ze thuis is gekomen, wordt Luana geliquideerd.

Het is wachten op Ziggy. Wat gaat hij doen nu de moeder van zijn twee kinderen is vermoord? Er wordt geopperd dat Luana is omgebracht door de vijanden van Ziggy. Omdat ze hem nergens konden vinden is met de moord op Luana geprobeerd hem uit de tent te lokken. Insiders verwachten dan ook een gruwelijke vergelding. Maar die lijkt uit te blijven. Luana's nabestaanden horen niks. Waar blijft hun schoonzoon, hun zwager? Wanneer laat hij iets van zich horen? Er zijn twee kinderen die hun moeder verloren zijn. Waar blijft hun vader?

Dat vragen ze zich op straat eigenlijk al niet meer af. Over de exacte datum is geen duidelijkheid, maar daar gaat het harddnekkige gerucht dat Ziggy vermoedelijk eind vorig jaar al is geliquideerd in Spanje. Ook over het motief is men eensgezind: Ziggy moest boeten voor het feit dat hij binnen het milieu gezien werd als de persoon die Gwenette Martha bij diens liquidatie in de val heeft gelokt.

Dat Ziggy al lang dood is, is een scenario waar ook binnen de recherche ernstig rekening mee wordt gehouden. Maar waarom moest zijn geliefde Luana dan alsnog worden doodgeschoten? Het antwoord op die vraag zou volgens de politie best eens kunnen liggen in het verhaal dat Luana naar Spanje is gegaan om daar haar vriend te zoeken. Bij familie en vrienden stond ze bekend als iemand die erg veel waarde hecht aan familie. Wellicht heeft ze in haar zoektocht naar Ziggy een vermoeden gekregen wie zijn moordenaars waren en werd ze daarmee een risico voor hen. Een risico dat uit de weg geruimd moest worden. Het is ook het verhaal dat ze op straat gehoord hebben. 'Alleen Luana wist met wie Ziggy had afgesproken op het moment dat hij vermoord werd. Dat is haar fataal geworden.'

Feit blijft in elk geval dat een moeder van drie kinderen voor de ogen van haar familie is doodgeschoten. Een hele familie is kapot. Het negenjarige nichtje van Luana, die alles zag gebeuren, ligt er nog wakker van. Zij zag als enige de daadwerkelijke schoten. De herinnering die haar het meest teistert, is dat ze na de fatale schoten de daders hoorde lachen. De driejarige dochter van Luana en Ziggy is ook van alles op de hoogte. 'Mama is bij God. Papa is in Spanje. Ik wil hem zien.' Of zij eigenlijk nu al wees is, blijft een grote vraag.

***

Twee dagen na de moord, op woensdag 10 december, staat er 's avonds opeens een bescheiden politiemacht voor de deur van het huis van Luana's oudste zus. Rechercheurs hebben een ijzingwekkende boodschap voor haar. 'We hebben uit bronnen vernomen dat u geliquideerd kunt worden.' De agenten maken een paniekerige indruk. 'Jullie moeten nu weg!' Alle familieleden worden snel bij elkaar gezocht, niet iedereen is op dat moment thuis. Iedereen is geschrokken. Kinderen huilen. Halsoverkop vertrekt de familie naar een bungalowpark in het zuiden van het land.

Het vakantiehuisje moet de familie zelf betalen, omdat de politie niet zeker weet of de dreiging concreet is. In de bungalow worden familieleden in de daaropvolgende dagen verhoord. Twee weken later staat er opeens ook bij het onderduikadres een stoet van politievoertuigen met zwaarbewapende agenten voor de deur. Dit keer hangt er zelfs een helikopter in de lucht. Onder zware beveiliging wordt de familie overgebracht naar een soort bunker in Utrecht. Ze moeten hun telefoons inleveren en moeten de eerste nacht in een cellencomplex slapen, omdat hun verblijf nog niet klaar is. Uiteindelijk zullen ze meerdere weken in de zwaarbewaakte bunker verblijven.

Ze zullen niet meer terugkeren naar hun huis. Net als in het huis van Luana zijn de bewoners opgestaan en halsoverkop vertrokken. Zo ziet het er maanden later nog steeds uit. Stoelen staan niet aangeschoven, bedden blijven onopgemaakt en in de koelkast ligt het eten van begin december te rotten. Er ontstaat contact met de familie van Ziggy. 'Sorry, sorry,' zeggen zij. Ook zijn eigen familie weet niet waar Ziggy is, ze hebben al weken niets meer van hem gehoord.

Knokkestraat

De recherche heeft het groepje mannen rondom de vierentwintigjarige Youssef O. al een tijdje op de korrel. De politie verdenkt hem ervan betrokken te zijn geweest bij een mislukte moordaanslag in Almere. Daarbij is gebruik gemaakt van peilbakens. Uit het onderzoek dat volgt, blijkt dat een van de mannen nog twee peilbakens in bezit heeft. Dat zit onder de gehuurde Opel Corsa van de broers Z. die goed bevriend zijn met Adil 'Kinker' A., een van de mannen die onlangs tot levenslang veroordeeld is voor zijn aandeel in de dubbele liquidatie in de Amsterdamse Staatsliedenbuurt. Op deze broers is al eens een mislukte bomaanslag geweest. Daarbij is de scooter van een van hen ontploft. Mede daardoor neemt de recherche de dreiging bloedserieus. Besloten wordt om de auto met het peilbaken eronder op een veilige plek weg te zetten.

Wanneer begin dit jaar in Amsterdam een razendsnelle BMW 355 D wordt gestolen, heeft de recherche direct het idee dat deze weleens gebruikt zou kunnen gaan worden bij een nieuwe liquidatie. De auto heeft een topsnelheid van 255 kilometer per uur. Niet zo snel als een Audi RS4 maar toch een ideaal voertuig om je na een moord mee uit de voeten te maken. Wanneer de agenten vervolgens zien hoe de grijze auto, voorzien van valse kentekenplaten, ‘koudgezet’ wordt in Eindhoven besluiten ze de wagen eens open te maken om te kijken wat er zoal in de kofferbak zit.

Het is bingo. In de achterbak liggen twee AK47’s en een Uzi. Daarnaast staat er ook een jerrycan vol benzine en ligt er een flare: een lichtkogel. De rechercheurs zien hun vermoedens bevestigd. De benzine en de flare zijn om de auto na het misdrijf in brand te steken. De recherche besluit de auto te observeren. Om te voorkomen dat de moord kan worden uitgevoerd, worden de wapens onklaar gemaakt. Ook wordt de benzine in de jerrycan vervangen door water. De dop wordt wel ingesmeerd met benzine zodat het nog ruikt alsof er brandstof in de container zit.

Hierna begint het grote wachten. Vierentwintig uur per dag houdt een speciaal observatieteam van de politie de BMW met camera’s in de gaten. Dagenlang gebeurt er helemaal niks. Op 25 januari lijkt er wel iets te gebeuren maar omdat de ramen van de camera-auto bevroren zijn, worden geen bruikbare beelden gemaakt. Dan, amper een week later, komt de auto in beweging. Er wordt een grote politie-operatie opgestart. Een helikopter houdt de BMW met daarin twee inzittenden in de gaten. Dan ziet de politie hoe een Citroën zich bij de grijze BMW voegt. Ook in die auto zitten twee jongens. De agenten die hen in de gaten houden hoeven niet lang na te denken. De Citroën zal waarschijnlijk na de moord gebruikt worden als tweede vluchtauto waarin de daders zich, nadat de BMW in brand is gestoken, onopvallend uit de voeten zullen maken.

Dan merkt de recherche dat de BMW en de Citroën met daarin het vermoedelijke hit-team koers zet naar de auto van de broers Z. De auto met een peilbaken eronder die eerder al op een veilige plek was geparkeerd. Wanneer de twee auto’s vroeg in de ochtend Amsterdam Nieuw-West inrijden, besluit de politie om in te grijpen. Een arrestatieteam rijdt de twee auto’s klem. Dat gaat met behoorlijk wat tumult. Bewoners van de Knokkestraat schrikken wakker als het politieteam een van de twee auto's van de weg af rijdt. Met een knal belandt een van de politieauto's in een pergola. Daarna wordt er geschreeuwd. De eenentwintigjarige Kamal O. stapt uit de auto met een kalasjnikov in zijn handen. Hij wordt in zijn been geschoten en ligt kermend op de grond. Drie andere jongens, onder wie de vierentwintigjarige Youssef O, worden aangehouden. Wat opvalt bij hun arrestatie, is dat de jongens niet in verband gebracht worden met zware georganiseerde misdaad. En al helemaal niet met zoiets als liquidaties. Op het eerste gezicht lijken het kleine krabbelaars. Zo is de in zijn been geschoten Kamal een paar weken voor de spectaculaire arrestatie samen met de eveneens opgepakte Zakaria aangehouden voor een inbraakje in een gokhal in het centrum van Amsterdam.

De politie is trots op het succes. Voor de eerste keer is door knap recherchewerk een ophanden zijnde liquidatie binnen de alsmaar voortdurende Mocro-oorlog voorkomen. Maar er is ook bezorgdheid. Tijdens een persconferentie ruim twee weken na de arrestatie in de Knokkestraat, spreken Hanneke Ekelmans, het hoofd operaties van de Amsterdamse politie, en officier van justitie Jeroen van Berkel openlijk hun zorgen uit over de nieuwe garde gangsters. Jongens die de Clearasil-leeftijd pas net ontgroeid zijn maar wel, zonder noemenswaardig crimineel track-record, al bereid lijken te zijn om liquidaties uit te voeren. De poel waaruit de opdrachtgevers nieuwe moordenaars kunnen halen bestaat uit 'enkele tientallen personen', zo is de inschatting. En 'de aanwas is groot'. Verder blijkt uit zogenaamde 'zachte informatie', waar de analisten van de recherche over beschikt, dat de prijs waarvoor men bereid is een moord op bestelling uit te voeren soms griezelig laag is. 'Enkele duizenden, tot tienduizenden euro's. Of soms voor een auto'. Dat de daders nagenoeg onbekend zijn, maakt de hele situatie alleen maar ondoorzichtiger. 'Het lijkt nu vanuit het niets te komen', vat Ekelmans het nog maar eens samen.

Celstraffen

Ruim twee jaar na de moord op Najeb Bouhbouh voor het Crowne Plaza, doet de rechtbank in Amsterdam voor het eerst uitspraak in de onderwereldoorlog. Op 1 december 2014 beslist de rechter dat Benaouf A. medeplichtig is aan de moord. Daardoor kan Benaouf niet de door justitie geëiste zestien jaar krijgen voor medeplegen, wat nog een gradatie erger is. Maar volgens de rechtbank waren zijn handelingen wel van 'een dergelijke onmisbare aard' geweest, dat deze de moord op 'bijzondere mate hebben ondersteund en vergemakkelijkt'. Daarom krijgt hij tien jaar cel. Onvoorwaardelijk.

Een maand later volgt in Tanger de volgende uitspraak. De Marokkaanse rechter veroordeelt Hamza B. dan tot twintig jaar cel voor het medeplegen van de moorden in de Staatsliedenbuurt. Na een halfjaar blijkt uit de vertaling van zijn vonnis echter dat dit deels op vals bewijs gebaseerd is.

***

'Het Openbaar Ministerie heeft levenslang geëist. Dit is de ultieme straf die alleen in uitzonderlijke gevallen en met grote behoedzaamheid dient te worden opgelegd.'

Rechter mr. M.G. Tarlavski nadert de ontknoping van haar uitspraak. Het is 1 mei 2015 in de zwaarbeveiligde rechtbank in Amsterdam-Osdorp. Een maand eerder hebben Adil A. en Anouar B. zich hier in de bunker tijdens een achtdaagse zitting moeten verdedigen. Tevergeefs. De voorzitter van de rechtbank heeft al besloten dat Adil en Anouar in de Audi zaten op de avond van de dubbele liquidatie in de Staatsliedenbuurt. Er is te veel bewijs en de bijdehante houding van de verdachten hielp ook niet mee. Nu is het de vraag wat de straf is voor de moord op Youssef Lkhorf en Said el Yazidi.

'Naast het leed en verdriet bij de nabestaanden en slachtoffers is door al dit geweld grote onrust in de samenleving ontstaan. De liquidaties in de Staatsliedenbuurt vormden de eerste van een reeks schietpartijen in Amsterdam en omstreken, waarbij in het wilde weg met kalasjnikovs wordt geschoten,' vervolgt de rechter. 'Bovendien, en de rechtbank tilt hier zeer zwaar aan, is het gezag van onze rechtsstaat in het geding. Door het gericht schieten op twee politieagenten, die het algemeen belang dienen, is wederom een grens gepasseerd. Verdachte uit hiermee zijn minachting voor de rechtsstaat en plaatst zich buiten de gevestigde orde. Het moet voor iedereen duidelijk zijn dat de vorm van geweld zoals die zich hier heeft gemanifesteerd niet wordt getolereerd.'

De rechter neemt het Adil en Anouar kwalijk dat zij geen inzicht geven in het motief van de dubbele moord. Dat beide verdachten duidelijk kiezen voor een leven in de criminaliteit, weegt ook mee. 'Al het voorgaande bij elkaar genomen leidt tot de onontkoombare conclusie dat hier sprake is van een dergelijk uitzonderlijk geval waarin alleen oplegging van een levenslange gevangenisstraf passend is. Was wegens een dubbele liquidatie en poging tot een derde de maximale tijdelijke gevangenisstraf nog te overwegen; door vervolgens te proberen twee agenten te doden door met een kalasjnikov gericht op ze te schieten is dit geen optie meer. Voor iemand die zich aan dit buitensporige geweld schuldig maakt, minachting voor de rechtsstaat uit en kiest voor een crimineel leven is geen plaats meer in de maatschappij. Dit moet voor iedereen duidelijk zijn.'

Verantwoording

Voor de totstandkoming van dit boek hebben wij met veel ingewijden gesproken. Allereerst willen we onze anonieme bronnen bedanken en iedereen die *on the record* de tijd nam om het een en ander toe te lichten.

Onze research richtte zich met name op de persoonlijke achtergronden van de hoofdrolspelers in dit verhaal. Wel hebben we geprobeerd de rechercheonderzoeken en alle eerder geschreven berichten in de media aantrekkelijk en begrijpelijk te vertalen naar één verhaal, om zo een helder beeld te geven van de Mocro Maffia. We willen benadrukken dat alle verdachten in beginsel onschuldig zijn, een groot goed in onze rechtsstaat. Onze grootste dank gaat uit naar het thuisfront, waar ze er – meestal – begrip voor hadden wanneer er weer eens 's avonds laat een rondje gelopen moest worden voor nieuwe achtergrondinformatie. Verder bedanken wij onze (oud-)collega's van *Nieuwe Revu*, AT5, *Panorama*, WNL en *De Pers*.

In ons onderzoek hebben we verder gebruik gemaakt van de volgende bronnen:

Kranten

Het Parool
De Pers
De Telegraaf

Metro
NRC *Handelsblad*

Tijdschriften

Nieuwe Revu
Panorama
Vrij Nederland

Televisie

AT5 Nieuws
Nieuwsuur
Opsporing Verzocht

Internet

ad.nl
at5.nl
bontkraagje.nl
camilleri.nl
camillerinieuws.wordpress.com
crime-bron.nl
crimescene.pro
crimesite.nl
demorgen.be
gva.be
hln.be
omroepwest.nl
politie.nl
misdaadjournalist.nl
misdaadreporter.blogspot.nl
panorama.nl

parool.nl
rechtspraak.nl
rtlnieuws.nl
rtvnh.nl
telecrime.nl
telegraaf.nl

Boeken

Familie is alles, Margalith Kleijwegt (2014, Atlas Contact)

Artikelen

In hoofdstuk 1 is onder meer gebruik gemaakt van een interview met Mr. Probz dat journalist Saul van Stapele publiceerde in *Nieuwe Revu*

'Een kogel voor Hollands hiphoptalent', Saul van Stapele, *Nieuwe Revu*, nr. 38, 2010

'Je weet niet altijd wat iemand doet', Hanneloes Pen & Heiba Targhi Bakkali, *Het Parool*, 5 januari 2013